KB050951

용병생활백서

용병생활백서 1

초판 1쇄 인쇄일 2016년 3월 22일 ㅣ **초판 1쇄 발행일** 2016년 3월 25일

지은이 주작 ㅣ **펴낸이** 곽중열 ㅣ **담당편집 팀장** 이범수
편집부 신연제 이윤아 김은경 홍현주

펴낸곳 (주)조은세상 ㅣ **출판등록** 제 2002-23호
주소 경기도 연천군 미산면 청정로 1355
TEL 편집부 02)587-2966 ㅣ FAX 02)587-2922
e-mail bukdu@comics21c.co.kr

주작 ⓒ 2016
ISBN 979-11-5832-501-5 ㅣ ISBN 979-11-5832-500-8(set) ㅣ 값 8,000원

주작 판타지 장편소설

NEO FANTASY STORY & ADVENTURE

용병생활백서

傭兵生活白書

1

북두
두
(주)좋은세상

CONTENTS

용병생활백서

Prologue

영원한 3급 용병!

저주 혹은 낙인처럼,

벗어날 수 없는 진창!

오로지 악과 깡으로 헤엄쳐 나간다.

갈증은 흙탕물로 해결하고,

배고픔은 구더기로 채운다.

그렇게 악과 깡으로 헤엄쳐 나간다.

1. 에던 운트

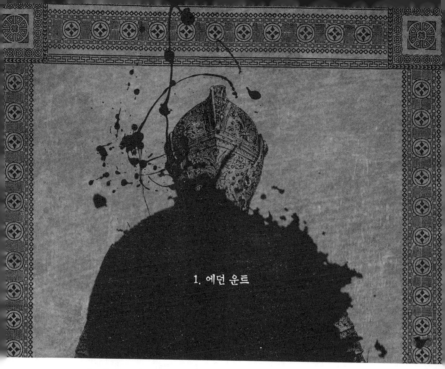

1. 에덴 운트

내 나이 9세, 혼자가 됐다.

세상의 무정함을 깨닫는 건 순식간이었다.

젠장! 9살이라지만 못 먹어 외형은 7살 정도밖에 되어 보이지 않는 땅꼬마에게는 그럴싸한 일자리가 없었다.

결국 할 거라고는 구걸뿐이었다.

넙죽넙죽, 저 너른 땅바닥에 열심히 대가리를 가져다 댔다. 덕분에 작게나마 돈을 만질 수 있었고, 그날 밤, 심각하게 몸살을 앓아야만 했다.

구걸이란 것도 구역이라는 게 있다는 걸 알게 된 날이었다.

몰매를 맞고, 정식으로 거지 패거리에 몸을 담았다.

그렇게 3년이란 시간을 보냈고, 12세 어린 나이에 다시금 세상으로 뛰쳐나왔다.

왕초 그 개잡놈이 다리를 부러트리려고 든 까닭이었다. 꼬꼬마 티가 물씬 나던 당시에는 그냥 그 상태로 돌아다녀도 동냥질이 됐다.

하지만 슬슬 머리가 굵어지고, 키도 부쩍 크면서 제 나이 또래로 보이기 시작하니, 동정표가 필요하니 어쩌니 하며 몽둥이질을 하려 드는 것이 아닌가.

냅다 사타구니에 대가리를 꼬라박고는 그 길로 냅다 줄행랑을 쳤다.

그리고 1년을 떠돌았다.

쉽지만은 않았으나 그래도 어찌어찌 버텨냈다. 비렁뱅이 생활 3년 동안 구걸만 한 건 아니기 때문이다.

뭐니뭐니해도 사회생활은 기술이라는 가치관을 지니고서 거기에 부합되게, 나름대로 손재주라 할 만한 것을 배워 놓은 덕분이었다.

흠흠, 소매치기라고, 흠흠, 길가는 어른들에게 세상의 매서움을 전달하는 것으로써, 흠흠, 매우 비싼 공부이자 기술이었다. 커흠!

그리고 내 나이 13세, 처음으로 생명의 덧없음을 알았다.

하아… 어떻게 재수가 없으려면 뒤로 넘어져도 앞니부터 나간다더니, 웬 그지 깽깽이 같은 귀족 놈에게 걸려서,

영지전인지 뭔지 하는 별 거지같은 전쟁터에 끌려간 것이다.

원래, 그 나이 또래의 꼬맹이는 전쟁터에 끌려갈만한 연령대가 아니었다.

하지만 그것도 정식으로 세금을 내며 백성으로 인정받는 평민에게나 통용되는 이야기였다.

이 동네 저 동네 떠돌아다니는 거지 꼬맹이에게 무슨 인정인가. 죽어나가도 문제될 것 없는데다가, 적당히 머리도 커서, 대충 옷만 입혀놓으면 칼받이로 쓰기에 딱이니, 냅다 잡아다가 전쟁터에 던져놓은 것이다.

재수가 없던 와중에도 한 끗 운발이 남았던지, 영지전에서 생환 할 수는 있었다.

그리고 이 당시의 경험을 통해, 전쟁터에서 나오는 건 아무리 싸구려 갑옷이라도 돈이 된다는 걸 알았다. 제법 짭짤했다.

아마도 이게 계기였을 거다.

피비린내 나는 전쟁터에 발을 담그게 된 계기!

❖ ✣ ❖

우와아아아아…

귀청이 떨어질 것 같은 요란한 함성소리와 함께 밀려드는 거지떼들이 보인다. 점차 거리가 가까워지며 그 정체가 병사들이라는 걸 확인할 수 있었다.

단지, 그 복장이 워낙 추레해서 거지나 다를 게 없어보였지만, 분명 저들은 병사였고 이곳은 전장이었으며, 지금은 전쟁이 시작되는 순간이었다.

"후웁!"

호흡을 고르며 창대를 바로 잡았다.

"젠장!"

욕설이 안 나올 수가 없었다. 어쩌다 최전방 칼받이로 배치를 받은 걸까?

'망할 똥 돼지 때문에, 젠장!'

지난 밤, 술자리에서 치고받았던 놈이 하필이면 백인장이라는 걸 아침에서야 알았다.

'맞기는 내가 더 많이 맞았구만. 끄응….'

지금도 얼얼한 턱주가리와 시퍼런 눈탱이가 억울함을 호소하고 있었다. 하지만 어쩌겠는가. 계급이 깡패라고 까라면 까야지.

그지 깽깽이 같은 이 상황에 할 수 있는 거라고는 그저 주둥이를 놀리는 것뿐이었다.

"염병! 지랄! 썩을…."

이에 호응하듯 주변에서도 열심히 주둥이를 뜨겁게 예열하는 소리가 들려왔다.

"아오, 개부랄 같은!"

"씨바 씨바 씨바…."

"싸바 싸바 싸바⋯."

다양한 욕설에 더해 별 요상한 주문까지 외워대며 다가오는 거지군단을 노려보고 있었다.

창대를 쥔 손에 힘이 바싹 들어갔다. 어쩌다 보니 머물게 된 용병계였고 전쟁터였으나, 어느새 13년을 넘게 살아남으며, 슬슬 경력깨나 쌓이는 위치까지 와버렸다.

'뭐⋯ 그래봤자 여전히 삼류지만, 쯧!'

어쨌든 그 비참한 수준 덕분에 칼받이 역할도 제법 자주 맡아봤고, 덕분에 이 순간 필요한 것도 잘 알고 있었다.

악? 깡? 독기?

웃기는 소리였다.

'힘을 빼는 거!'

지금 이 순간 그에게 필요한 건 딱 하나였다.

생존!

이 치열한 전장의 틈바구니를 비집고 헤엄쳐 나가며, 삶을 쟁취하는 것이다.

그러기 위해서는 우선 힘을 빼야 한다.

스윽⋯

주변의 어설픈 칼받이들과 다르게, 어깨를 늘어트리고 슬그머니 창대를 쥔 손에 힘을 풀었다. 그러면 슬슬 내려간 창의 밑부분이 땅바닥과 닿게 된다. 그 상태에서 손목만 슬쩍 내밀면 창은 대각선으로 세워진 채로 적들을 향하는 모양새가 갖춰지는 것이다.

대개의 칼받이들은 자신의 힘으로 적을 찌른다.

'하지만 내 수준이 되면, 흠흠! 대지의 힘으로 흠흠! 적을
꿰뚫는 거지. 흠흠!'

잠시 민망한 대사를 입밖으로 주절거릴 뻔 했으나, 애써
삼켜내며 속으로만 흥얼거리며 홀로 즐겼다.

어쨌든 이 같은 준비를 위해서 일부러 가장 창대가 긴 놈
으로 골라왔다. 땅에 기대놓아도 주변 칼받이들과 적당히
분위기가 어울리기 때문이다.

"와아아아아아!"

어느새 코앞까지 다가온 거지군단이 보였다.

"염병!"

짧은 욕지거리와 함께 원치 않던 만남이 성사됐다.

콰콰콰콱!

"꺼억!"

"컥!"

곳곳에서 단말마의 비명성과 함께 죽음의 그림자가 피어
났다. 어설피 창대를 잡고 있던 칼받이들의 대부분이 한 번
의 창질을 끝으로 그 생을 다했다.

오로지 창을 찌를 생각만 하고 있으니, 한 번의 창질이
끝난 이후를 생각하지 못하는 것이다. 살고 싶다는 생각은
하되, 어찌 살아야 할지는 생각하지 않는 꼴이었다.

때문에 저들과 달리 일찌감치 창을 놓았다.

땅에 비스듬히 세워놓고 적당히 각도만 잘 맞추면, 전방에 달려드는 놈 정도는 꿰찰 수 있기 때문이었다.

'뭐… 그것도 운이 좋아야 하겠지만.'

역시나라고 할까? 적당히 세워놨던 창은 적당한 위협만 내세우다 땅바닥을 뒹굴었다. 상관없었다. 그 잠시간의 위협 덕분에 틈이 생겼고, 그곳은 충분히 생존하기 위한 가능성이 넘쳐나는 장소로 돌변해 있었다.

그렇다고 해서 바로 그 틈으로 몸을 던져서는 안 된다.

'일단은 뒤로 한 걸음.'

빌어먹게도 전방 중에서도 최전방이다 보니, 한 걸음 이상 빠질 곳이 없었다. 하지만 그걸로 충분했다.

그 자그마한 변화만으로도 최전방에서 반 보 정도는 멀어졌고, 그것만으로도 충분히 한 호흡, 아니! 반 호흡 숨 돌릴 여유까지는 벌 수 있었다.

'이보 전진을 위한 일 보 후퇴랄까!'

언제 뒤로 물러섰냐는 듯, 냅다 방패를 들고 전방의 틈 속으로 뛰어들었다.

"와아아아아아…"

우르르 몰려오는 와중이었다. 적군이 아군의 틈새 속으로 날아든다고 해서 뒤를 돌아보며 일일이 칼질을 할 틈 따위는 없었다.

애초에 저들도 칼받이들이기에 난전 중에 섬세한 칼질은 무리였다.

촤좌좍!

'크흡!'

아찔한 통증이 허벅지와 옆구리 그리고 어깨 부근에서 느껴졌다. 지나는 가랑비에 젖어버리듯, 스쳐가는 칼질에 몸뚱이가 걸린 모양이었다.

이런 상황도 염두에 둔 채, 방패로 머리와 심장은 치열하게 보호했다. 그리 크지 않은 나무방패라 이 두 가지를 지키는 것만으로도 쉽지가 않았다.

쿠웅!

어느새 땅바닥에 몸이 닿았다. 이제 남은 건, 이 상태로 한껏 몸을 웅크린 채 살아남는 거였다.

칼질 좀 하다가 죽은 척 하는 놈들도 있지만, 오랜 경험으로 보자면, 전방의 칼받이들은 그냥 일찌감치 시체놀이하는 게 생존에는 제일이었다.

물론, 그냥 한 자리에서 디비져 누워 있는 건 멍청한 짓이었다. 적당히 틈을 보며 자리를 옮겨주는 것도 중요했다.

재수 없으면 눈 먼 칼에 맞아서 시체놀이가 진짜가 될 수 있기 때문이었다.

퍼퍼퍼퍽!

칼받이들이 등판을 밟고 지나가는 게 느껴졌다.

재수 없으면 이 와중에 내장이 터질 수도 있었으나, 그래도 무려 13년을 이 바닥에서 굴러먹은 덕분인지, 이제는 제법 단련이 되어서 버틸만했다.

게다가 일부러 등판에 나무방패를 묶어놓았기 때문에, 칼받이들의 진군에 등짝 정도는 내어줄 수 있었다.

'염병!'

물론, 그렇다고 해서 아프지 않은 건 아니었다. 욕지거리가 올라왔으나, 어찌어찌 입 안에서만 굴릴 수 있을 정도였다.

두껍게 천을 여러 겹 덧대어 입고 온 것도 제법 도움이 되었다.

'문제는 이 다음인데….'

이를 악 물며 버티는 사이 칼받이들의 난전이 막바지에 이르렀고, 슬슬 주변은 시체들로 넘쳐나며 짙은 피비린내를 흩뿌리기 시작했다.

그 순간 느껴지는 희미한 울림.

'온다!'

긴장되는 순간이었다.

슬금슬금 움직이던 지금까지와 달리, 바삐 바닥을 기어가며 핏물이 고인 곳을 찾았다. 웅덩이가 생겼다는 선 바닥이 파였다는 뜻이고, 이는 적당히 몸을 숨길만한 장소라는 의미였다.

저 앞으로 딱 좋은 웅덩이가 보였다. 그림 좋게도 시체도 제법 쌓여있어서, 저 밑으로만 들어간다면 이번 전투도 그럭저럭 살아남을 것 같았다.

마치 한 마리 뱀처럼 자연스레 바닥을 기어서 그곳에 몸을 담갔다. 오랜 생존경력이 빛을 발하는 순간이었다.

그 순간 긴장감을 고조시키는 울림이 가까워졌다.

두두두두두두…

저 멀리 적군의 진영에서부터 전마가 달려오고 있었다. 마른침을 꼴깍 삼켰다. 시체를 덮고 방패와 덧댄 천으로 몸을 보호하고 있다지만, 전마의 무게는 이걸로도 안정성을 자신하기 어려울 만큼 어마어마한 것이었다.

콰콰콰콱!

일순간 아찔한 무게감이 등판을 두드리고 지나갔다. 다행이라고 해야 할까? 예상했던 그대로의 충격이었다. 예상을 웃도는 순간 생사를 걱정해야 하겠으나, '딱!' 예상 그대로였다.

그리고 이 고통이 알려주는 건 하나였다.

'…살았다!'

일말의 긴장감이 풀린 까닭일까?

솔솔 졸음이 몰려왔다. 그렇게 피 웅덩이 속에서 시원하니 골아 떨어졌다.

물론, 시체를 끌어다 몸을 보호하는 건 잊지 않았다.

'난 소중하니까. 음냐. 음냐….'

당연히 코는 골지 않았다.

❖　✣　❖

　전쟁이라는 건 언제나 승자와 패자가 갈린다. 승자 측에서 있다면 참으로 다행이지만, 패자의 무리에 서 있다면 그때부터는 매우 골치 아픈 상황이 벌어진다.

　때문에 용병은 언제나 분위기에 민감해야만 한다.

　'그래야 도망칠 시기를 알 수 있으니까.'

　특히, 노련한 용병일수록 당장 코앞이 아닌, 멀리 시야를 넓힐 줄 알아야 하는 것이다. 당연하게도 그 너른 시야의 목적지는 항상 '생존'이라는 장소에 있었다.

　그렇게 관찰을 하다 패배할 것 같은 경우에는 어찌 해야 할까?

　간단하다.

　'갈아타야지!'

　승자의 영지로 넘어가는 것이다.

　마치 애초부터 그쪽 진영의 병사였던 것처럼, 자연스럽게 옷을 갈아입고 적 진영의 깃발을 들고, 신나서 함성 5초간 발사하면 우선 1단계는 끝났다고 할 수 있다.

　단계를 나누는 이유?

　어찌되었건 패잔병이 아니겠는가. 당연하게도 거쳐 가야 할 관문도 한 두 개가 아니었다.

　1단계가 생존이라면 2단계도 생존이다.

　영지를 갈아타고 살아남았다면, 이제는 승리 영지에서

빠져나오는 게 일이다.

뭐, 이것도 간단하다.

"아이고 배야. 아이고. 아이고 배야."

대개는 이동 중에 적당히 몸을 빼내는 걸 중요시했다.

급발진을 위해 숲 속으로 들어간 뒤, 제 갈길 가는 게 일반적이었다.

'이건 하수들이나 쓰는 방법이고.'

그도 그렇게 이동 중에 몸을 뺀다는 건, 누가 봐도 이상하게 여겨지는 부분이었다. 당연하게도 걸리면 호되게 문책을 당할 테고, 그러다 보면 결국 정체가 발각되어 연기가 아닌 실제로 똥오줌을 지릴 확률이 높았다.

때문에 진정한 경력자는 그냥 편하게 무리에 섞여 끝까지 간다. 차라리 영지까지 도착한 뒤에 몸을 빼내는 게 차라리 안전한 방법인 까닭이었다.

'뭐한다고 혼자서 심심하게 산길을 헤매.'

같이 신나게 떠들 친구들이 널려있었다. 비록 서로 칼침을 놓던 사이였지만, 좋은 게 좋은 거였다.

'어차피 아무도 모르는 거니까.'

칼받이들의 습성으로 봤을 때, 상대 얼굴 일일이 확인하며 칼질할만한 여유는 없었다.

그렇게 영지에 도착하면 지체할 것 없이 몸을 빼면 된다. 계약금 지불한다고 정신없을 때만큼 빠져나가기 좋은 시기가 없었다.

이렇게 2단계가 완성되면 어디로 가야 할까?

용병 길드!

일이 끝났으면 당연히 둥지로 돌아가야 하지 않겠는가.

'여기가 가장 중요한 부분이지.'

3단계이자 마지막 단계.

신 분 세 탁!

요즘은 아무리 영지전 같은 소규모 전쟁이라도, 신분확인을 철저히 하다 보니, 패잔병이 멀쩡히 돌아다녔다가는 골치 아픈 일이 벌어질 수도 있었다.

그런 이유로 새로운 신분을 만들어야 하는데, 여기에는 두 가지 방법이 존재했다.

첫째, 전쟁 중에 적군에게서 구한 용병패를 들고 다닌다.

'이것도 하수들이나 쓰는 방법이지.'

경험이 부족한 녀석들이 이 같은 수작을 쓰고는 하는데, 자칫 잘못해서 얼굴이라도 아는 놈과 엮이면 곤란해질 확률이 높았다.

특히, 전쟁이 막 끝난 시점에서는 디더욱 위험한 선택지였다.

경험이 있는 녀석들도 이 같은 방법을 쓰고는 하는데, 이유는 간단했다.

'돈 몇 푼 아끼려고.'

아끼다 똥 되기 싫으면, 이때만큼은 투자가 필수였다.

말인 즉, 두 번째 선택지에 발을 들여야 한다는 의미로써,
용병길드가 바로 그 신분세탁의 해결책이었다.

이럴 때를 위해서 용병길드의 내부인사들하고 제법 친분
을 다져놔야 하는 것이다.

'젠장!'

물론, 그 인맥이 항상 발휘되는 건 아니었다.

'왕창 깨지겠네.'

인맥이 없는 길드가 걸리면 당연하게도 주머니 사정이
매우 빈곤해진다.

"에던 운트."

길드에서 방금 막 구입한 따끈따끈한 새 신분을 입에 담
아봤다.

자주 부르고 기억해 놔야, 제 것처럼 사용할 수 있기에,
한동안은 습관처럼 입에 달고 살아야 할 이름이었다.

"쩝… 너무 흔한 이름 아닌가."

애초에 신분세탁용으로 만들어진 용병패에 많은 걸 기대
하기는 어려웠다. 돈을 더 쓴다면 이름도 원하는 걸로 바꿀
수 있겠으나, 거기까지 주머니를 털 생각은 없었다. 그나마
성이 조금은 덜 흔하다는 걸로 만족할 뿐이었다.

패잔병으로 새 신분을 구입한 상황이니만큼, 이곳 왕국
에서의 활동도 여기까지였다. 새로운 활동지역을 찬찬히
검색해보니, 제법 괜찮은 곳이 떠올랐다.

"아바란 왕국이 물이 좋다던데."

물론, 여기서 말하는 '물'이란, 먹는 그 '물'이 아니었다.

'흠흠… 큼!'

상상력을 한껏 발휘할 시간이었다.

2. 용병?

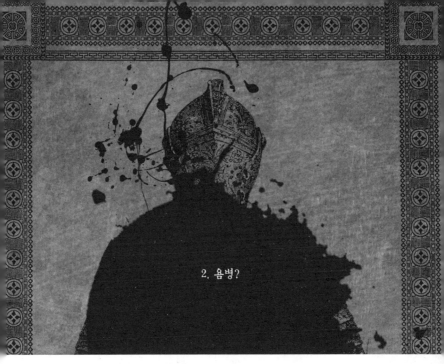

2. 용병?

　상단을 호위하는 일은 용병계에서는 가장 흔한 임무 중 하나지만, 그렇다고 해서 결코 쉽다고 할 수는 없었다.

　도착하는 목적지나 이동 경로 등으로, 그 위험수위가 분류되고 이런 분석에 따라서 때로는 특급 용병들이 붙여야만 할 정도로 위험한 경우도 있을 정도였다.

　그런 의미에서 에던은 가장 안정적인 경로와 목적시를 향해 움직이는 상단임무에 발을 담갔다.

　'안전제일!'

　그 나름의 철칙이라 할 수 있있다.

　"결국, 에몰란 남작이 말룬 자작을 이겼다면서?"

　"반전도 그런 반전이 없지. 설마 남작가에 그만한 전력이 있었을 줄 누가 알았겠어."

"크… 이번 영지전 때문에 바쿤 지방 용병길드가 골머리 깨나 썩게 생겼네."

"아무렴. 당연히 말룬 자작이 이길 거라고 생각했으니, 그 피해가 막심하겠지. 용병들 대부분이 말룬 자작 측에 붙었으니까. 아마도 길드에서도 제법 눈치를 봐야 할 거야."

옆에서 들려오는 다른 용병들의 이야기를 듣고 있노라니, 절로 속이 쓰려왔다.

'끄응….'

저들이 이야기하는 영지전이 바로 에던이 앞전까지 몸담았던 전쟁이었기 때문이다.

'내, 내 돈… 크흑!'

용병들의 이야기처럼 바쿤 지방의 용병 길드는 이번 영지전으로 인해 적잖은 피해를 입었다.

그 덕분에 신분세탁에 들어갔던 돈 역시도 평소보다 배는 뛰어버렸다.

'씨불 놈들! 씹을 놈들!'

언제고 기회만 된다면 잘근잘근 씹어 먹고 싶을 정도로 바가지를 쓴 것이다.

물론, 이 같은 감정을 분출하기는 무리였다.

3급 용병!

그는 말 그대로 이 업계에서도 가장 밑바닥의 하류인

까닭이었다.

'씨불… 씹을… 썩을….'

그러니 어쩌겠는가. 홀로 삭혀야지.

"똥마렵냐?"

문득 들려온 음성에 고개가 옆으로 돌아갔다. 몇 차례 안면을 익힌 청년이 다가오고 있었다.

'라논.'

같은 3급 용병으로써 나이가 같다는 걸 알고 난 뒤, 서로 편하게 말을 놓기로 한 사이였다.

"누가 보면 얼굴로 똥이라도 싸는 줄 알겠다. 왜? 속이라도 안 좋아?"

조금은 걱정 어린 라논의 물음에 에던이 침을 탁 뱉으며 말했다.

"카아악, 퉤잇! 열불 나는 생각 좀 하고 있었지. 그보다 언제쯤 쉴 것 같냐?"

라논이 상단 지휘부 주변을 자주 얼씬거리는 걸 봤기에 이리 묻는 거였다.

"아무래도 해 떨어지기 전에는 안 멈출 것 같은데."

"끄응…."

"어쩔 수 없잖아."

"주머니가 작으면 일도 조금만 시킬 것이지. 쯧!"

안정적인 경로를 이용하는 만큼, 용병들이 받는 돈도 적었건만, 그런 것 치고는 하는 일이 너무 많았다.

"가격대비 최악의 일거리지만, 이것만큼 안정적인 것도 없잖아."

"쯧! 안전한 길로 가면서 시간도 절약하려고 드니까 그러지."

마치, 두 마리의 토끼를 동시에 잡으려는 듯, 상단은 길을 재촉하고 있었다.

욕지거리가 절로 나왔으나, 워낙 흔히 발생하는 상황이기에, 그저 투덜거림으로 불만을 해소할 뿐이었다.

값싸고 힘들다!

보통 이런 일자리는 이제 막 용병계에 뛰어드는 초짜들이나 하는 것이지만, 에던이 원하는 방향으로 가는 상단이 이들 뿐이라 선택의 여지가 없었다.

물론, 안전을 원하는 이들 역시도 이 같은 일을 주로 하기는 했다. 가격대가 낮은 만큼 위험도 역시 낮은 까닭이었다.

"그나저나 궁금한 게 있는데. 정말 8년차냐?"

라논의 물음에 에던이 실소하며 물었다.

"왜? 안 믿기냐?"

"아니. 신기해서. 8년차면 성인식도 치르기 전에 이 바닥에 들어왔다는 거잖아."

상단 호위임무에 들어가기 전, 간단히 용병들끼리 인사를 나누고는 하는데, 보통 거기서 각자의 경력을 이야기 하고는 했다.

초심자들이 발을 들이는 일이니만큼, 5년차 이상을 보기가 드물었는데, 이번 호위 임무에는 5년차 이상만 무려 다섯이었고, 그 중에는 10년차도 한 명 끼어있었다.

　사실, 에던은 그 경력이 13년차에 이르렀으나, 스스로를 최대한 감춰야 하는 까닭에 8년차 정도로 낮춘 것이다.

　물론, 새로 발급한 용병패 역시도 8년짜리로 맞춘 상태였다.

　"쓱! 나 같은 놈들 널리고 널렸어."

　"그렇긴 하지만… 그래도 신기해서."

　"신기할 것도 많다."

　'이래서 초심자는… 쯧!'

　연이어 이어지는 라논의 관심에 에덴이 귀찮다는 듯 손을 휘휘 저었다.

　"쓸데없는 소리 할 거면 가라. 남자의 관심은 몸서리치게 사절이니까."

　"크…! 알았다. 알았어."

　어차피 라논이 맡은 위치는 전방 쪽이니 만큼, 이 자리에 오래 머물기도 어려웠다. 한 차례 실소와 함께 라논이 앞쪽으로 걸음을 옮겼다.

　"친구 먹었나?"

　라논이 사라지는 순간, 새로운 사내가 그 자리를 차지하며 말을 건네 왔다.

10년차 용병인 '카마산 벤'이었다. 이번 임무에서 말을 튼 라논과 달리, 과거부터 인연이 있던 사내였다.

"친구는 무슨. 카아악 퉤!"

재차 침을 뱉어내는 에던의 모습에 카마산이 웃으며 말했다.

"그런 말 하지 마라. 보아하니 성격도 좋아 보이는데. 알잖아. 저런 놈하고는 잘 지내놔야 돼."

에던 역시도 그처럼 생각하기에, 라논과 말을 놓으며 작게나마 친분을 다져놓은 것이다.

"저 놈 딱 봐도 될 놈이야."

걸음을 나란히 한 카마산이 저 멀리 라논을 향해 시선을 보내며 말했다. 이에 에던이 불퉁하니 말을 받았다.

"그것도 살아남을 때나 가능한 거지."

"크… 부럽냐? 그래도 인정할 건 해야지. 내 20년 경력으로 봤을 때, 저거 보통 난놈이 아니야."

"20년은 무슨. 이제 겨우 18년이면서. 쒸팔."

"…욕이냐?"

"나이 들더만 귀까지 먹었수?"

"끄응…."

사실, 10년차라고 소개된 카마산은 이미 한참 전에 그 위치를 넘어선 베테랑 중에서도 베테랑이었다.

에던과 마찬가지로 실력을 감추고자 그 경력을 절반 가까이 숨긴 것이다.

"겨우 1년차 초짜라지만, 저 녀석 절대 3급 수준이 아니다."

걸음걸이라던가 은연중에 드러나는 넉넉한 여유와 태도 등에서 비쳐지는 것 이상의 능력을 짐작하게 했다. 비록 3급 용병이라고는 하나 20년 가까이 버텨온 만큼, 그 나름대로 볼 줄은 알았는데, 그런 그의 눈과 감각이 라논에 대해 평가하고 있었다.

"게다가 뭣보다 저놈… 저거 생긴 게 보통을 넘어."

이 부분에서는 카마산도 맘에 안 들었던지, 슬쩍 인상을 쓰고 있었다.

보기 좋은 음식이 먹기도 좋다고, 용병계도 외모가 좀 받쳐줘야 일 받기도 수월했다.

물론, 그 전에 실력이 우선이기는 했으나, 그것도 윗동네 이야기였다. 대체로 3급 용병 수준에서는 외모로 득을 보는 경우가 상당히 많았다.

위로 갈수록 이 같은 경우가 적어진다지만, 그래도 얼굴로 인해 많은 부분 혜택을 보는 상황들이 여럿 있었다.

당장 눈앞의 경우만 해도 그랬다.

아무리 쉬운 의뢰라고는 하나, 상단 지휘부를 서성이는 건 3급 용병에게는 어려운 일이었다. 하지만 라논은 태연히 그 같은 일을 했고, 상단 측에서도 이를 너그럽게 받아주고 있었다.

외모가 먹혀주기에 가능한 일이었다. 곳곳에 상처로

도배하고 독기로 똘똘 뭉친 험악한 얼굴의 용병이었다면, 상인들도 저 같은 거리를 허락하지 않았을 터였다.

"칵, 퉤!"

에던이 거칠게 침을 뱉으며 작게 불만을 표했다. 카마산 역시 비슷한 얼굴로 혀를 차고 있었다.

그도 그렇게 둘 다 외모적인 부분에서 득을 보기는 어려운 까닭이었다.

애시 당초 잘나고 못나고를 떠나서, 둘 모두 전투 중에 입을 상처들로 이미 얼굴 곳곳에 적잖은 상처들이 박혀있었고, 그로 인해서 범죄자를 연상시키는 흉악함이 안면 가득 흘러넘쳤다.

어찌 보면 가장 전형적인 용병의 얼굴이었으나, 너무도 흔해서 이 같은 외형이 오히려 안 먹힌다는 것이 또 반전이라면 반전이었다.

뭐, 그렇지 않더라도 먹힐 얼굴이 아니라는 건 가슴에만 묻어둘 비밀이었다.

"그보다… 어디로 갈 생각이냐?"

한 차례 불만 표출을 마친 카마란의 뜬금없는 물음에 에던이 짧게 실소하며 답했다.

"뻔한 걸 뭘 물어. 최대한 멀리 가야지."

"하긴."

카마산은 이번 상단 호위임무에서 에던과 만났을 때, 그의 이름이 과거와 다르다는 걸 알았을 때, 근 20년 경력의 노련한 감으로 그가 이번 영지전과 관련이 있다는 걸 짐작할 수 있었다.

"너도 참, 쯧! 재수도 없다."

"끄응….."

설마, 에몰란 남작가에 그런 저력이 숨겨져 있을 줄 누가 알았겠는가.

"전에도 말했지만, 영지전 같은 건 끼어드는 게 아니다. 나처럼 적당히 몸 사릴 줄도 알아야지. 괜히 혈기만 믿고 날뛰다가는 훅 간다. 안전제일이니 뭐니 헛소리만 늘어놓지 말고, 그딴 일거리나 좀 피해라. 주둥이만 나불거릴게 아니라 행동으로도 실천을 해야지."

"쯧! 젊을 때 벌어놔야지. 영감 나이되면 영지전 같은 거 하라 그래도 안 해."

"뭐? 영감? 우라질 놈이. 이제 겨우 마흔밖에 안 된 팔팔한 청춘한테, 뭐?"

"청춘은 지랄! 마누라에 애새끼도 둘이나 있는 노땅이. 칵, 퉤!"

"지… 지, 지랄? 오랜만에 푸닥거리 좀 해? 아주 ㄱ냥! 확 그냥! 막 그냥!"

잠시간 쓸데없는 말다툼이 이어졌다. 하지만 열을 내는 것과 다르게, 실제로 칼을 뽑아들지는 않았다. 호위임무가 한창인 까닭이었다.

둘 다 10, 20년 정도의 경력을 지닌 용병이었다. 비록,

용병패에 3급 딱지를 붙이고 있다지만 정신마저 3급인 건 아니었다.

"그나저나 얼핏 들은 이야긴데, 에몰란 남작가의 가주에게 라발던 백작가의 영애가 뼥 갔다고 하더라."

"염병!"

에덴의 머릿속으로 에몰란 남작의 특이사항 하나가 떠올랐다.

'꽃 중년이니 뭐니 해서 유명했었지.'

생각과 동시에 답이 나왔다. 영지전에 백작가가 개입한 것이다. 물론, 비공식적인 개입이었을 게 분명했다.

"라발던 백작가의 영애라면 나보다 어리다고 들었는데, 유부남에게 딸내미를 붙여주다니. 제정신이랍니까?"

"모르지. 남작가에 먹을 만한 게 있어서 그럴지도. 자작이 남작가에 시비 건 것도 말이 많았잖아. 워낙 뜬금없었으니까."

"…자작이나 백작이 눈독 들일만한 뭔가가 있다?"

"뭐, 추측이지."

"짐작 가는 게 있수?"

"나 용병 길드 소속이다. 정보 길드 소속 아니라고."

"쯧! 모르면 모른다고 하면 되지."

그 이후로도 이런저런 잡담이 오가는 사이 어느새 밤이 찾아왔고, 더 이상 시야 확보가 어렵다고 판단될 즈음에야 지휘부에서 정지 명령이 떨어졌다.

뒤늦게 자리를 잡고 불을 피우고 식사를 하며, 하나 둘 밤을 보내기 위한 준비를 시작했다.

그러는 사이 얼추 야영준비가 끝나고, 하나 둘 자리를 잡으며 오늘 하루 쌓인 여독을 푸는 모습들이 보였다.

헌데, 그 모습들이 실로 특이했다.

그저 간단히 몸을 풀고 발을 마사지하며 휴식을 취하는 이가 있는가 하면, 마치 명상이라도 하는 듯 자리를 잡고 앉아 가만히 시간을 보내는 이들도 있고, 오히려 여독을 생각지도 않는 듯 몸을 격하게 움직이며, 달밤에 때 아닌 운동을 하는 이들도 있었다.

자리에 앉아 용병들의 모습을 바라보던 에던이 슬쩍 카마산을 향해 물었다.

"영감님은 안 합니까?"

"쯧! 자꾸 그렇게 부를래?"

"거 참, 그러게 왜 노안으로 태어나가지고는."

고개를 절레절레 흔드는 에던의 모습에 카마산의 얼굴이 와락 구겨졌다. 틀린 말이 아니기에 더욱 화가 나는 부분도 있었다.

실제로 그의 얼굴은 제 나이보다 5~6살은 더 들어 보였다. 어릴 적에야 어른이 되면 제 나이를 찾고, 그 이후부터는 동안이 될 거라는 어른들의 말을 믿었으나, 설마 하니 그 연령대가 40대를 넘어서도 찾아오지 않을 줄이야. 탈모로 인한 타격이 컸다.

실로 생각지도 못한 반전이었다.

"전에도 말한 것 같지만, 영감님은 그냥 그대로 꾸준히 늙을 거라니까. 괜히 제 나이니 어쩌니 하면서 희망 가져봤자 속만 탈거요."

"…씨벌놈!"

"큭큭큭큭…!"

한 차례 카마산을 놀리며 웃어대던 에던이 처음의 질문으로 돌아갔다.

"아저씨는 연공 안 합니까?"

적당히 놀려먹은 까닭인지 호칭이 영감에서 살짝 젊어져 있었다.

"요즘은 슬슬 기력이 딸려서 그런지, 장거리 여행 중에는 쉽지가 않더라."

"약한 소리 하기는, 이제 겨우 40대에 무슨 앓는 소리요?"

"썩을 놈 보소. 내 나이면 슬슬 뼈마디가 삐걱거릴 나이다. 게다가 저번에 한 번 크게 다치고 난 뒤로는 몸뚱이가 제법 상한 모양이야. 쯧! 마누라 등쌀에 최대한 안전한 일거리만 맡아왔는데, 그래도 결국 일은 터지더라."

그러면서 쓰게 웃는다.

"슬슬, 이 짓거리도 그만 둘 때가 된 거지."

그의 모습이 마치 자신의 미래를 보는 것처럼 느껴진 까닭일까? 에던 역시도 얼굴 위로 한 줄기 음영을 드리우고 있었다.

하지만 이내 퉁명스런 말투로 그늘을 퉁겨냈다.

"얼굴만 늙은 줄 알았더니, 마음도 늙었네. 쯧! 몸뚱이가 좀 안 따라 주면, 차라리 이참에 앉은뱅이 연공법이나 익혀 보던가."

괜히 시비조로 말을 걸고 있었으나, 분위기 전환을 위한 의도임을 알기에 카마산 역시 입가의 미소를 고치며 대답했다.

"이 나이 먹고 다시 시작하기는 너무 늦었잖냐."

"쯧!"

짧게 혀를 찬 에던이 명상을 하는 이들을 바라봤다. 카마산 역시 그들에게로 시선을 보내고 있었다.

"거 참, 라만 대륙에서 건너온 연공법이 이렇게 인기가 좋을 줄이야. 내 젊을 적에는 생각지도 못한 일이지."

"드디어 자기가 늙었다는 걸 인정하는군. 영감!"

찰나 간의 빈틈을 파고드는 에던의 놀림에 카마산의 표정이 와락 구겨졌다.

"쓸데없는 소리 말고, 나보다는 네 녀석이나 새로 연공법을 익히는 게 어떠냐."

"아저씨야 말로 쓸데없는 소리 마쇼. 나도 이미 늦었으니까."

"늦기는, 내가 이 바닥에 들어온 게 얼추 지금 네놈 나잇대였다. 지금도 충분히 새로 시작할 수 있어."

확실히 들어보면 틀린 말 같지도 않았다. 하지만 고개를 절레절레 흔들며 부정했다.

"내 성격에 안 맞아서 그러지. 저렇게 가만히 앉아서 눈 감고 있다가는 금세 졸걸."

"하긴… 네놈은 코까지 골아가면서 자빠질 놈이지."

"게다가 이 바닥 알잖아. 멀리 내다보는 것보다 당장 눈 앞에 집중해야 한다는 거."

그리 말하며 손을 휘휘 젓는 에던의 모습에, 카마산도 할 수 없다는 듯 고개를 절레절레 흔들었다.

연공법!

이는 사람이 스스로가 지닌 능력의 한계를 초월하기 위해 '오러'라고 불리는 기운을 쌓는 방법을 말했다.

에던이 '앉은뱅이' 연공법이라고 언급한 건, 저 멀리 동방의 라만 대륙에서 건너온 연공법으로써, 에던과 카마산의 시선에 닿아있는 용병들을 보면 알 수 있듯이, 한 자리에 진득하니 앉아서 기운을 쌓는 연공법이었다.

하지만 이와 반대로 열심히 몸을 움직여가며 외부의 기운을 쌓는 연공법이 있었으니, 그게 바로 저 한편에서 여독도 생각지 않고 열심히 몸을 움직이는 이들과 에던 그리고 카마산이 익힌 연공법이었다.

용병들은 이를 '놈팽이' 연공법이라고 불렀다.

과거, 연공법이 탄생했다고 알려진 무렵, 이를 전했던

이의 동작이 마치 춤추며 노는 듯 했다며, 놈팽이라는 단어가 붙어버린 것이다.

당연하게도 이는 용병계에서 이용되는 일종의 '속어' 라할 수 있었다.

실제로는 둘 모두 그저 연공법일 뿐이었다.

물론, 기사들도 그 나름대로 분류를 하려 하다 보니, 속어라 할 만한 용어가 있기는 했다.

앉은뱅이는 가만히 앉아만 있기에 '좌식공' 이고, 놈팽이는 움직이며 수련과 함께 하기에 '연무공' 이었다.

말 그대로 '분류' 만 해 놓은 것이다.

"눈앞에 집중이라… 그런 의미로 우리 슬슬 눈앞의 일을 걱정해야 할 것 같다."

돌연, 화젯거리를 전환하는 카마산의 눈매가 날카로웠다. 하지만 어째서인지 전체적인 얼굴 표정만큼은 여전한 모습으로 미소 짓고 있었다.

혹시라도 주변 관심을 사지 않고자 하는 그들 나름의 노하우였다.

표정까지 관리를 하는 카마산의 모습에 무언가를 느낀 것일까? 에던 역시도 얼굴을 위장하며 물었다.

"뭔데?"

카마산이 슬쩍 저 앞의 상인 무리를 지나, 그들 너머에 서 있는 대형 마차로 시선을 보내며 입을 열었다.

"저 안에 사람이 있더라."

의외의 대답에 에던의 눈이 빛을 발했다. 그도 그렇게 그들이 운반하는 마차는 사람을 태우는 용도가 아닌, 말 그대로 화물을 가득 싣기 위해서 마련된 마차였다.

그런 화물칸에 사람이 있다? 많은 생각을 하게 만드는 내용이었다.

"라논 녀석의 식사량이 유난히 많더라고."

이상할 게 뭐가 있느냐는 에던의 눈빛에 카마산이 설명을 더했다.

"저 놈이 체격도 제법 되니까. 솔직히 많이 먹을 수는 있지만, 그래도 너무 많아. 게다가 우리가 몇 급이냐."

3급 용병이었다. 에던이 고개를 끄덕였다. 아무리 생긴 걸로 먹고 들어간다고는 하나, 결국 라논 역시도 3급 용병이었다.

상단에서 할당해주는 식사량 역시도 그 경계선이 있다는 의미였다.

"쭛!"

에던의 얼굴이 와락 구겨졌다.

"느낌이 싸 한데?"

"더 재밌는 거 알려줄까?"

"뭔데?"

"나한테 친절하더라."

"…그건 재미없는 거잖아."

"큭큭큭큭…."

친절한 게 무슨 문제가 될까? 싶겠으나, 업계에서 제법 생활을 한 이들이라면, 한 번쯤은 귀를 기울일 수밖에 없는 내용이었다.

"나 같은 '욤병'에게 친절이라니. 웃기지 않냐?"

"안 웃긴다니까!"

눈살을 찌푸리는 에던의 음성이 어느새 조금 높아져 있었다. 주변 시선이 모이는 걸 느낀 카마산이 눈치를 줬고, 에던이 바삐 숨을 삼켰다.

욤병!

어감에서도 알 수 있듯, 좋은 의미는 아니었다.

염병과 용병!

그 두 단어가 합쳐져서 '만들어진' 단어로써, 업계에서 주로 사용되는 '전문용어'였다.

뜻이야 보이는 그대로다.

염병할 용병!

재차 말하지만, 좋은 의미는 아니다.

용병들이 같은 업계 종사자들 중 일부를 비하하는 의미로 사용하는 단어이기도 했다.

[신체적 결함이 있는 용병!]

그런 이들을 비하하는 의미로써 사용되는 것이다. 워낙 험한 일들만 가득한 업계다 보니, 예로부터 용병계는 신체적으로 문제가 발생하는 경우가 잦았다.

그런 이들의 경우 대부분 업계를 떠나 은퇴하는 게 보통이었지만, 이 같은 결함을 안고서도 굳이 무리를 해 가며, 꾸역꾸역 업계에 발을 비비는 이들이 있었고, 업계에서는 이런 이들을 보기가 불편했던지, 의도적으로 비하하기 시작했고 그런 와중에 탄생한 단어였다.

용병!

앞서 언급했듯, 결코 좋은 의미가 아니었다.

게다가 어느 순간부터는 이 그릇된 단어가 그 영역을 확장시키며, 신체적 결함의 정의마저 변화시켰다.

3급 용병!

그 중에서도 연차가 10년을 넘어가는 경력자!

이들에게마저도 용병이라는 부정적 단어를 적용시키기 시작한 것이다.

이유는 간단했다.

오러!

2급 용병부터는 필히 지니고 있어야 하는 '조건'이었는데, 이를 가지고서 오랜 경력의 3급 용병들을 비하하기 시작한 것이다.

[그 오랜 시간동안 오러를 못 느꼈으면, 문제가 있는 거지.]

10년이란 시간이 그 기준점이었다.

아무리 재능 없는 이들이라도 그 시간을 업계에 구르며, 충분히 오러라는 것에 대해 인지해야 하는 게 정상이었다.

이는 싸구려니 삼류니 하며, 흔히 구할 수 있는 가장 저급으로 분류되는 연공법을 기준으로 삼은 것이다.

그러한 이유로 인해, 10년차가 되도록 3급 용병에 머무는 이들은 하나 같이 '욤병' 취급을 당하며, 기피대상으로 분류가 되어버리는 실정이었다.

이 같은 기준으로 봤을 때, 카마산은 이 욤병이란 단어에 너무도 적합한 대상이었다.

우선, 한 쪽 눈을 가리고 있는 안대.

그리고 지난 임무에서 크게 상해 쩔뚝이는 다리.

거기에 더해,

긴 소매로 가려놨다고는 하나, 심각한 화상으로 얼룩진 왼쪽 팔도 있었다. 신경까지도 이상이 있을 거라 여겨지는 심각한 화상이었다.

일을 하다가 보면 손이 드러나는 경우가 빈번히 있는데, 눈썰미가 있는 이들이라면 그 소매 속의 비밀을 눈치 챘을 터였다.

그리고 이런 이유로 인해, 주변 용병들이 그와 거리를 두고 있는 것이기도 했다.

하지만 그렇다고 해서 업신여기는 느낌은 없었다. 비록 욤병이라 불린다지만, 그 경력은 분명 대우받기에 마땅한 까닭이었다.

최소 2급 이상이 아닌 한, 같은 3급 용병들은 그를 깔보지 못했다.

게다가 '10년차'라는 부분이 애매하기도 했다. 일종의 기준점이라고는 하나, 그 시기가 절대적인 건 아닌 만큼, 더더욱 같은 등급에서 카마산을 멸시할 수가 없었다.

그렇기에 차라리 무시하는 것으로써 그와 벽을 세우는 것이었다.

이런 주변의 분위기에도 불구하고 라논은 그에게 친근하게 다가왔다.

성격이 좋아서?

"확실히 성격은 좋아 보였지."

카마산이 고개를 끄덕이는 모습에 에던이 입술을 삐죽 내밀었다.

그렇다면 뭘 몰라서?

"썩을! 1년차면 알거 다 알 시기지."

에던의 반박처럼 업계의 기본적인 정보에 대해서는 빠삭할 법한 시기였다.

그럼에도 불구하고 정말 몰랐을 수도 있지 않을까? 하는 의문도 지닐 수 있었다. 하지만 카마산은 친근하게 접근해 오던 라논과 마주하고, 짧게나마 몇 마디 말을 나누며 깨달았다.

"그놈… 뭔가 있어."

오랜 경험이 쌓아올린 본능이 불길함을 감지한 것이다. 에던이 눈을 빛내며 물었다.

"역시, 1~8년차의 본능!"

"…기분 이상하니까. 발음 똑바로 해라."

"왜? 1~8. 무슨 문제 있수?"

능글맞게 웃어 보이는 에던의 모습에 카마산의 얼굴이 붉어졌다.

"아오… 10년만 젊었어도!"

잠시간 화를 삭이기 위한 인내의 시간이 흐르고, 다시금 카마산의 이야기가 시작되었다.

"사실, 경험이라기 보다는 우연한 발견 덕분이었지."

본능적으로 라논에 대해 의문을 지닌 건 아니었다. 유난히 많은 양의 식사량을 자랑하는 라논의 모습에 한 번 눈길을 주기는 했으나 그걸로 끝이었다.

하지만 우연히 그걸 가지고 마차로 향하는 걸 봐 버렸다.

"우연히?"

슬쩍 짚고 들어오는 에던의 물음에 카마산이 눈살을 찌푸리며 짧게 답했다.

"요즘 속이 좀 안 좋아서."

구석에서 볼일을 보다 발견한 것이다.

"이래 봬도 내가 경력자 아니냐."

"그렇지. 1~8!"

"쯧!"

오랜 경력으로 인해서일까? 아니면, 이젠 이 같은 일이 아니면 의뢰를 받기 어렵다는 생각에서일까?

언제나 호위대상과 의뢰 품목에서 시선을 떼지 않는 게

습관화가 되어 있었다. 그러가 보니 볼일을 볼 때에도 일정 거리를 유지하고는 했는데, 이 와중에 라논이 배식판을 들고 마차로 향하는 걸 본 것이다.

볼일을 보고 있던 까닭에, 그는 은신한 상태였고 덕분에 라논의 시야에 잡히지는 않을 수 있었다.

"하긴, 영감이 몸뚱아리 숨기는 거 하나는 최고지."

라논을 발견하고 작은 의문이 들었다.

왜?

"마차로 향하는 건지."

그리고 왜?

"음식들의 배치가 너무 정갈했단 말이지."

의문은 곧 의심으로 이어졌고, 자연스레 마차 주변을 세심히 살피게 되었다. 그러다가 사람의 흔적을 발견하게 된 것이다.

"직접 눈으로 본 건 아니네."

"짜식이, 내 경력이 있지!"

실력은 부족할지언정 보는 눈마저 없는 건 아니었다. 그렇게 한 번 시작된 의심은 라논의 모든 것들을 새삼 되짚어 보게 만들었다.

그 와중에 불뚝 튀어나온 게 바로 '태도'와 '말투'였다.

"미묘…하다고 해야 할까? 억양 같은 게 좀 달라."

같은 언어를 사용하더라도 지역마다 말투가 조금씩 다를 수밖에 없었다.

그리고 '계급' 간에 비쳐지는 말투 역시도 마찬가지였다.

"미묘…하게 귀티가 났단 말이지."

친절한 그 태도에서도 은은히 묻어나오는 분위기가 그저 친절 하기만 한 게 아니었다.

"뭔가…."

"배운 느낌?"

"그래. 그거. 배운 집 자식 같다는 기분."

어릴 적 귀족가의 하인으로 일을 해 봤기에, 더욱 그 같은 느낌에 확신을 지닐 수 있었다.

"그거네."

에던이 고개를 끄덕였다. 그러며 연신 같은 말을 반복했다.

"그래. 그거였어. 그거."

"뭐가?"

뜬금없는 에던의 행동에 의문을 느낀 카마산이 묻자, 에던이 땅바닥에 침을 탁 뱉으며 답했다.

"어쩐지 재수 없어 보이더라니. 그런 거였어."

"왜? 평생 땅바닥만 굴러서, 체질적으로 고지대 분들하고는 안 맞냐?"

"남말 하기는."

"쓸데없는 소리 말고, 어쨌든 이번 일… 느낌이 안 좋아. 뭔가 냄새가 나. 구려."

"그러게 싸고 나면 뒤를 좀 닦으라니까."

"쉰 소리 그만하고, 어쩔래?"

"어쩌긴 뭘 어째. 우선은 좀 지켜봐야지."

업계에서야 무시당하고 업신여겨지는 용병이라고는 하나, 그들은 오랜 세월 용병계를 버텨온 경력자였다.

위기라고 즉각 도망칠정도로 의리가 없진 않았다.

"봐서, 정말로 구리면⋯."

"구리면?"

"계약 위반이니까. 손해 배상을 받아야지."

"끄응⋯ 돈이냐?"

"당연하지!"

새로운 용병패를 받는다고 깨진 돈이 너무 컸다. 게다가 10년차 이하로 받는다고 또 한 번 추가요금이 붙은 것이다.

'간당간당하게 8년 짜리로 채워놓고는, 씹을 놈들!'

게다가 연령대 역시도 그의 것보다 두 살이나 어렸다. 때문에 더욱 라논이 맘에 안 드는 것이기도 했다.

'나이도 어린노무 쉬키가, 씹!'

내심 투덜거리고 있는 에던을 향해 카마산의 이야기가 이어졌다.

"한 번 의심을 하기 시작하니까. 이것저것 눈에 거슬리는 것들이 생각보다 많아."

먼저, 유난스레 상행을 재촉하는 상단 지휘부가 걸렸다. 애초부터 이 같은 일자리가 값싸고 힘들다는 건 알고 있었다.

그 같은 용병에게는 이 정도의 일거리밖에 없는 까닭에, 알면서도 계약을 했다.

하지만 이번 일은 유난히도 힘에 겨웠다. 이전에야 상단주가 유별나다고 여기며 넘어갔지만, 의심을 품고나자 이런 부분들이 걸리기 시작한 것이다.

"게다가 지휘부 놈들 호위라며 붙어있는 놈들… 말은 상단주 호위인데, 유난히 마차에서 떨어지려 하질 않더라고."

이 부분 역시도 이전에는 제법 값비싼 물품이 들었겠거니 하며, 상단주가 신경을 쓴다고 여겼으나, 의심을 시작한 지금은 눈에 거슬리기만 할 뿐이었다.

"라논 그놈이 지휘부와 친근하게 구는 것도 걸리고."

잠시간 이야기를 듣고 있던 에던이 카마산을 향해 물었다.

"그래서 결론이 뭐요?"

"뭐긴 뭐야. 조심하자. 뭐, 그런 거지."

확실치 않은 추론만 가지고 계약 파기니 뭐니 하며 일을 벌이기에는 카마산 역시 의뢰비가 소중했다.

게다가 그는 길드장과의 친분으로 매번 새 신분을 구입해 의뢰를 받고 있었다. 때문에 멋대로 계약파기를 하자니 걸리는 게 너무 많았다.

물론, 딸린 식구는 굳이 언급할 필요도 없었다.

이 같은 상황에 굳이 에던에게 이 같은 언질을 하는 이유라면 간단했다.

"믿는다. 아직 젊은 너라면 나보다 감이 좋을 테니까."

위급시에 그의 도움을 얻고자 하는 것이다.

"쯧! 알았으니까. 가서 발 닦고 잠이나 주무셔. 불침번 서려면 일찍 자야지."

"나 오늘 공번이다."

"염병!"

"노인공경 모르냐!"

"얼씨구, 그럼 평생 영감 취급 해 줄까?"

"썩을 놈!"

또 다시 잠시간의 투닥거림이 이어졌다. 그렇게 한동안 열기를 털어낸 뒤, 카마산이 자리로 돌아가고자 자리에서 일어났다.

"그런데…아직도 소식이 없는 거냐?"

발길을 떼기 전, 카마산이 뜬금없는 질문을 던졌다. 이에 에던이 눈살을 살짝 찌푸리며 대답했다.

"내 등급 보면 모르요?"

"…간다. 자라."

"초번이라 자려면 멀었수."

"큭! 그래. 고생해라."

멀어지는 카마산의 뒷모습을 잠시 바라보던 에던이 고개를 돌려, 주변 용병들에게로 시선을 던졌다.

나름의 방법으로 연공을 하고 있는 모습들이 보였다.

[소식이 없는 거냐?]

앞서, 카마산이 떠나기 전 던졌던 질문이 떠올랐다.

2급 용병이 되기 위해서는 필히 품어야 할 기운.

오러!

이에 대한 물음이었다.

"후우…."

13년이라는 세월동안 그 잔상을 쫓았다.

"…염병!"

하지만 여전히 그에게는 신기루와 같은 단어일 뿐이었다. 그도 모르게 품속을 뒤적여, 새로이 발급받은 '신분증'을 꺼내들었다.

3급 용병패!

워낙에 오랜 세월을 이 위치에 맴돈 까닭일까? 이제는 낙인처럼 느껴지는 숫자였다.

3. 용병!

3. 용병!

안 좋은 예감은 틀린 적이 없다고나 할까?

"산적이냐?"

"산적인가?"

카마산과 에던은 약속이나 한 듯 같은 말을 반복했다.

저 앞으로 산길을 따라 우르르 내려오는 산적들의 모습은 분명 너무도 익숙하다 할 법한 광경으로써, 상행을 하는 중이라면 간혹 마주하는 상황이 그들 앞에 펼쳐지고 있는 중이었다.

"염병! 이게 다 영감 때문이잖아."

"내가 또 뭘?"

"불길하니 어쩌니, 입에 달고 다니니까. 정말로 얻어걸린 거잖수."

"지랄! 같다 붙이기는. 쓸데없는 소리 그만하고 준비나
해."

물론, 당장 검을 뽑지는 않았다. 만약의 사태를 대비하며
언제든 뽑아들 수 있는 자세를 갖추고, 이상적인 호위 태세
를 위해 마차와의 거리를 좁히는 등, 간단한 자리 이동과
자세 변경만이 있을 뿐이었다.

괜스레 검을 뽑았다가 산적들을 자극할 수도 있기에, 우
선은 최소한의 자세와 준비만 갖추는 것이다.

우선은 상단 지휘부 측에서 먼저 나서며 산적과 통행세
에 대한 이야기를 나눌 것이다.

대화가 잘 된다면?

별다른 전투 없이 이 길을 지나갈 수 있을 터였다.

하지만 통행세가 맘에 안 들고, 대화가 순조롭게 돌아가
지 않는다면?

'그땐 전쟁이지. 쯧!'

귀찮은 일을 피하기 위해서라도 상단에서 쏠쏠한 통행세
를 준비했기만을 바랄 뿐이었다. 특히, 밀려드는 산적들의
수가 만만찮아 보였기에, 최대한 전투는 피하고 싶었다.

이런 생각을 하고 있을 즈음, 카마산의 나직한 혼잣말이
귓속으로 파고들었다.

"그런데, 이 근방에 산채가 있었나?"

순간, 에던의 눈에 불이 들어왔다.

'그러고 보니…'

경험이 많은 용병이라면, 임무 수행 전, 길드를 통해 길목의 산채 분포도에 대해 조사를 하는 건 기본이었다. 그역시 없는 돈 쥐어짜가며 이 정도는 준비하고 출발한 상황이었다.

물론, 그렇게 얻어낸 정보도 불확실한 것들이 많다고는하나, 그래도 최소한의 방비책은 되어주고는 했다.

그렇게 구했던 정보 중에는 이 길목에서 산적이 등장할이유가 없었다.

에던의 시선이 카마산에게로 향했다. 이 근방은 카마산이 빠삭한 까닭이었다. 그 역시 비슷한 의문을 느끼고 있던것인지, 같은 타이밍에 시선을 맞춰오고 있었다.

그리고 저어지는 고갯짓에 귀밑으로 싸한 한기가 스쳤다. 산길을 타고 내려오는 산적들의 보는 눈빛이 전에 없이신중해졌다.

두건으로 얼굴 절반을 가리고 있는 까닭에, 정확한 표정을 살피기는 어려웠다. 하지만 언뜻 비치는 나머지 부분이딱딱히 굳어 있는 게 보였다.

뒤이어 내려오는 발길에 점차 속도가 붙는 것 역시 눈에 들어왔다. 즉각, 그들이 들고 있는 병장기에 시선이 갔다.

이미 뽑아들고 있는 그들의 병장기는 유난스레 손질이잘 되어, 날이 바싹 서 있었다.

문득, 달려드는 무리들 너머로 시선이 향했다. 앞서 이곳 산길에 접어들기 전, 눈에 담아뒀던 산세와 주변 지형이 재차 시야에 잡혔다.

이미 산채가 들어서기에는 무리가 있다는 결론을 내렸던 게 떠올랐다.

그 같은 결론을 내렸던 결정적인 이유가 저 산길의 끝에 있었다.

에젠 남작령!

영지와 인접한 곳이니 만큼, 토벌의 위험성이 큰 까닭이었다. 산세에 더해 지리적인 위치가 최악인 것이다.

만약, 저들이 산적이 아니라면?

깨닫는 순간 이미 검을 뽑아들고 있었다.

그를 응시하던 카마산이 이에 호응하듯 목소리를 높이며 크게 경고성을 토해냈다.

"온다!"

실질적으로 수장 역할을 맡은 용병은 따로 있었기에 즉각적인 반응이 나오지는 않았다.

다행이라고 해야 할까? 그 수장이 카마산의 외침에 귀를 기울였고, 밀려드는 불길함에 빠르게 눈치 챌 수 있었다.

"적이다!"

그의 외침이 퍼지는 순간, 산적들의 달음박질이 더욱 빨라졌다. 그들 역시도 외침을 들은 것이다.

차차차창…

각자 지니고 있던 병장기를 뽑아드는 순간, 최전방을 지키던 용병과 산적들이 첫 조우를 했다.

그리고,

"죽여!"

"끄르륵!"

전투가 시작되었다.

가지각색의 비명성과 신음성이 흩날리면서, 고요하던 산길이 한순간에 전장으로 변해버렸다.

"젠장!"

나직한 욕설과 함께 에던이 검을 휘둘렀다.

카앙!

둔중한 무게감이 손목에 아찔한 부담감이 밀려들었다. 어느새 그의 앞까지 밀려든 것인지, 습격자들의 매서운 도끼가 그를 엄습해온 것이다.

이런 상황에서는 더 버텨봤자 손목만 나간다는 걸 알기에, 냅다 검을 놓으며 몸을 앞으로 던졌다.

상대는 저 무거운 도끼를 휘두르느라 빈틈 투성이었다. 품속 깊이 파고늘며 소매에 감춰뒀던 단검을 그대로 휘둘렀다.

서걱…

목 위로 그어지는 한 줄기 검광과 함께 시뻘건 핏물이 솟구쳤다. 하지만 이를 채 확인하기도 전에 몸을 옆으로 굴렸다.

즉사를 해도 이상하지 않을 치명상이었으나, 그렇다고 안심할 수는 없는 까닭이었다. 죽음이 코앞에 이르는 순간, 생을 향한 갈망을 내비치듯, 처절하게 휘적거리는 손짓에 걸려, 함께 사지로 말려들어갈 수 있는 까닭이었다.

후우웅…

뒤통수를 스치고 지나가는 살벌한 도끼질이 그의 선택이 옳았음을 알려줬다.

"끄르륵…."

피거품을 입에 물며 넘어가는 적을 뒤로 한 채, 바닥을 구르고 굴러 바삐 장소를 옮겨갔다.

그러며 앞서 놓아두었던 검을 챙기는 것도 잊지 않았다. 오랜 시간 전장을 굴렀던 경험 덕분인지, 정신없이 구르는 것 같아도 그의 시선은 꼼꼼히 사방을 살피고 있었다.

몇 번 굴렀다 싶은 순간, 이미 그 위치는 후방으로 옮겨져 있었는데, 재미있는 건 그와 같은 모양새로 다가오는 그림자가 있다는 점이었다. 익숙한 얼굴, 카마산이었다.

"젊은 놈이 벌써부터 빠져가지고."

옆으로 바싹 다가온 카마산의 타박에 에던이 어깨를 으쓱였다.

"나는 데는 순서 있어도 가는 데에는 순서 없수."

"주둥이만 살아가지고."

한 차례 투닥 거린 그들의 시선이 전방으로 향했다.

"산적이냐?"

카마산의 입에서 최초의 질문이 다시 흘러나왔다.

"산적일 것 같수?"

에턴의 대답에 카마산이 고개를 끄덕이며 재차 물었다.

"암전 놈들일까?"

어렴풋이 비치는 행동 양식에서 산적이 아닌 그들 '용병'의 향기가 묻어나왔다.

특히, 복장사이사이 비치는 잡다한 병장기들이 잡식성 짙은 하류 용병들의 향이 물씬 풍겼다.

"암전은 무슨. 그냥 똥개라고 하쇼. 느낌이 빡 하고 오는 게, 그놈들이 맞는 것 같긴 한데."

에턴의 투덜거림에 카마산이 쓰게 웃었다.

암전!

그들도 용병이었다.

허나, 일반적인 용병과는 그 위치가 달랐다.

빛과 어둠!

세상에는 어느 영역이건 밝은 부분과 어두운 부분이 존재하는데, 암전의 용병들은 업계의 어두운 부분이라고 할수 있었다.

용병들도 기피하는 의뢰를 수행하는 이들로써, 그 대부분이 '불법'이라 불리는 일들이 수두룩했다.

말이 용병이지 범죄자나 다를 바 없는 집단이었다.

가장 간단한 예를 들자면, 노예 시장의 호위 임무 같은게 있었다.

이 정도면 그나마 나았다. 그들 노예들을 직접 '조달' 하는 임무 등을 맡는 이들도 있을 정도였으니, 결코 에던의 평가가 박하다고 할 수 없는 것이다.

그들 스스로는 '암흑의 전사' 라면 '암전' 이란 단어를 사용하고 있으나, 대개 에던이 입에 올렸던 용어로 그들을 일축하는 이들이 많았다. 구린 일들을 주로 하는 까닭이었다.

재미없는 사실은, 에던도 그렇고 카마산도 그렇고, 둘 모두 한 때는 암전에 발을 담았던 시절이 있다는 점이었다.

경력깨나 되는 용병들 중, 암전을 거치지 않은 이들이 없었다. 그리고 이 같은 시기가 있었기에 이처럼 가차 없는 평가를 할 수 있는 것이기도 했다.

"확인 좀 하고 오마."

카마산은 그 말과 함께 훌쩍 앞으로 몸을 던졌다. 불편한 몸뚱이를 가지고 어찌 저리 날랜가 싶겠으나, 그 속사정을 안다면 또 이야기가 달라진다.

오러!

에던이 그토록 원하던 그 신비의 문이 카마산에게는 열려있는 까닭이었다.

스스로는 이제 늦었다느니 어쩌느니 하며 연공을 자제하는 모습을 보였지만, 이는 다른이들 앞에서 연공하는 걸 숨기고자 하는 소리일 뿐이었다.

일반적으로 알려진 연공법보다는 조금 더 나은 걸 익히고 있었기에, 이를 드러내 소란을 일으키지 않고자 스스로

감추는 것이다.

물론, 이 같은 특별한 힘의 도움에도 불구하고 불편한 신체적 조건으로 인해 용병의 신세를 벗어나지는 못했으나, 이 같은 사항만 아니었더라면, 충분히 2급은 물론이요 1급까지도 노릴만하다는 평을 받는게 바로 카마산이었다.

어쩌면 이 때문에 길드의 수뇌부들도 나름 신경을 써주는 것이기도 했다.

'그래봤자 용병이지. 퉤!'

에던은 격하게 침을 뱉으며 시선을 뒤로 돌렸다. 카마산의 이야기를 듣고 요 며칠 눈여겨봤던 마차가 세워져있었다.

집요한 관찰결과, 확실히 사람의 흔적이라 할 만한 게 보이기는 했다.

하지만,

'찜찜하단 말이지….'

뭔가 불쾌한 기분을 감추기가 어려웠다. 카마산의 이야기처럼 구린 부분이 존재하기 때문인지, 아니면 다른 무언가가 걸린 것인지, 명확히 답을 내리기는 어려웠으나, 어쨌든 분명한 건 느낌이 좋지 않다는 점이었다.

그 순간 목 뒤가 서늘해지는 걸 느꼈다.

"쯧!"

후방이라고 여겼던 구역까지 산적들이 밀고 온 것이다. 느낌이 온 순간 몸을 굴렸다.

팍!

등판에 짜릿한 통증이 느껴졌다. 얇은 나무판을 덧대어 입었다는 걸 생각한다면, 결코 가볍게 여길 문제가 아니었다.

슬쩍 손을 뻗어서 살펴보니, 제대로 날 선 단검이 잡혔다. 판자가 아니었더라면 제법 깊은 상처가 남았을 터였다.

단검에 묻어나온 뻘건 핏물을 보니 머리가 뜨거워졌다.

"이런, 염병!"

두 눈 가득 불길을 피워내며 암기를 날린 범인을 찾는데, 타이밍도 기막히게 발견과 동시에 열기를 식혀야만 했다.

"끄륵…."

볼일을 마치고 복귀하던 카마산의 검이 범인의 목젖을 꿰뚫고 있었다.

"…염병!"

괜히 피만 봤단 생각에 나직이 욕지거리를 게워내고 있을 때, 빠르게 거리를 좁힌 카마산이 뭔가를 획 하니 던졌다.

받아서 확인하니 용병패였다.

"암전 놈들이 맞더라."

카마산의 이야기에 에던이 눈살을 찌푸리며 용병패를 바라봤다.

"눈에 익은데?"

익숙한 이름이 그 안에 담겨있었다.

"발툼 그 썩을 놈 거다."

"쯧!"

한 때 동료로 일했던 적이 있는 사내로써, 카마산 역시 함께였다.

그런 옛 동료의 용병패를 들고 왔다?

"뒈졌수?"

"몰라."

어쩌다 주운 것이 옛 동료의 용병패였지만, 그렇다고 해서 용병패의 '현' 주인이 옛 동료인 건 아니었다.

"잃어버린 건지, 아니면 뒈져서 암전에 용병패만 굴러다니고 있는지…쯧! 좋게 좋게 생각하자."

어딘가에 살아 있겠거니, 하며 그냥저냥 넘어가는 것이다.

용병!

그들이 지내는 세상이었다.

지금 당장이야 카마산과 에던이 농짓거리를 나누며 어깨를 나란히 하고 있다지만, 행여라도 각자의 임무로 인해 대립된 상화에 처하는 순간, 그들은 서로를 향해 검을 겨눠야만 했다.

나름대로 안면이 있기에, 최대한 상대를 외면하려 하겠으나, 결국 칼을 나누게 되는 순간, 그들은 그 누구보다 치열하게 서로의 생존을 위해 사납게 이를 드러낼 터였다.

"확실히 뭔가 있긴 있어."

카마산이 그 말과 함께 슬쩍 마차쪽으로 시선을 보냈다.

암전을 확인하자 새삼 이번 상행과 저 마차에 대한 의심이 짙어졌다.

에던 역시도 한 차례 그곳을 바라보다 고개를 전방으로 돌렸다. 상단에서 운영한다는 호위들이 그 둘을 노려본 까닭이었다.

비록 그 수는 많지 않았으나, 용병들 중 누구도 저들과 시선을 마주하는 이들은 없었다. 기사 출신이라는 걸 아는 까닭이었다.

가장 낮은 기사도 최소 2급 용병과 동급이고, 평균적으로 1급 용병과 급수를 같이 놓는다는 걸 생각한다면, 그들과 같은 3급 용병들은 감히 눈도 맞추기 어려운 존재들이었다.

"쓸데없는 생각 말고, 당장은 눈앞에 똥개들한테나 집중합시다."

에던이 그 말과 함께 앞으로 튀어나갔다. 상단호위들의 시선이 따갑게 등짝을 찔러오고 있음에, 더 이상 후방의 안전지대에서 농땡이를 피우기가 어려움을 안 것이다.

비슷한 기분을 느낀 것인지, 카마산 역시 어깨를 나란히 하며 앞으로 몸을 던졌다.

짜릿한 전투의 시간이었다.

날아드는 칼을 피하는 건 생각보다 쉽다. 무작정 뒤로 몸을 빼면 되는 것이다.

'하지만 그래서야 어디 일거리가 들어오겠어!'

그 아찔한 죽음의 그림자에 오히려 몸을 던지며, 생과 사의 간극에 몸을 담글 줄 알아야 했다.

에던은 뒤가 아닌 앞으로 몸을 던지며 냅다 왼 팔을 들어 올렸다. 칼날이 팔뚝을 썰고 지나가기에 딱 좋은 위치였다.

카앙!

하지만 섬뜩한 감각이 아닌 저릿한 감각이 팔뚝을 타고 전해져왔다. 카마산과 달리 화상으로 인한 부상을 감추기 위한 것도 아니면서, 굳이 긴팔을 고집한 이유는 간단했다.

팔뚝에 덧대놓은 철대를 감추기 위함이었다. 물론, 각종 다양한 소형 병장기를 숨기기 위한 이유도 있었다.

무게감을 최소화 하기 위해 얇은 철대를 말아놨기에, 칼질 한번에도 단박에 부러질수도 있겠으나, 방향만 잘 비틀어 받는다면 서너 번 정도는 충분히 버텨내고도 남았다.

막았다면 남은 건 반격뿐이었다.

푸욱!

비릿한 혈향이 코끝을 타고 올라왔다. 술이 생각나는 그 짜릿한 향기에 취한듯, 휘청휘청 몸을 흔들었다.

파파팍!

그 순간 양옆을 스치고 지나가는 매서운 바람이 있었다. 큼직한 도끼 한 자루와 대검이 서늘한 궤적을 양 옆구리에 새기고 지나갔다.

옅은 통증에 베였음을 알았다. 앞뒤는 판자를 덧대 나름의 안전책을 챙겼지만, 양옆은 원활한 동선을 위해 최대한 자유롭게 해 놓은 까닭에, 날붙이의 예기에 취약할 수밖에 없었다.

"크음!"

짧은 신음성을 내지르면서도 양 손을 바삐 움직였다. 소매를 펄럭이는가 싶더니, 손가락 한마디만한 크기의 얇은 단검이 양측으로 뻗어나갔다.

푸푹!

정확하게 두 번의 피륙음과 함께 세 개의 그림자가 땅으로 스며들었다.

최초, 그의 반격에 당했던 산적까지 포함한 숫자였다.

멀지 않은 곳에서 막 산적 한명을 베어냈던 카마산이 나직한 탄성과 함께 고개를 끄덕였다.

"역시…!"

에던이 한순간에 셋을 쓰러트리는 걸 본 까닭이었다. 그의 움직임은 카마산 같은 노련한 경력자에게도 감탄을 자아내기에 충분한 것이었다.

[내가 눈이 좀 좋습니다.]

언제고 그 남다른 움직임의 비결이 뭐냐고 물었을 때, 에던이 툭 하니 던져줬던 대답이 떠올랐다.

'눈이 좋다고?'

저것은 결코 눈 '만' 좋아서는 불가능한 반응이었다.

'감이 좋아야지!'

"무려 18년 경력의 이 내가…."

카마산의 눈이 얇아졌다.

"염병… 저 쉐끼 때문에, 괜히 이상하네."

자신의 경력이건만, 입에 올리기가 꺼려지는 건 어째서
일까?

전투는 생각 이상으로 치열했다. 양측의 전력이 비등비
등했던 까닭이었다. 하지만 이런 부분도 얼마 지나지 않아
꺾여야만 했다.

비릿한 혈향이 산길을 가득 메우도록 방관만 하던 상단
의 호위들이 움직인 것이다.

'어째서?'

기왕 움직일 거면 초반부터 나설 것이지, 왜 이제야 칼을
뽑는단 말인가? 의문은 길지 못했다.

산적들 측에서도 새로운 인물들이 등장한 까닭이었다.

돌연, 숲 속에서 하나 둘 모습을 드러내는 이들이 있었
다. 그 모양새는 앞서 등장한 산적들과 다를 바 없었으나,
풍기는 기세가 전혀 달랐다.

특히, 잘 정련된 육신은 옷 너머로도 선명히 전해져 와,
그들이 보통내기가 아님을 새삼 인지하게 만들었다.

호위들이 이미 저들의 존재를 알고 있었고, 그들과 보이

지 않는 대치 중이었다는 걸 깨닫는 순간이기도 했다.

마치 약속이나 한 듯, 상단 호위들과 새롭게 등장한 이들은 주변 용병과 산적들을 무시한 채, 서로를 향해 달려들었다.

카카카카카캉…

날붙이들의 매서운 마찰소리가 울려 퍼지는 와중에, 용병과 산적들 역시 약속이나 한 듯 사방으로 거리를 벌리며 그들에게 공간을 내어주기 시작했다.

찰나간의 짧은 격돌이었으나, 그 잠깐의 마찰만으로도 저들의 실력이 어떠한지 한껏 실감한 까닭이었다.

가까이 있는 것만으로도 등골이 오싹해지는 기세에서, 저들이 육체적 능력 그 이상의 힘, '오러'라 불리는 괴력을 발휘하고 있음을 알 수 있었다.

당연하게도 저기에 끼였다가는 순식간에 고깃덩이가 되어버릴 확률이 높았다. 그렇기 때문에 용병과 산적들이 도망치듯 거리를 벌린 것이다.

앞서 용병들과 산적들보다 더욱 치열할거라 여겨지는 전투였다. 하지만 의외라고 할까? 이 같은 양측 대표들의 전투는 생각보다 빠르게 그 끝을 내비치고 있었다.

"커헉!"

"끄르르륵…"

사나운 칼질과 기괴한 신음성이 박자를 이루며, 산적들 측에서 튀어나왔던 실력자들이 일제히 무릎을 꿇는 게 보였다.

그 두 무리의 실력은 비슷했다. 에던은 분명 그렇게 봤다. 오랜 세월 전장에서 단련한 그의 '눈'이 내린 결론이었다.

하지만 그럼에도 불구하고 승부는 순식간에 났다.

'…각오의 차이인가.'

에던이 보기에는 그것이 결정적이었다.

서로 치열하게 싸우는 것 같았으나, 산적들 측에서 나선 이들은 한 걸음 정도 물러난 전투, 즉 '뒤'를 생각하며 싸움에 임하고 있었다.

하지만 상단 호위들은 제 한 몸 아끼지 않으며, 당장 이곳에서 함께 불사르자는 각오로 몸을 던지며 검을 뻗었다.

이 차이는 실로 지대했고, 결국 승패로 이어진 것이다.

'그런 것보다….'

에던을 불편하게 만드는 건 따로 있었다.

상단의 호위들과 어깨를 나란히 하며, 저 산적의 수뇌들을 상대하고 있는 이들 중, 끼어서는 안 될 존재가 함께하고 있었다.

라논!

에던의 두 눈이 얇아졌다.

'역시… 용병이 아니었어.'

풍기는 분위기에서 미묘한 차이가 존재했다. 스스로는 허물없이 다가오는 듯싶었으나, 그에게서는 도저히 떨어트릴 수 없는 절도가 있었고, 품위가 있었으며, 이로 인한 짙은 괴리감이 존재했다.

용병, 그것도 겨우 1년차 용병에게서는 풍길 리가 없는 위험한 향기가 그의 주변에서는 항시 맡아졌다. 그 때문에 라논이 다가올 때면 괜스레 긴장이 되며 표정이 굳으려 하곤 했었다.

상단 호위들과 너무도 자연스럽게 손을 맞추는 걸 보고 있자니, 그가 저들 무리와 동류라는 걸 단박에 알아챌 수 있었다.

기사!

경력깨나 있는 이들이라면 누구나 같은 생각을 하고 있을 터였다.

재미있는 건, 상단 호위들과 어깨를 나란히 하는 용병이 라논 혼자가 아니라는 점이었다.

'이것들이 단체로 약을 팔아?'

경력들이 낮아 막내 노릇을 하던 용병들 중 상당수가 라논과 함께하고 있었다.

뒷목이 뻐근해지는 느낌이었다. 맘 같아서는 당장 칼을 빼들고 싶었으나, 감정에 충실하기에는 그의 실력이 너무 이성적이었다.

"염병!'

나직한 욕지거리로 화를 삼키며, 가만히 돌아가는 판세를 지켜봤다.

수뇌들의 패배를 목격한 순간, 산적들은 이미 전의를 잃어버린 듯 보였다. 하나 둘 뒷걸음질을 치며 슬금슬금 전장에서 이탈조짐을 보이고 있었다.

"으아아아–!"

그리고 결국 한 명이 냅다 달음박질을 하며 숲으로 뛰어들어가자, 기다렸다는 듯 다른 산적들도 이리저리 도주를 시작했다.

최대한 다양한 방면으로 도주를 하는 게 추격의 불씨를 조금이라도 죽이는 것이었다.

'애초에 잡을 생각도 없겠지만….'

그의 예상이 맞다면 상단은 저들의 뒤를 쫓는 게 아니라, 한시 바삐 일정을 앞당기며 발길을 재촉하려 들 터였다.

분명, 그래야만 했다.

"여기서 갈라진다!"

헌데, 이게 웬일? 상단의 반응은 그의 예상을 한 차원 더 뛰어넘었다.

"허…."

대뜸 상단의 인원을 쪼갠다는 결론이 나올 줄이야. 물론, 그의 추측이 이느 정도는 들어맞아, 빌길을 재촉하는 분위기가 물씬 풍기고 있기도 했다.

'더 이상 연극도 안 하겠다는 뜻인가?'

어차피 저들이 진짜 상단이 아니라는 건 짐작하고 있었다. 제법 눈치 있고 머리 있는 이들이라면, 모를 수 없는 상황이었다.

당연하게도 저들 지휘부 측에서도 이 같은 반응을 읽어 냈을 것이다.

"여러분의 임무는 변함없이 물품 호위입니다. 마차는 여기서 버리고 그 안에 실렸던 짐을 직접 들고 이동할 생각입니다."

그러며 쪼개진 물품 숫자에 맞춰 인원도 나눈다는 것이다.

'아직까지는 가면을 쓰겠다는 건가.'

굳이 상단으로써, 물건과 호위를 언급하는 모습에서, 좀 더 거짓을 가장하고자 한다는 걸 알았다.

당연하게도 앞서 호위기사들의 실력을 본 용병들은 이에 대한 반박을 제기하지 않고 있었다. 그렇잖아도 주변 가득 널린 게 시체와 혈향이었다. 괜히 말 한마디 잘 못 했다가 저 시체더미 속에 발을 담그게 될까 두려운 것이다.

왜 인원을 쪼개고, 물건을 나누는 건지에 대한 질문은 가슴에만 고이 담아둬야 했다.

"갑작스레 임무에 변경을 준 부분에 대해서는 사죄를 드리겠습니다. 그 대신, 거기에 합당한 보상금과 추가 계약금을 지불하도록 할 생각입니다."

그 말과 동시에 분위기가 좋아졌다. 어찌 되었건 물러나기 어려운 상황이건만, 웃돈까지 얹어준다니 당연히 입 꼬리가 올라갈 수밖에 없었다.

'썩을 놈들… 목숨 값인 줄도 모르고 좋단다. 쯧!'

당연하게도 에던을 비롯하여 경력이 제법 되고 머리가 제법 돌아가는 이들은 대충 상황을 파악하고, 돈의 의미에 대해서도 짐작해냈다.

　때문에 들끓기 시작한 공기 속에서도 유난히 몇몇 용병들은 안색을 싸늘하게 식히고 있었다.

　마차에서 물건들이 내려지고 이내 쪼개진 인원들 수만큼 나눠지는데, 우연이라고 해야 할까? 아니면 외도된 것일까?

　에던은 같은 조에 포함된 용병들의 면면을 살피다, 꾸욱 삼켜놨던 울화가 재차 치미는 기분을 맛봐야만 했다.

　하필이면 가장 꺼려지는 존재와 같은 조에 포함된 것이다.

　"잘 부탁한다."

　실실 웃으며 악수를 청해오는 라논의 모습이 보였다.

　'이런 게 구타를 부르는 얼굴이란 건가.'

　악수에 응하는 그의 손끝이 바르르 떨리고 있었다.

❖ ✠ ❖

　역시나라고 할까?

　상단은 과감히 인원을 가른 뒤, 산 너머의 에젠 남작령 방향이 아닌, 일제히 새로운 노선으로 움직이기 시작했다.

이대로라면 최초 계약했던 최종 목적지에서 멀어질 확률이 높았다. 이미 용병패를 새로 바꿨기에 어느 정도 위험성이 줄었다고는 하나, 가장 확실한 건 영지전에 벌어졌던 장소에서 최대한 멀어지는 게 좋았다.

'뭐… 방향이 어찌되었건 멀어지고 있다는 건 틀림없으니까.'

속이 아렸으나, 애써 좋은 게 좋은 거라며 긍정적으로 생각하기로 했다. 그나마 운이 좋다고 해야 할까?

'위험도는 낮아 보이니.'

분명, 그는 마차에서 내리던 로브인들을 봤다. 얼핏 로브 너머로 드러나던 호리호리한 체형에서, 그들이 여인이라는 걸 짐작할 수 있었는데, 산적들의 갑작스런 등장이 그 로브인들과 관련이 있음을 알 수 있었다.

다행스럽게도 그는 로브인들과 같은 조에 속하지 않았고, 이 부분에서 일부 위험성이 걷혔다는 결론을 내렸다.

'나보다는…영감이 걱정이지.'

카마산과는 조가 갈린 상황이었는데, 하필이면 로브인과 같은 조에 포함되어 버린 것이다.

'괜찮으려나.'

문득, 떠나기 전 카마산이 했던 이야기가 생각났다.

[조심해라!]

그 진심어린 걱정에 슬쩍 웃음이 나왔다.

'오지랖만 넓어서는.'

고개를 절레절레 흔드는 그의 어깨에 돌연 묵직한 무게감이 얹어졌다.

'끄응….'

단박에 무게감의 주인을 알아챘다. 어느새 다가온 것인지 라논이 그의 어깨에 팔을 걸치며 말을 건네 오고 있었다.

"어때 무겁지는 않냐?"

마차를 버리고 물건을 개별적으로 옮기는 와중이기에, 당연하게도 용병들이 그 짐의 일부를 부담할 수밖에 없었다.

그 때문에 에던 역시도 상단 물품을 짊어지고 있었는데, 당연하게도 제법 무게감이 만만치가 않았다.

"네 팔만 아니면 괜찮을 것 같은데."

"크… 그러냐."

라논이 올렸던 팔을 치우며 상큼하게 웃어보였다. 그 모습에 웃는 얼굴에 침을 못 뱉는다는 어딘가의 속언이 떠올랐다.

하지만 어째서인지, 저 미소는 보고 있으면 진득한 기대를 뱉어주고 싶어지고는 했다.

'찝찝하단 말이지.'

이미 라논의 정체가 용병이 아닌 기사라고 추측하고 있었다. 하지만 이 기이한 거리감은 그들 사이의 계급 차이에서 기인한 것이 아니라는 느낌이 들었다.

'뭔가가 있는데….'

그 무언가에 대한 정의가 내려지질 않았다. 고개를 짧게 흔든 그가 라논을 바라보며 물었다.

"어째, 짐이 가벼워 보인다?"

상인으로써 그리고 용병으로써의 연극을 아직 이어나갈 생각인지, 라논은 다른 용병들과 마찬가지로 상단 물품을 등에 짊어지고 있었다.

하지만 한 눈에 봐도 그 무게감이 남달라 보이는 게, 대충 형식상의 연극만 하고 있다는 느낌이 강했다.

"크…알잖아."

라논이 나직한 웃음과 함께 답하는데, 그 내용이 기이했다.

"알긴 뭘…."

성난 반박을 하려던 에던은 실실 웃는 라논의 눈을 정면으로 마주할 수 있었다.

올라간 입 꼬리마냥 그 눈 역시 웃고 있었다. 하지만 왠지 모를 오싹함이 등줄기를 타고 올랐다.

[내 정체 알잖아?]

그리 묻는 것이다. 동시에 선택을 강요하고 있음을 알았다.

기사? 용병?

에던은 자신이 어떤 반응을 보여야 할지 고민했다.

'염병!'

갈등의 끝에 나온 대답은 하나였다.

"몰라. 씨벌!"

그러며 탁 하니 가래침을 바닥에 뱉어낸다. 이 같은 반응에 라논이 한 차례 눈을 빛내며 에던을 응시했다. 애써 그 시선을 무시하고 외면했다.

라논이 기사라는 걸 알았으니, 이번에 나올 대답은 존대이고 공경이어야 할 터였다. 함께 움직이는 용병 대부분이 그 같은 태도를 보이고 있었다.

하지만 에던은 의도적으로 이 부분을 외면했다. 라논을 비롯한 저들 상단측에서 여전히 연극을 하고 있는 상황이었다. 말인 즉, 당장은 저 가면을 벗을 일이 없다는 의미였다.

때문에 그 역시 연극에 제대로 발을 담기로 했다. 그렇잖아도 싸구려 의뢰가 사실 사기였다는 부분에서 빈정이 상해있는 상황이었다.

이렇게 막말이라도 툭툭 뱉으며 화를 풀 생각이었다.

"큭…."

유심히 에던을 응시하던 라논이 짧은 실소와 함께 새사 어깨를 둘러왔다.

"정말, 재밌는 놈이라니까. 큭큭큭큭!"

다행스럽게도 이 웃기지도 않는 대응이 그에게는 제법 들어맞았던 모양인지, 웃음소리에 껄끄러운 느낌이 전혀 묻어 나오질 않았다.

'썩을….'

에던은 내심 다행이다 싶으면서도 라논의 웃는 얼굴을 마주하고 있어서인지, 영 기분이 나아지지는 않았다.

"난 별로 재미없으니까. 제발 좀 저리 꺼져주라."

그러며 손을 휘휘 저어보이는 에던의 모습에, 무엇이 그리 즐거운지 라논이 재차 웃음을 터트렸다. 물론, 여전히 그 팔은 어깨에서 떨어질 줄을 몰랐다.

'확! 받아버려?'

강렬한 유혹이 에던의 뒷덜미를 살살 자극하는 순간이었다.

❖ ✛ ❖

마차에서 내렸던 의문의 로브인들과 갈라지면서, 큰 위기는 넘겼다고 여겼다.

분명, 그렇게 생각했다.

'지랄! 염병! 씨벌! 썩을….'

각종 욕지거리가 연신 목구멍 근처를 들락날락 거렸다. 그도 그렇게 선두 측에서 멀쩡한 길을 내버려둔 채, 숲속으로 방향을 틀더니 돌연 새 길을 개척하기 시작하는 것이 아닌가.

그들이 상단 호위라는 부분이 각종 욕지거리들의 세상 탈출을 통제하고 있었다.

위기를 넘겼다 여기건만, 저들은 여전히 아직 위기라고 생각하고 있는 것일까? 아니면 정체 모를 위협자들을 속이기 위한 연극의 일환일까?

후자이길 바라지만, 그의 생존본능이 전자일 확률에 손을 들고 있었다.

이유?

'몰라 그딴 거!'

당장은 느낌이라는 말 외에 할 말이 없었다. 그리고 기이하게도 이 감각의 중심에 '그'가 있었다.

'라논…'

최전방에서 상단 호위들과 호흡을 맞추며 길을 열고 있는 라논의 뒷모습이 눈에 들어왔다.

이동 중간중간 찾아와 말을 건네 오는데, 그럴 때마다 전장에서 다져온 생존본능이 경고성을 더하고 있었다.

그래서인지 자꾸만 그에게 시선이 가는 걸지도 몰랐다.

문득, 앞전에 라논과 대화를 나눌 때가 생각났다. 좀 더 정확히는 그 당시 맡았던 '냄새'가 떠올랐다.

워낙에 흐릿해서, 몇 사례나 부내끼고 나서야 겨우 낱을 수 있었던 그것,

'향수…'

에던의 두 눈이 얇아졌다.

닭살 돋는 불길함이 등줄기를 타고 오르며 뒤통수를 직격했다.

마차에서 내렸던 로브인들?

만약, 그쪽이 미끼였다면?

"염병!"

뒤늦은 깨달음에 진득한 욕설 한 가닥이 입 밖으로 탈출
해버렸다.

뒷목이 뻐근해져왔다.

❖ ✜ ❖

최초의 경험은 이젠 기억도 희미해져 가는 어린 시절이
었다.

한 살 어렸던 여자 '꼬마' 아이의 괴롭힘에 시달렸던 게
시작이었다.

난처하게도 그 꼬맹이는 '귀족'이었다. 너무도 당연한
계급사회의 신분차이로 인해 고개를 수그려야 했던 그 아
픈 유년시절의 기억은 뇌리 깊숙이 남았다.

그리고 두 번째 경험은 용병으로써 슬슬 경력이 쌓이고,
실력도 제법 붙으면서 어깨에 힘깨나 들어가던 무렵이었
다.

눈에 띌 정도로 흔하지는 않으나, 분명 '여성 용병'은 은
연중에 제법 있었다. 그리고 그 여성 용병들 중에서도 손꼽
히는 영역에 오른 실력자들 역시도 존재했다.

특급 용병!

가볍지만 더없이 묵직했던 상위 용병과의 만남 그리고 마찰, 당연하게도 이 역시 아픈 기억이었다. 전신마비에 비견될 정도로 한동안 몸져누워야만 했던 아찔한 경험이기도 했다.

　이 두 번의 특별한 기억들은 유난히도 가슴 한편에 남아 있어, 일종의 트라우마처럼 심장을 옥죄고는 했다.

　그래서일까?

　유난히 여성과 엮일 때면, 좋지 못하는 경험을 많이 하는 것 같다는 생각마저 들 정도였다.

　실제로 이 같은 이유로 인해, 어느 시점부터는 '레드문'에도 발을 끊지 않았던가.

　레드문!

　붉은 달이라고 불리는 이 용어는 쉽게 말하자면 일종의 유흥과 윤락의 거리를 지칭하는 의미였다.

　용병들에게는 떼려야 뗄 수 없는 공간이었다. 죽음을 곁에 달고 사는 업종이다 보니, 자연스레 짜릿하고 전율이 넘치는 쾌감에서 생생한 삶의 환희를 갈망하는 욕구가 강해지고, 그러다 보니 필연적으로 연결되는 장소였나.

　'으음….'

　한 차례 눈살을 찌푸린 에던이 앞서 두 번의 경험에 하나를 더 포함시켰다.

　'레드문까지, 세 번…인가.'

　떠올려 보니 결국 레드문에서 발을 빼게 된 것 역시도,

아픈 경험으로 말미암아 발생된 여파이지 않던가. 앞서 두 번의 경우는 육체적 고통이었다면, 이 때는 정신적 고통이 컸던 경험이었다.

이를 포함시켜야 한다는 결론을 내렸다.

그렇게 여성에게 호된 경험을 한 것이 총 세 번이었고, 자잘한 것까지 포함하면 손가락 발가락 다 합쳐도 부족했다.

때문에 그의 본능은 자연스레 여성에 대한 경계심을 키워왔다.

그리고 이 같은 감각이 '그녀'에게 반응한 것이다.

라논!

분명히 '그'라고 여겼다. 깨닫고 난 뒤 다시금 되새기며 연신 번갈아 봐도 '그'가 맞았다.

하지만 감각은 '그녀'라고 외치고 있었다. 머리가 깨닫기 전에 이미 본능이 인지했던 것이다.

오랜만에 감각에 대한 불신이 일어나는 걸 느꼈다. 하지만 그의 오랜 경험으로 쌓아올린 용병 수칙은 안 좋은 예감은 결코 외면해선 안 된다고 결론내리고 있었다.

'염병!'

입 밖으로 탈출하려는 욕지거리를 연신 삼켜내다 보니, 슬슬 속이 쓰려왔다. 못 먹을 걸 먹은 기분이랄까?

시원한 쾌변이 필요한 순간이었으나, 뒤가 구린 의뢰인 만큼, 일단은 억지로라도 막아내며 어기적어기적 걸음마를

떼야만 했다.

쉴 새 없이 걸음을 놀리는 한편, 라논의 정체에 대해서도 치열하게 파고들었다.

여자다!

게다가 기사다!

실력 역시 뛰어났다.

2살이나 연하라는 게 믿기지 않는 능력이었다. 저 나이에 저 정도 실력이라면 결코 흔할 수 없었다.

아무리 체계적인 훈련을 받고, 뛰어난 연공법으로 내부를 다져왔다고 해도, 타고난 재능이 없고서야 오를 수 없는 영역이었다.

이는 남녀의 신체적인 조건마저 뛰어넘을 재능이 필요하다는 의미였기에, 더더욱 라논의 존재는 특별할 거라 여겼다.

'누구냐?'

머릿속에 담긴 수많은 정보들이 빠르게 스쳐갔다. 여성으로써 저만한 실력을 지닌 젊은 기사가 누가 있을까?

몇몇 떠오르는 이들이 있기는 했다.

하지만 이내 고개를 저었다. 하나같이 이 지역 사람도 아니거니와 각자의 무대가 따로 존재하는 까닭이었다.

아예 왕국 자체가 다른 것이다.

하지만 습격사건에서 보았던 라논의 검술은 충실한 이곳 토박이였다.

검술을 속였다면?

저 나이에 다른 검을 들 정도의 실력자?

더군다나 여성?

여기까지 생각이 닿으면, 전 대륙을 찾아봐도 떠오르는 이가 없었다.

이는 남성으로 대입을 해 봐도 동일했다. 그 정도의 천부적인 재능의 소유자는 역사적으로도 손에 꼽힐 것이다.

'젠장!'

머리가 복잡해졌다. 그러다 문득, '남성'이라는 부분에서 한 번 생각이 멈췄다.

생각해보면 지금 라논의 모습은 누가 봐도 남자다.

잘 생겼다. 조금은 선이 엷은 느낌의 미남이었으나, 그렇다고 해서 흔히 말하는 '꽃' 미남은 아니었다.

그냥 '잘' 생긴 것이다.

'아무리 봐도….'

여성이라고 할 만한 느낌이 없었다. 하지만 이 부분을 굳이 속이고자 한다면, 방법은 다양하기에 우선은 넘어가기로 했다.

체형?

어떻게 한 것인지 모르겠으나, 제법 잘 다져진 남성의 체형이었다. 굳이 비교를 하자면 에던과 어깨를 나란히 할 정도였다.

'염병!'

여성과 눈높이가 비슷하다는 부분에서 살짝 욕지거리가 올라왔다. 그렇다고 해서 에던의 키가 작다는 건 아니었다.

그 역시도 일반적인 성인 남성의 평균치는 넘었다. 물론, 업계의 우락부락한 사내들에 비한다면야 부족함이 느껴지기는 했다.

어중간?

딱, 그 정도였다.

잠시간 쓸데없는 내용으로 생각이 기울었으나, 에던은 애써 이를 털어내며 다시금 '남성'이란 부분에 집중했다.

확실히 지금의 라논은 어느 모로 봐도 남성이었다. 깨닫고 난 뒤에 다시 살펴도 남자다.

그렇다면 라논을 여성 기사가 아닌, 지금처럼 남성 기사로써 분류한다면 어떨까?

그가 평소에도 저처럼 생활했다면?

떠오르는 이름이 있었다.

동시에 따라오는 불길함도 있었다.

리비트 말룬!

절로 아찔해지는 이름과 성이었다.

그로써는 절대 피해야 하는, 필사적으로 멀어져야하는 존재인 것이다.

말룬!

앞서의 영지전에서 그가 참여했던 세력이고, 패전한 영지였다.

리비트!

그곳 영지의 자랑거리로 유명한 '후계자' 의 이름이었다. 생각하고 난 뒤에 말도 안 된다며 고개를 저었으나, 이내 떠오르는 과거의 소문 하나가 그 흔들림을 방해했다.

[리비트 자작의 후계자가 사실 여성이다!]

영지전에 참여하기 전, 나름대로 조사를 하던 와중에 우연찮게 걸린 옛 소문 중 하나였다. 워낙 오래전의 소문으로써, 당시 예쁘장한 소영주의 모습에 우스갯소리로 잠시간 떠돌던 이야기였다고 한다.

그 역시 우스갯소리로 치부하며 흘리듯 넘겼던 내용이었다.

하지만 만약,

'그게… 진실이라면?'

등줄기가 싸해졌다.

"썩을!"

또 다시 욕설 한 가닥이 바깥 공기를 쨌다.

'이래서….'

여자사람과 엮이면 이래저래 좋을 일이 없다는 걸 새삼 깨닫는 순간이었다.

멀어졌다고 생각했던 영지전의 후폭풍이 다시 코앞으로 다가오고 있었다.

❖ ❖ ❖

  실수였다. 하지만 또 실수가 아니기도 했다.

  제 실력을 드러내지 않기로 약속하고 움직이는 계획이었다. 마지막 순간까지 감추고 또 감추기로 이야기가 된 상태였다.

  그럼에도 불구하고 검을 뽑았고, 실력을 드러냈다.

  습격자들이 '산적'의 탈을 쓰고 달려들던 순간, 이미 계획이 일부 틀어졌다는 걸 알았기에, 과감히 스스로를 내보였다.

  물론, 말 그대로 '일부' 틀어진 정도이기에, 그 순간에도 감춰야 했지만, 크게 신경 쓰지 않았다.

  '유모를 다치게 할 수 없으니까!'

  마차에서 '그녀'의 역할을 대신하고 있던 두 여인을 이 웃기지도 않는 계획의 희생양으로 던져주기 싫었기에, 주저 없이 검을 들었다.

  호위의 경고에도 비롯하고 실력을 드러냈고, 단호히 적을 베었다.

  추격자들이 모습을 드러내는 시기가 너무 빨랐다. 의뢰 당시에 목적지와 대략적인 경로를 밝혀놓기는 했으나, 세부적인 동선을 출발 당시에 알렸었던 걸 생각한다면, 빨라도 너무 빨랐다.

  짐작되는 게 있었다.

  첩자!

용병들 중에 첩자가 있단 결론이 나왔다. 하지만 계획에서는 그 정도 위험은 염두에 두고 있었고, 이를 대비하고자 마차와 로브인들을 배치해 놓은 것이다.

미끼였다.

하지만 그녀는 이걸 대뜸 초반부터 거부하고 뒤집어버린 것이다.

유모와 시녀!

로브인들의 정체로써, 한 명은 엄마의 향을 맡게 해 줬던 여인이고, 다른 한명은 자매의 기쁨을 알게 해 준 여인이었다.

그녀들을 희생하라고?

'안 돼!'

허락할 수 없었다. 때문에 실력을 드러냈다.

아마 이 같은 소식이 전해진다면, 그녀를 대신하여 영지의 후계자로써 '그'의 역할을 하고 있는 '가짜'의 가면이 벗겨질 것이다.

그 '가짜' 역시도 너무도 소중한 소년이었다.

'이제는…청년인가. 훗!'

유모의 아들이며 시녀의 동생으로써, 그에게도 남동생 같은 아이였다.

피붙이나 다름없는 이들을 셋이나 희생하고 싶지 않았다.

후계자이기 위해, '남자'로써 거짓된 삶을 살아야만 했던 '그녀'에게, 진실을 알고 오래도록 비밀을 함께해온 그들 세 명은 그야말로 목숨과 같은 사람들이었다.

때문에 이 웃기지도 않는 계획을 초장부터 뒤집어버렸다.

설마하니 그녀가 여전히 '남장'을 하고서 움직이고 있을 거라고는 생각지도 못하고 있을 것이다. 때문에 본신능력의 증명은 저들 시선을 끌기에 부족함이 없을 터였다.

그 여파일까?

'빨리도 쫓아왔네.'

일부 어긋났다 해도, 실력을 숨기며 계획대로 움직였다면, 적어도 이틀에서 사나흘 정도는 시간을 벌 수 있었을 것이다.

하지만 그녀가 스스로를 내보이면서, 저들에게 '진실'을 알려버렸고, 덕분에 하루라는 짧은 시간 만에 덜미를 잡혀버렸다.

그나마도 하루라는 시간을 벌 수 있었다는 부분에서, 함께하는 조원들 중에는 첩자가 없단 추측을 할 수 있었다.

물론, 언제나 열린 가능성을 둬야 하기에 최악의 상황 역시도 마음 한편에 염두에 둘 생각이었다.

하지만 몰려든 추적대의 인원을 확인했을 때, 첩자에 대한 위협이 한층 더 벗겨졌다는 걸 확신했다. 겨우 열명 남짓! 기껏해야 정찰대 수준이었다.

'이 정도라면!'

해볼만 하단 생각이 들었다. 물론, 하나같이 만만찮은 기세를 내비치는 게 적잖은 위협이 될 것 같기는 했다.

그녀를 비롯한 호위들이라면 모를까, 용병들은 감당하기 어려운 치명적인 실력차이가 있을 터였다.

문득, 이 무리에서 유일한 동갑으로써, 오래도록 저 치열한 용병계에서 살아남은 청년에게로 시선이 갔다.

'에던!'

왠지 마음이 쓰였다. 물론, 특별한 의미가 있는 건 아니었다.

단지, 또래라는 점에 좀 더 눈길이 갔고, 그녀로써는 상상도 하기 어려운 시절부터 전장을 누볐다는 게 신기했다. 게다가 주변 사내들과 달리, 연신 틱틱 거리는 것도 나름 재밌는 경험이었다.

이 모든 것들이 종합되어 제법 그럴싸한 호기심이 생겨났다고 해야 할까?

'괜찮…겠지?'

걱정은 길지 못했다. 추격자들이 어느새 날카로운 이를 드러내고 있었다.

사나운 검광이 시야를 어지럽혔다.

❖ ✢ ❖

예감은 불현 듯 찾아왔고, 현실은 착실히 뒤따랐다.

"빌어먹을!"

막힘없이 흘러나오는 욕설은 더 이상 주변을 살피지 않고 있었다.

애초에 주변을 제대로 살필 겨를도 없었다.

서걱!

오싹한 절삭음과 함께 가슴 부근의 옷가지가 한 움큼 썰려나가는 게 보였다. 당연하다는 듯 덧대고 있던 철판도 일부 잘려나가며, 그 안의 속살이 진득한 핏물을 게워냈다.

안 봐도 느껴지는 깊은 상처였다. 환장하겠는 건 이 같은 상처가 어느새 두 자릿수로 늘어가고 있다는 것이다.

"씨벌!"

상황이 이러니 욕지거리가 안 나올 수가 없었다. 고통에 흔들리는 시야로 그 못지않게 구겨진 상대의 얼굴이 보였다.

벌써 몇 차례나 목적한 바를 이루지 못했음에 자존심이 상한 듯, 시뻘겋게 물들인 안색도 눈에 들어왔다.

한층 사납게 그의 목을 노리며 날아오는 검격이 보였다. 치명적인 상처가 일곱 개 자잘한 상처까지 합하면 두 자릿수는 훌쩍 넘은 상황이었다.

적다면 적겠으나, 목숨이 달린 그에게는 너무도 많은 숫자였다. 당연하게도 생사가 걸린 일이니 만큼, 치열하게 그 검격을 눈에 담고, 감각으로 품었다.

사악!

또 한 번 서늘한 절삭음이 귓가를 스쳤다. 아릿한 통증이 귓밑을 치고 갔다. 자칫 잘 못 했다가는 정말 목숨줄이 끊겼을 법한 아찔한 위치였다. 좀 더 여유롭게 피할 수 있었으나,

일부러 위험지대에 발을 들였다.

이유?

당연한 것 아닌가.

'맞기만 하면 억울하잖아!'

그 아슬아슬한 생사의 외줄이 '전진'의 기회를 제공했다.

스물 두어번 남짓의 칼질을 받고 난 뒤 처음으로 뻗는 일검!

동작도 단순한 정면 찌르기다. 너무도 단순한 검로이며 평범한 검세였고 한심한 검속이었다.

푸욱!

하지만 그의 검은 목표물을 놓치지 않았다. 뜨거운 열기한 줌이 손끝을 타고 올라왔다. 손끝까지 열기가 전해져 올 정도고 깊숙이 찔러 넣은 것이다.

촤아아악!

검을 뽑기가 무섭게 솟구치는 핏물이 삶의 마지막 열기를 하늘 높이 날려 보냈다.

"푸후우우…."

길게 호흡을 뱉어내며 귀밑을 쓸었다. 앞전의 검격을 피하면서 입은 상처는 옅었다. 하지만 자칫 잘 못 피했다면 생사가 갈렸을 수 있는 아찔한 상황이었던 만큼, 그 여운이 길게 남아 있었다.

가슴이나 허벅이 그리고 어깨에 새겨진 깊은 상흔보다 오히려 이 옅은 상처가 더 치명적으로 여겨진 것이다.

귀밑을 쓰는 한편, 작게나마 한 숨 돌린 그의 시선이 주변을 돌아보는 여유를 얻었다.

"엉망이네."

딱 그 표현이 어울렸다.

추격자들은 그 수가 그리 많지는 않았다. 겨우 열명 남짓. 이 중에서 상단 호위들을 상대로 무려 여덟이 빠졌다.

겨우 둘!

그 말도 안 되는 숫자에 열다섯이나 되는 용병들이 짚단마냥 쓰러졌다.

주변 가득 널려있는 시체들은 바로 조금 전 까지만 해도 어깨를 나란히 하던 용병들이었다. 두 팀으로 나뉘어서 각자 한 명씩 상대했다.

그리고 그의 팀에서는 그 혼자 살아남았다.

'지랄 같네!'

너무도 허무한 그들의 죽음 앞에 괜히 입맛이 썼다. 평소답지 않게 감상적으로 되는 건, 저들의 죽음에 그 역시 한 손 거들었기 때문인지도 모른다.

의도적으로 이리저리 몸을 빼며, 저들을 희생양으로 삼아 상대의 검을 눈에 담았다. 그는 스무번 남짓의 공격을 받았지만, 쓰러진 이들의 것까지 합한다면 충분히 일백번 이상은 눈으로 보고, 그 중 스물은 몸으로 겪었나.

일곱 생명을 던져주고 한 번의 기회를 잡은 것이다.

"쓰읍!"

억울하다는 듯 부릅뜬 시체들을 보며, 나직하니 한마디 했다.

"그리 볼 것 없다. 이 바닥이 생리 알잖냐."

더럽고 치사해도 어쩌겠는가. 우선 살고 봐야지. 밑바닥 진창을 구르려면 오물 정도는 씹을 줄 알아야 되는 것이다.

저 앞으로 다른 팀도 슬슬 마무리를 지어가고 있었다.

"염병!"

마지막 용병이 쓰러지는 모습이 보였다.

최악이었다!

동료의 죽음을 본 듯, 서늘한 검광과 그보다 한층 살벌한 안광을 흩뿌리며 다가오는 도축업자가 보인다.

음머… 울부짖으며 목을 길게 내밀어야 할 것 같은 분위기였다.

'씹을 놈들!'

자연 라논과 호위들에게로 화살이 향했다. 이 모든 사태가 결국 그들로 인한 것이 아니던가.

'씨불 놈들!'

그들에게 한껏 욕지거리를 퍼붓는 한 편, 조심스레 다가올 전장을 대비했다.

제법 거리가 있었다. 하지만 이 정도는 코앞이나 다름없다는 듯, 한 걸음에 훌쩍 다가온 추격자가 날카로운 검격을 노려왔다.

정확히 목을 향하는 그 검격 속에서, 앞서 그의 검 끝에

생의 불길을 사그라트린 추격자가 떠올랐다.

같다!

그들의 검은 완벽할 정도로 닮아있었다.

그래서일까?

사아아악…

턱밑을 스쳐가는 예기가 느껴졌다. 피한 것이다. 눈에 익은 검이기에 힘겹게나마 흘려보낼 수 있었다.

급히 허리만 뒤로 튕겨서 피해낸 탓에 자세가 불안정 했으나, 어쨌든 일차적 위기를 넘겼다.

놀란 듯 추격자가 동공을 키우는 모습이 보였다. 그 눈빛의 변화에서 분노를 읽었다. 예상치 못한 헛손질에 성이 난 것이다. 턱끝을 지나쳤던 검격에 급제동이 걸리더니 그대로 되돌아온다.

이 역시 눈에 익혀놓은 연격이었다.

'젠장!'

불안정한 자세가 고통을 예고했다.

'썩을!'

어정쩡하게 꺾였던 허리를 아예 뒤로 넘겼다. 덩연하게도 몸이 넘어가고 한 발이 들렸다.

서걱…

짜릿한 통증이 갈비뼈 밑을 매섭게 긁고 가는 게 느껴졌다. 오랜 경험 덕분에 감이 왔다. 제법 깊었다.

'씹을 새끼!'

넘어가는 와중에 남은 한 발을 있는 힘껏 차올렸다.

파아악…

발끝에 걸린 흙먼지가 어지러이 솟구치며 추격자의 시야를 잠시 방해했다. 덕분에 연격이 멈추고 한 호흡 여유를 얻었다.

보통은 여기서 몸을 뺄 것이다.

하지만 그랬다가는 지금의 한 호흡이 마지막으로 맡는 공기가 될 터였다.

파팍!

흙먼지를 차올렸던 발끝을 격하게 흔들었다. 신발 밑창에 깔아놓은 얇은 암기가 가죽을 뚫고 튀어나갔다.

'내 돈!'

다른 부위의 암기들과 달리, 유독 밑창에 깔린 암기는 특수제작이 필요할 정도로 얇은 암기였다. 그런 까닭에 필히 회수조치가 절실했다.

발끝을 차내는 한편 소매도 바삐 움직였다. 몇 안남은 소매의 암기가 외출 준비를 끝냈다.

파파파팍!

덕분에 넘어가던 몸뚱이를 통제할 틈이 없었다.

쿠웅!

아찔한 통증이 등 뒤를 타고 뒷목을 두드렸다.

"허흑!"

돌출된 부위가 있던 것일까? 등허리 한쪽이 칼에 찔린

듯 아파왔다. 바르르 몸을 떨며 전신을 비트는 한편, 시선을 돌려 흙먼지 너머를 노려봤다.

고통에 일그러진 와중에도 입 꼬리가 살짝 올라갔다. 아직 시야 확보가 되진 않았으나, 벌써 두 번, 세 번의 호흡이 드나들 동안 추격자가 쫓아오질 않고 있었다.

답은 나왔다.

아니나 다를까. 흙먼지가 걷히고 시야가 드러났을 때, 부릅뜬 눈으로 믿기 어렵다는 듯, 자신을 노려보는 추격자가 보였다.

짱돌에 등허리를 콱 찍힐 정도로 스스로를 내버려두고, 오로지 '적'에게만 집중했다.

찰나 간에 뻗어낸 암기만 무려 다섯 개였다.

양 발에 하나씩 두 개, 왼 손은 두 개의 암기, 그리고 오른손에 들었던 검까지. 그렇게 총 다섯!

하지만 솟구치는 핏물은 하나였다.

시야가 가린 와중에도 네 개는 피했다는 뜻이다. 그럼에도 불구하고 생의 불길이 사그라져 가고 있었다.

하나같이 치명적이라 할 만한 부분을 노리고 던진 까닭이었다. 한 때 오러에 대한 기대를 떨치며 부족함을 메우고자 암기에 미쳐서 살던 시절이 있었다. 그 덕분일까? 시야가 가린 와중에도 어느 정도는 감각만으로 정확도를 높일 수 있었다.

앞서 마주했던 추격자를 상대로 치열하게 검격을 경험해

봤던 덕분에 할 수 있는 도박이었다. 찰나간의 빈틈을 읽어
냈고, 이를 노렸다.

한 번 그었던 검이 급제동 후 되돌아오던 경험.

백번의 칼질과 스무번 남짓의 체험을 통해, 이미 눈으로
보고 몸으로 겪었다. 그 검에 함께하던 용병들이 죄다 썰려
나가지 않았던가.

확실히 위협적인 연격이다. 하지만 그만큼 틈도 컸다.

한 호흡? 어쩌면 반 호흡?

미묘한 공백이 있는 것이다. 오러라는 특별한 힘이 존재
하기에 부릴 수 있는 신기였다. 물론, 그와 저들의 한 호흡
이 같을 수야 없겠으나, 충분히 노릴만하다고 여겼다.

그 찰나를 노려 흙먼지로 시야를 가리고 암기를 날렸다.

오랜 용병의 경험 덕분이랄까? 아니면 한 때 미쳐 지냈
던 경험 덕분일까? 전면이 가린 와중에고 해도 그의 암기
는 제법 목표물을 잘 찾아갔다.

이 모든 게 눈 앞의 추격자가 앞서의 추격자와 '같다' 는
부분에서 내린 도박이었다.

그리고 예상이 그대로 들어 먹혔고, 정확히 복부에 박힌
'검'이 보였다. 가장 크고 굵은 놈에게 당한 것이다. 원하
던 위치는 아니었으나, 충분히 치명적일 터였다.

한 호흡 또는 반 호흡.

흐트러진 집중력 속에서도 어찌어찌 네 개의 암기는 피
했지만, 그 너머의 굵직한 녀석을 결국 허락한 것이다.

하지만 아직 방심할 수는 없었다. 생의 불길이 사그라지고 있으나, 아직 그 불씨가 남아있는 까닭이었다. 독기를 머금은 두 눈이 매섭게 쏘아져왔다.

'젠장!'

욕지거리는 뱉을 틈도 없이 날아드는 검격이 보였다. 생의 마지막 숨결이 담긴 혼신의 일격이다.

'이건….'

피할 수 없다. 그보다 상위의 실력자가 모든 걸 내던지고 있었다. 오러의 가호를 받지 못하는 그의 육신으로는 회피 불가였다.

유달리 좋은 '눈'도 경험으로 쌓은 '감'도 답이 없다고 외쳤다.

최선이 안 되면 차선이라고 했던가. 이를 악 물며 몸을 비틀었다.

푸욱!

짜릿한 통증이 옆구리를 꿰고 지나갔다.

깊다!

정신이 날아가 버릴 정도로 깊은 상처였다. 앞서의 상처들도 치명적이었으나, 이번 건 정말로 생사를 가르기에 부족하지 않을 치명적인 중상이었다.

아프다는 생각과 함께 확 솟구치는 열기를 오른손에 가득 담아, 손바닥을 길게 쳐 올렸다.

빠악!

둔탁한 소음과 함께 추격자의 턱이 하늘 높이 솟구치며, 마지막 생의 불씨가 날아가는 게 느껴졌다.

"끄으으으으음…."

뒤늦게 터져 나오는 신음성이 통증의 깊이만큼 길게 늘어졌다.

쿠웅…

묵직하니 그 죽음의 무게를 안고 바닥으로 가라앉는 추격자가 보였다. 뒤따르기라도 하듯, 그 역시 옆구리를 부여잡으며 무너져 내렸다.

문득, 어딘가의 격언 하나가 떠올랐다.

'자빠진 김에 쉬어간다고 했던가?'

기왕지사 누운 것, 이대로 눈 좀 붙여야 할 것 같았다. 그의 장기를 발휘할 시간이었다.

시체놀이!

마침 그럴싸한 상처들도 즐비했고, 거기에 마침표를 찍듯 큼지막한 상흔과 핏물이 옆구리를 장식하고 있었다.

그 고통과 통증 그리고 생사의 위태로움은 거짓이 아니다.

'한두 번 겪는 것도 아니고.'

적당히 저들 상단과 라논의 관심이 지나가는 동안만 '죽어' 있으면 될 터였다.

'끄응… 진짜 죽을 것 같네.'

점차 호흡이 가늘어져갔다.

그리고,

슬그머니 눈꺼풀이 감겼다.

◈ ✛ ◈

뻣뻣이 세운 허리와 목 그리고 앙다문 입술과 심지 굳은 눈빛에서는 강한 고집이 느껴졌다.

하지만 은연중에 흔들리는 눈빛에서 일말의 불안감 역시 전해져왔다.

어찌 보면 당연한 반응이었다.

열셋? 넷?

그가 이 바닥에 들어서던 무렵과 비슷한 연령대였다. 저 어린 나이에 뭐 비벼볼 게 있다고, 이 지저분한 진창에 발을 담근 것일까?

옛 기억을 떠올리게 만들어서? 아니면 어린 녀석이 답지 않게 당당함을 가장하는 게 신기해서?

호기심에 슬그머니 접근해서 말을 걸었다.

쉽진 않았다. 하지만 생각보다 수월했다고도 여겼다. 다른 이들을 대하는 것에 비한다면, 좀 더 일찍 말을 튼 까닭이었다.

열셋과 열다섯.

겨우 두 살 차이로써, 비슷한 연령대라는 부분에서 찾아오는 일말의 동질감 덕분이었다. 주변 가득 우락부락하고

험상궂은 얼굴의 산적 같은 아저씨들만 가득하니, 더더욱 가깝게 여겨졌던 모양이었다.

업계에서 그 같은 연령대가 아주 없는 건 아니지만, 그렇다고 해서 흔한 것도 아니었다.

최소한 성인식은 치른 다음에야 발을 담그는 게 보통인 까닭이다.

호기심에 다가갔으나 제법 괜찮은 구석이 있어서일까?

'나도… 제법 진심이었지.'

자연히 붙어 다니는 시간이 길어지고, 어느새 형 동생 하는 사이로까지 발전하면서, 점차 이런저런 이야기들도 많이 오가게 되었다.

그렇게 조금씩 속내를 털어놓는 사이까지 발전할 즈음, 경악스러운 이야기를 들었다.

귀족!

녀석의 계급이 전혀 다르다는 사실에 깜짝 놀라야만 했다. 잠시간 거리감이 느껴졌으나, 몰락귀족이라는 사실과 녀석이 계급의식 없이 제법 살갑게 굴어 준 덕분에 금세 예전처럼 돌아갈 수 있었다.

생각해보면 어린 녀석이 유난스레 실력이 좋다 싶더니, 체계적인 교육의 영향인 모양이었다.

물론, 세를 잃어버린 귀족인 만큼 그 교육에 한계가 있었을 것이다. 들어보니 가문의 연공법도 잃어버려, 세간에 돌아다니는 연공법으로 기초를 다졌다고 하니, 더 말해 무엇하랴.

하지만 체력 훈련을 비롯한 기본기에 대한 부분이 탄탄하여, 어린 나이에도 그 실력이 순식간에 3급 너머를 향해 치닫고 있었다.

게다가 세간에 떠도는 연공법이라고는 하나, 무려 이류급으로 분류되는 연공법을 익히고 있었다. 영영 삼류를 벗어나지 못하는 그로써는 이마저도 부러울 지경이었다.

[가르쳐 드릴까요?]

그 같은 물음에 거절했다.

'…아직 어렸지. 썩을!'

자존심이 제법 남아돌던 무렵이었다. 그리고 정확히 5년이 지났을 때, 땅을 치고 후회하게 된다.

그 즈음에 녀석이 익히던 연공법이 일류급으로 재분류된 까닭이었다. 물론, 겨우 턱걸이 수준이었으나, 분명 급수가 오른 건 확실했다.

'망할!'

녀석에게 듣기로, 업계에 뛰어든 건 기울어진 가세를 다시 세우기 위함이었다.

이에, 왜 하필 이 바닥에 뛰어들 생각을 했냐고 물었나.

[부족한 연공법의 공백을 메우려고요.]

그러더니 실전만큼 뛰어난 스승은 없다면서, 과감히 영주전을 비롯한 전쟁터에 뛰어드는 것이 아닌가.

왜 하필 실전을 영지전으로 한 거냐?

이렇게 묻자,

[기사들이 있으니까요.]

실로 간단한 대답이었고, 그걸로 충분했다.

이 바닥에 발을 들이기는 했으나, 녀석은 기사로써 성공하고자 하는 간절한 바람이 있었다. 당연히 '기사들의 실전'을 보고 싶은 것이다. 영지전은 더없이 훌륭한 그들의 무대였다.

그래서일까?

'어린놈이 겁도 없었지.'

그 역시도 꺼린다는 최전방에도 끼어들고는 했다.

[기왕이면 가까이서 보면 좋잖아요.]

덕분에 위기도 수차례 겪었다.

'그땐… 어려서 제정신이 아니었지. 똥오줌도 못 가리고, 큭!'

잠시나마 정이 들어버린 것인지, 녀석이 걱정된 마음에 같이 영지전에 뛰어들어 버린 것이다. 거기에 더해 최전방까지 굴러다녔다.

다행스러운 점이라면 녀석도 최전방에 넘실거리는 죽음의 향을 몇 차례 맡고 나더니, 되도록 자제하는 모습을 보였다는 점이다.

가문의 영광이건 뭐건, 우선은 살고 봐야 하지 않겠는가. 때문에 적당한 거리감을 둔 채 영지전을 들락거리기로 했다. 물론, 그럼에도 사지가 코앞이었음은 부정할 수 없었다.

웃기지도 않는 건, 이 당시에 실전 감각이 가장 크게

올랐다는 부분이었다.

'살아남은 게 용하지.'

몇 차례 죽을 위기에 처하기도 했었다. 특히, 창대에 복부를 크게 꿰뚫렸던 부상은 지금 생각해도 아찔했다.

'어쩌면….'

그것 때문일지도 모른다.

오러가 여태껏 그 얼굴을 보여주지 않는 게,

'쯧!'

생각하면 속만 쓰릴 뿐이다.

어쨌든 당시에 녀석과 함께하던 경험 덕분이랄까?

제법 '눈'이 좋아졌고, '감'이 날카로워졌다.

이래저래 어울리며 곁눈질로 훔쳐 배운 게 있는 것이다. 녀석과의 정도 정이지만, 이렇게 같이 다니다 보면 빵가루라도 떨어지기에 진득하게 어울렸던 걸지도 모른다.

허나, 안타깝게도 제대로 배우지는 못했다.

'썩을 놈!'

그가 복부의 관통상에 사경을 헤매던 그 전쟁에서, 녀석이 숨을 거뒀기 때문이다.

아마도 이 당시의 경험으로 인해, 업계의 사람들과 깊은 인연을 맺지 못하는 '습관'이 생겨버렸다.

생각보다 녀석과 나눈 '정'이 깊었던 것이다.

'아픈… 경험이었지.'

썩을! 지랄! 염병이었다.

부르르르르르…

슬그머니 밀고 들어오는 한기에 눈이 떠졌다. 온 몸이 묵직하게 내려앉는 느낌이 좋지 않았다.

잠들기 전에 나름대로 지혈을 한다고 했는데, 상처가 너무 깊었던 모양이었다. 전신이 물먹은 솜 마냥 추욱 늘어졌다. 슬쩍 시선을 돌려보니 주변이 어둠으로 가득차 있었다. 어느새 하늘 높이 달이 떠 있는 게 보였다.

한여름에 웬 오한이 드나 싶었더니, 산자락을 맴도는 밤공기였던 모양이었다.

느낌상으로는 밤공기보다 죽음의 향기라는 감이 강했지만, 애써 외면하며 몸을 일으켰다.

그럭저럭 지혈이 되기는 한 모양인지, 힘겹게나마 몸뚱이가 움직여지기는 했다.

소매를 뒤졌다. 기절, 아니 잠들기 전에 슬쩍 꺼내서 발랐던 지혈제가 잡혔다. 확인과 동시에 얼굴이 구겨졌다. 살짝만 바른다는 게 통증이 깊어 저도 모르게 왕창 퍼낸 모양이었다.

바닥이 보였다.

환청마냥 돈 새는 소리가 들렸다.

"끄응….."

주변을 돌아보니 여기저기 너부러진 시체더미가 보였다.

'급하긴 급했나 보네.'

원래대로라면 조금이라도 시선을 어지럽히기 위해, 전투의 흔적을 말끔히 지우고 가야 할 것이건만, 그 시간마저 아까웠던 모양인지, 고스란히 내버려 둔 채 도주한 것이다.

전투의 결과는 시체들을 살핌으로써 확인할 수 있었다.

라논 측의 승리였다.

추격자들의 시체를 잠시 바라보던 에던이 꾸역꾸역 몸을 일으켰다.

어찌어찌 지혈이 되었고 아슬아슬하게 죽음의 문턱에서 발길을 돌려 눈도 떴다. 하지만 부상이 깊어 여전히 사신의 낫이 목 언저리를 겨누고 있는 게 느껴졌다.

맘 같아서는 시체 밭이건 뭐건 여기서 푹 쉬어가고 싶었으나, 다가올 추격자들의 위협을 생각한다면 한시 바삐 움직여야만 했다.

어차피 외진 산속이니만큼, 이곳을 찾는 것에서도 충분한 시간벌이가 될 터였다. 라논 측에서도 이 같은 계산으로 시체를 무시하고 움직인 것이리라.

그리 생각한다면 조금쯤은 쉬어가도 되겠으나, 흔적을 지우며 자리를 피하려면 생각 이상으로 많은 시간이 드는 까닭에 일찌감치 움직여야만 했다.

게다가 몸 상태도 이러해서 제대로 흔적을 지울 수 있을지도 의문이었다.

'우선은….'

치료사를 찾아가야 했다. 몸 상태를 생각한다면 당장 치료가 시급했다.

그리고?

비어버린 주머니를 메워야 하지 않겠나.

'이 근방에 정보길드가 있어야 할 텐데.'

라논과 그들 일행의 정보는 제법 목돈이 될 터였다. 빠르면 빠를수록 금액도 커질 것이다.

"사기 의뢰는 이걸로 퉁 치자고."

나직하니 혼잣말을 중얼거린 그가 힘겹게 걸음을 옮겨갔다. 서늘한 밤공기가 상처부위를 시리게 두드렸다.

❖ ✤ ❖

깜짝 놀랐다.

'어찌, 그렇게 허무하게…'

싸늘한 시체가 되어버린 에던을 떠올렸다. 짧은 시간이었지만 제법 관심 있게 지켜본 까닭일까? 그 사이 적잖게 정이 들었던 모양인지, 그의 죽음은 생각보다 충격이 컸다.

특히, 이 모든 상황이 자신 때문이라는 사실로 인해, 가슴 한편이 옥죄듯 답답해짐을 느꼈다.

차디찬 산기슭에 그대로 방치한 채 떠나왔다는 부분이 더욱 속을 아리게 만들었다. 이 같은 통증으로 인해, 자연스레 부친을 향한 원망이 다시 샘솟을 때였다.

"아가씨."

문득, 들려온 음성의 가슴 속 감정을 한층 크게 흔들었다.

상단 호위대의 대장 '역할' 을 하고 있던 '데피안' 이 곁으로 다가와 있었다.

용병들이 전부 죽어버리고, 그들 일행만이 남아있는 상황이기에 더 이상 연극이 필요 없다 여기며, 호칭을 원래대로 돌린 것이다.

그리고 이 원래대로 돌린 호칭이 라논을 자극했다.

"…여전히 저를 아가씨라고 부르는군요."

'삼촌….'

실제로 혈육관계는 아니었다. 하지만 워낙 친분이 깊은 까닭에 어릴 적부터 삼촌이라 부르며 따르고는 했었는데, 그럴 때마다 데피안이 부르던 호칭은 따로 있었다.

도련님!

또는 소영주라고 부르며, 그녀를 사내로써 대하고는 했다. 비록 여성으로 태어났으나, 후계자를 원하던 부친에 의해 평생을 남성으로써 살아온 까닭이었다.

하지만 지금의 호칭은 이떠한가. 마치 엣 과서를 부성하기라도 하듯, 당연하다는 듯 그녀를 '아가씨' 라 부르고 있지 않은가.

이번 계획을 실행하면서 주변인들 모두가 그 같은 호칭을 입에 올리고 있었다. 하지만 유독 친분이 깊은 데피안이기에, 그의 변화된 호칭은 유독 귀에 거슬리고는 했다.

차마 시선을 마주하지 못한 채 눈길을 돌리는 그의 모습이, 그나마 폭발하려는 감정의 끈을 한 자락을 잡아주었다.

"왜 그러시죠?"

싸늘한 그녀의 음성 때문일까? 여전히 시선을 맞추지 못한 상태로 데피안이 조심스레 말문을 열었다.

"상황이 좋질 않습니다."

그러더니 슬쩍 시선을 던져온다. 이유는 알고 있었다. 지금 이 급작스런 전개가 그녀의 돌발행동으로 인한 것이기에, 이를 책망하는 의미로 보내는 눈길이었다.

하지만 애초에 이번 계획에 반대의견을 내세웠던 까닭에, 그 시선을 피하지 않은 채 당당히 마주했다. 이 모습에 나직하니 한숨을 내쉰 데피안이 이야기를 이었다.

"곧 있으면 추격자들이 따라붙을 겁니다."

앞서의 격돌은 장난이라고 여겨질 정도로 힘겨운 여정이 될 터였다.

"우선은 레넨 쪽으로 가다가 발트마로 방향을…."

"저를 책망하고 있군요."

라논이 그의 말을 끊으며 입을 열었다. 이에 데피안이 잠시간 그녀를 바라보더니 짧은 한숨과 함께 고개를 저었다.

"아닙니다."

"그럼…."

"왜? 아가씨라는 호칭을 계속 사용하는지 궁금하십니까?"

데피안이 차고 그늘진 얼굴 한편에 희미하니 온기를 띄웠다.

"이제야 말씀드리지만, 저는 오래 전부터 도련님이라는 호칭보다 아가씨라는 호칭을 사용하고 싶었습니다. 이 참에 원 없이 불러보는 겁니다."

그리고는 앞서와 달리 강직하게 그녀의 시선을 마주해온다.

"다시 말씀드리지만, 정말로 힘겨운 여정이 될 겁니다. 게다가…."

여정의 끝에 다다른다 해도 좋은 결과로 이어지는 것도 아닐 터였다.

"…저는 이 계획의 찬반에 관계없이, 그저 아가씨를 지켜드리기 위해서 따라온 겁니다."

삼촌과 조카?

사실, 그 같은 관계보다는 스승과 제자라고 하는 것이 더 어울리는 게 그들의 관계였다. 여성이라는 사실을 감춰야 하는 까닭에, 그녀 주변에는 사람이 많지 않았고, 그런 탓에 정식으로 스승이라 할 만한 존재도 없었나.

때문에 지금 이 순간, 데피안은 그간 내세우지 않았던 자신의 감정을 한껏 내비치며, 진짜 스승처럼 그렇게 따스하게 웃으며 제자의 어깨를 토닥였다.

[그러니 언제라도 힘이 들면 기대도 괜찮다!]

그 미소가 딱딱하게 굳어버린 라논의 감정 한 부분을

부드럽게 두드려줬다.

하지만 그 여운은 길게 이어질 수 없었다.

"우선, 시간이 없으니 출발하시죠. 설명은 가면서 해 드리겠습니다."

추격자들이 언제 따라붙을지 모르는 까닭이었다. 조금 전 보여줬던 스승의 미소는 마치 거짓이었다는 듯, 다시금 딱딱하고 찬 얼굴로 돌아온 데피안의 모습에 잠시 멍하니 바라보던 라논이 이내 짧은 실소와 함께 그 뒤를 따랐다.

조금은 생소한 스승의 얼굴을 알았다는 점에서, 작게나마 미소 지을 여유를 얻은 것이다.

그 덕분에 에던을 통해 쌓였던 먹먹함도 제법 씻어낼 수 있었다.

❖ ❖ ❖

뼈가 부러졌다가 붙으면 더욱 단단해진다고 한다. 그렇다면 살이 찢어졌다가 붙으면 어떻게 되는 걸까?

"더 질겨지나?"

'그도 아니면 회복력이 더 좋아지는 건가?'

에던은 새삼 자신의 치유력이 남다르다는 생각을 했다. 지금껏 수많은 전투를 치러왔고, 그만큼 많은 부상을 몸에 새겨왔다.

그 중에는 정말 치명적인 상처들도 여럿 있었지만, 그는 꾸역꾸역 회복하며 지금껏 버티고 살아왔다.

이번에도 마찬가지였다.

겨우겨우 산을 내려온 그는 마을에 도착하자마자 치료사를 찾았다. 안타깝게도 뛰어난 치료사는 만나지 못해 당장의 급한 불만 끈 상황이었다. 하지만 그것만으로도 제법 몸이 괜찮아진 상태였다.

거기에 스스로가 자부하는 회복력과 생명력이 더해지면서, 치료 직후에 바로 움직이는 괴력을 발휘할 수 있었다.

치료사의 말로는 족히 한 달은 쉬어줘야 한다고 했지만, 상황이 그에게 휴식을 허락하지 않았다.

지난 영지전에서 급히 빠져나오느라 제대로 정비도 하지 못한 상황에서, 이번 의뢰로 또 다시 전투를 치러버렸다.

덕분에 지니고 있던 암기들이 전부 동나버린 상황이었다. 특히, 신발 밑창에 숨겨놨던 암기를 회수하지 못한 게 타격이 컸다.

다른 암기들과 다르게, 그것만은 특수제작이다 보니 가격대가 만만찮은 까닭이었다.

제대로 정비를 하려면 이래저래 들어가는 돈이 무시무시했다. 당연히 쉴 시간이 없었다.

돈을 벌어야 한다!

하지만 몸 상태가 좋질 않았다. 어찌어찌 움직이고는 있으나, 의뢰를 수행할 정도는 아니었다.

때문에 정보길드를 찾았고,

"호오? 말룬 자작이라… 좋은 정보 고맙습니다!"

정보를 팔았다.

당연하게도 라논과 관련된 것들이었다.

'감히 나를 물 먹여?'

복수는 이런 것이다! 라고 이야기하듯, 어디서 출발해서 어디로 어떻게 이동해 왔고, 산적들을 만난 뒤 몇 갈래로 나뉘었으며, 각자가 어떤 방향으로 움직였는지까지, 아주 상세하게 분류해서 전했다.

또한, 마지막에 만났던 추격자들에 대한 정보도 그 나름대로 분석해줬다.

그들은 분명 실력이 뛰어났다. 하지만 탄탄한 기초를 토대로 완성된 기사들의 검과는 달랐다.

은연중에 변칙적 공격들을 섞어 쓰는 경향을 보였다. 그 대표적인 공격이 뻗었던 검격이 되돌아오는 급작스런 연격이었다.

이를 제대로 통제했더라면 2연격이 아니라, 3~4연격을 하더라도 호흡에 흐트러짐이 없었을 것이다.

하지만 그들은 역행하던 검격에 흔들리는 모습을 보였다. 더욱 재미있는 건 에던이 상대했던 둘의 검이 '같다' 는 부분이었다.

"호오호? 같다라…의도적으로 그런 변칙적인 검을 가르쳤다는 것이군요."

에던의 설명에 자신을 '베멘'이라 소개한 정보길드의 요원이 눈을 빛냈다. 그러며 무어라 설명하려 하는데, 에던이 그 말끝을 자르며 하던 설명을 이어나갔다.

"달무리 쪽에서 건너왔을 확률이 높다는 거지."

대개 음지에서 활동하는 이들을 대개 '달무리'라고 표현하고는 했는데, 그 안에는 베멘이 속한 정보길드를 비롯하여 레드문 소속의 여인들과 포주들 그리고 암시장을 운영하는 이들 역시 포함되어 있었다.

하지만 에던이 여기서 언급하려 하는 건, 이들보다 더욱 음산하고 어둔 기색이 짙은 이들이었다.

어쌔신!

암살자라고도 불리는 그들이 추격자들의 정체로 추론하는 것이다.

베멘 역시도 이 같은 결론에 도달한 기색이 보였으나, 굳이 그의 말을 끊으며 우직하니 설명을 이어나간 건, 역시 간단한 이유였다.

말 한마디가 돈으로 환산되는 장소!

정보길드에 왔으니 조금이라도 더 입을 놀려야 하지 않겠는가.

동전 한 닢이라도 더 벌기 위한 처절한 몸부림이었다. 당연히 이를 짐작하는 베멘의 눈길이 좋을 리가 없었다.

'그렇게 쳐다보면 어쩔 건데?'

물론, 에던은 그 시선을 슬그머니 피했다. 정보를 사고파는 집단이라고 하나, 그들의 무력 역시도 만만치 않음을 아는 까닭이었다. 괜히 건드렸다 피똥 싸는 경우를 많이 봐 왔기에, 조용히 눈을 깔았다.

❖ ❖ ❖

그렇잖아도 최근 화제가 되고 있는 말룬 자작가와 관련된 정보인 까닭일까?

"짭짤하네."

에던은 금세 묵직해진 주머니를 연신 두드리며 정보길드를 나왔다. 여전히 고통을 호소하는 몸뚱이 때문에 조금은 뒤뚱거리는 듯, 혹은 비틀거리는 듯 보이는 걸음걸이였으나, 풍족해진 주머니 사정 덕분에 입가에는 미소가 가득이었다.

하지만 채 몇 걸음 걷기도 전에, 그 얼굴 한 편으로 싸늘한 그늘이 내려앉았다.

동전 한 닢이라도 더 벌어보고자, 애써 이번 사건을 되새기며 낱낱이 파헤치고 분석했다.

그 덕분일까?

여정 중에는 볼 수 없었던 것들과 놓치고 지나쳤던 것들을 인지해 버렸다.

어떻게?

'우리가 가는 곳을 알았지?'

산적으로 위장한 채 나타났던 암전들은 분명 그들의 '뒤'가 아닌 '앞'에 있었다.

말인 즉, 그들의 이동 경로를 알고서 앞질렀다는 의미다.

하지만 이번 의뢰는 출발 당시까지 목적지는 있지만, 이동 동선에 대한 명확한 이야기는 나오질 않았었다.

간혹, 상단간의 경쟁이 있을 때면, 이 같은 상황이 발생하고는 하기에 그러려니 하며 움직였었다. 하지만 이제와 다시 되짚고 보니, 이 부분에 대한 의문과 의심이 묻어나왔다.

작게나마 짐작되는 게 있었다.

첩자!

여정을 함께하던 이들 중, 추격자들의 간자가 섞여있었을 확률이 높았다.

'누굴까?'

문득, 떠오르는 얼굴이 있었다.

카마산 벤!

어째서?

[암전 놈들일까?]

[암전 놈들이 맞더라.]

[암전….]

그가 했던 이야기들이 마치 환청마냥 귓가를 스쳐갔다.

'암전?'

의문이 이어졌다.

'왜?'

그는 암전을 암전이라고 했을까?

'빌어먹을 똥개가 아니라!'

두 눈이 불이 들어왔다. 그가 알기로 카마산 역시 이전에는 저들을 암전이 아닌 똥개라 표현했던 게 기억났다.

대개의 용병들이 '똥개'라는 단어를 주로 사용한다. 특히, 잠시라도 암전에 발을 담가봤던 이들일수록 그 지저분함을 잘 알기에 똥개라는 표현을 아끼지 않았다.

헌데, 갑자기 암전이란 단어를 습관처럼 사용했다.

이유가 뭘까?

"이… 망할 영감탱이가!"

단박에 누가 '간자'였는지 깨달았다. 암전에 다시 발을 들이고, 그 생활을 다시 접하다 보면, 자연스레 똥개라는 단어가 입에서 멀어진다.

그들 스스로도 자신을 똥개로 칭하기가 꺼려지는 까닭이었다. 아무리 더럽고 지저분한 짓을 일삼더라도, 제 얼굴에 침을 뱉기는 싫은 것이다.

의도적으로 그 같은 단어를 피할 수도 있었다. 하지만 카마산은 그러지 않았다. 그의 성격을 아는 에던은 그가 은연중에 경고를 보내준 것임을 짐작할 수 있었다.

"쯧!"

카마산의 변화를 알아채고 나자, 여정 중에 이어졌던 그의 행동들 역시 의심되기 시작했다.

그 중에서도 가장 크게 의심되는 건, 마차를 언급하던 부분이었다.

[저 안에 사람이 있더라.]

표정이 와락 구겨졌다.

'염병! 당했네.'

의도적으로 그로 하여금 마차에 대한 '의심'을 키웠고, 더 나아가 의뢰에 대한 의심까지 싹트게 만들었다.

덕분에 여정 내내 마차를 관찰하고 상단과 호위들을 감시하느라 얼마나 피로했던가.

그리고 이 같은 정보를 수시로 카마산과 나누며 분위기를 살폈었다. 분명, 쌍방의 정보교류였다. 카마산 역시 나름대로 조사를 했다면서 정보를 풀었기 때문이다.

하지만 실질적으로는 에던이 그의 정보원이 되어 이런저런 정보를 '수집' 해 준 격이었다.

아마도 그 뿐만 아니라 다른 용병들에게도 이 같은 언질을 던지고, 비슷한 '교류'의 방식으로 정보를 얻어냈을 것이다.

왜?

'그렇게 번거로운 짓을 한 거지?'

생각 그리고 생각, 그렇게 이어진 결론에 절로 고개가 끄덕여졌다.

[조심해라!]

암전을 물리치고 상단이 인원을 쪼개던 당시, 카마산이 보내던 걱정 어린 눈빛이 떠올랐다.

'영감도 정보가 부족했다는 거겠지.'

마차 안에 정말로 자작가의 후계자가 있는지에 대한 확신이 없었을 거라고 추측됐다. 때문에 에던을 비롯하여 몇몇 용병들을 통해 정보교류라는 명목으로 조사를 한 것이 아니겠는가.

그리고 암전과의 전투에서 라논이 제 실력을 드러내던 순간, 마차가 위장이라는 걸 눈치 채고는 라논과 한 조가 된 에던에게 은밀하니 경고를 보낸 것이리라.

"허…."

왠지 뒤통수가 뜨거웠다. 한방 제대로 맞은 느낌인지라, 잠시간 머리가 멍했다.

[그리 볼 것 없다. 이 바닥이 생리 알잖냐.]

문득, 그가 산자락에서 희생양으로 죽어버린 용병에게 했던 한마디가 환청마냥 귓속을 파고들었다. 이런 그의 음성위로 카마산의 얼굴이 잔상마냥 겹쳐졌다.

그와 동시에 잠시간 출타했던 정신이 돌아오며, 뜨거운 불길이 가슴 한편에서 화악 일어났다.

"이런, 염병! 지랄! 썩을! 망할… C…."

갑작스레 폭풍처럼 터져 나온 욕지거리가 거리 한편을 걸쭉하게 물들이기 시작했다. 지나던 사람들이 눈살을 찌푸리며 그를 바라봤으나, 살인이라도 일어날 듯 보이는 험악한 분위기에 멀찍이 거리를 둔 채 그를 피해서 걸어갔다.

이런 주변의 분위기를 아는지 모르는지, 에던은 그렇게 한참을 더 미친 사람마냥 막말을 쏟아낸 뒤에야 진정할 수 있었다.

❖ ✛ ❖

정보길드 셀롯의 요원에서 다시금 과일가게의 주인으로 돌아온 베멘은 저 앞, 도로에서 홀로 발광하며 욕지거리를 남발하고 있는 에던을 보며 슬쩍 입 꼬리를 말아 올렸다.

"재미있단 말이지."

말룬 자작가와 관련된 정보는 값어치가 제법 나간다. 그 때문이라고 해야 할까?

'위험도 역시 높지!'

하물며 저 앞의 사내는 그 위험한 현장을 거쳐 오기까지 했다.

"3급 용병이라⋯."

셀롯은 대륙이 알아주는 거대 길드는 아니다. 오히려 그들 밑에서 정부를 물어다주는 하청 수준으로 생각해도 부족하지 않았다.

그래도 분명한 건 '정보길드'라는 점이었고, 베멘은 그 정보의 전문가를 직업으로 삼는 자였다.

게다가 이처럼 직접 사람을 상대하는 접대역할을 맡다 보니, 그 눈썰미가 남다를 수밖에 없었다.

그런 전문가의 '감'이 에던에 대한 호기심을 비치고 있었다.

영지전은 분명 말룬 자작과 에몰란 남작 사이에서 벌어졌다. 하지만 정보를 다루는 만큼, 그 전쟁의 실질적 지배자가 누구인지는 잘 알고 있었다.

라발던 백작!

자연스레 에던을 습격했던 추격자들의 정체 역시도 짐작하고 있었다.

'백작의 그림자들을 상대로 살아남았단 말이지.'

겨우겨우 욕지거리와 발광을 멈춘 채, 거친 숨을 몰아쉬는 에던의 모습이 보였다.

"3급 용병이란 말이지…."

베멘의 입가에 걸린 미소가 한층 짙어졌다.

4. 염병!

4. 염병!

　역시나 라고 해야 할까?

　예상했던 것처럼 추격자들은 금세 따라붙었고, 하루가
다르게 그 수가 늘어나고 있었다.

　'라발던 백작!'

　에몰란 남작 뒤에 그가 있다는 것 정도는 이미 파악이 끝
난 상황이었디.

　사방에서 옥죄어드는 압박감을 느끼고 있노라면, 과연
'대' 귀족다운 정보력이란 생각이 들었다. 짧은 시간 만에
본체를 찾아 추격을 붙인 것이다.

　덕분에 제대로 된 쉴 시간도 없이 달리고 또 달려야만 했
다. 산을 타는 건 기본이었고, 때때로 준비도 없이 강을 건

너는 무리수도 둬야 했으며, 수시로 이동 경로마저도 변경해야만 했다.

하지만 이렇게까지 했음에도 불구하고 점차 추격자들과의 거리는 가까워져갔고, 결국 그들과 마주치는 상황까지 발생해 버렸다.

차차차창…

대화를 통한 협상 같은 건 없었다. 만남과 동시에 양측은 칼을 뽑았고, 이를 드러냈다.

그리고 이어진 전투,

"괜찮으십니까?"

걱정스레 물어오는 데피안의 물음에 라논은 힘겹게 고개를 끄덕이며 주변을 돌아봤다. 앞을 막아섰던 추격자들의 시체들이 너부러져 있는 게 보였다.

전투는 빠르게 끝을 맺었다.

'그림자들인가…'

일행을 가로막은 추격자들은 정식 기사가 아니었다. 직접 검을 맞댔기에 내릴 수 있는 결론이었다. 저들은 음지에서 활동하는 이들로써, 정면 대결이 아닌 암습에 능한 자들이었다.

암살자라 할 수 있는 것이다. 이 같은 자들이 정면승부를 걸어왔다. 당연하다는 말을 하기는 어렵겠으나, 이 부분에서 이미 상당부분 승부의 향방을 가늠할 수 있었다.

저들이 만든 죽음의 무대에서 전투를 벌였다면, 승부의

끝이 또 어찌 되었을지 모른다.

하지만 그들 발목을 잡기 위해, 조금이라도 더 속도를 늦추기 위해, 과감히 전면에 나선 상황이었다. 준비되지 않은 그림자들의 발톱은 생각보다 무딘 경향이 있었다.

'하지만… 저들의 의도대로 됐어!'

라논 일행은 적잖게 시간을 허비해야만 했다.

게다가 시간 허비 외에도 부상자도 제법 나와 버렸다. 저들과는 반대로 빠르게 승부를 내려다보니, 자연히 검에 조급함이 담겨버린 것이다. 생각 이상의 피해를 입어버린 상황이었다.

여기에는 라논 역시도 포함되어 있었는데, 입가를 타고 흘러내리는 한 줄기 핏물이 그녀의 내부가 상했음을 짐작케 해 줬다.

이를 본 데피안이 급히 품 안에서 자그마한 구슬을 꺼냈다. 내부의 상처회복에 도움을 주는 환으로 된 약이었다.

"난 괜찮아."

하지만 라논은 이를 밀어냈다. 그녀의 부상은 가벼운 수준이었기 때문이다. 그러면서 시선을 옆으로 돌렸다. 제법 심각한 내상을 입은 듯, 연신 핏물을 게워내는 기사들이 보였다.

데피안은 그녀의 행동과 시선이 주는 의미를 눈치 챘으나 애써 모른척하며 환약을 다시 품에 넣었다.

이 환약은 오로지 라논을 위해 준비한 것이기 때문이었다. 수하들의 위급함을 알고 있었다. 하지만 그는 라논을 지키기 위해 이 길을 나선 것이기에, 이 환약은 그녀만을 위해 쓰여야 했다.

"삼촌!"

이런 그의 행동에 라논이 눈살을 찌푸리며 음성을 높였으나, 오히려 단호한 눈빛과 함께 고개를 저어보이는 것이 아닌가.

오랜 세월 함께했기에 알 수 있었다. 그의 결심은 변하지 않는다! 저 품에 들어간 환약은 다시 나오지 않을 터였다.

입술을 잘근 깨문 라논이 인상을 팍 구기며 자리에서 일어났다. 그리고는 싸늘해진 음성으로 짧게 말했다.

"출발하죠!"

그녀의 뒷모습을 잠시 바라보던 데피안이 짧은 한숨과 함께 수하들에게 명령을 내렸다.

부상이 심한 이들은 숲 한편에 숨어있다 밤이 깊으면 내려가라는 지시 역시 별도로 전했다. 전력을 생각해서 저들과 함께하다간 오히려 발목이 잡힐 수 있다는 계산 외에도, 수하들을 걱정하는 마음 역시도 적잖게 작용한 결과였다.

그렇잖아도 인원수를 쪼갠 상황에서 또 다시 인원이 줄어버렸다.

이제 데피안을 제외하고 남은 호위는 겨우 다섯밖에 없었다. 하나같이 자작가의 정예들이라는 점을 감안한다면,

결코 가벼운 전력은 아니겠으나, 라발던 백작의 그림자들을 생각한다면, 그리 위협적인 전력도 아니었다.

이미 계획이 틀어졌고, 라논에 대해서도 들켜버린 상황인데다가, 그들의 움직임 역시도 간파당해 버렸다.

'좋지 않군!'

더 이상 계획에 연연하기가 어려운 상황이었다.

"후우⋯."

무겁고도 짙은 한숨이 입술을 비집고 흘러나왔다.

"출발한다!"

짧은 외침과 함께 다시금 이동이 시작되었다.

이후로도 추격자들은 수시로 마주쳤고, 그럴 때마다 그들은 제 한 몸 아끼지 않으며 달려들었다. 시간을 끌기 위함이기도 했으나, 어느새 줄어버린 그들의 전력이 저들로 하여금 달려들어도 될 법한 구도를 만들어준 이유도 컸다.

하지만 남은 인원들은 정예들로만 구성되어 있었고, 앞서의 경험으로 조급함에 흔들리지 않는 굳건함도 갖췄다.

그 덕분일까?

이후로는 따로 부상자가 나오지는 않았다. 하지만 차곡차곡 쌓여가는 피로도 만큼은 어쩔 수가 없었다.

자연히 지체되는 걸음과 함께, 추격자들의 줄이 길어지기 시작했다.

'끝'이 다가오고 있었다.

특수제작이 필요한 병장기는 그만큼 실력이 있는 장인에게 의뢰를 해야 한다.

하지만 이곳 아레말은 워낙 작은 규모의 시골영지다 보니, 이 같은 병장기를 의뢰하기에는 무리가 있었다.

굳이 못 만드는 건 아니겠으나, 시간적인 부분에서 큰 공백이 남을 거란 생각에, 할 수 없이 급한 불만 끈다는 생각으로 소매에 들어갈 소형 암기들만 구입했다.

소매에 담고 다니는 암기들의 경우에는 여느 용병들이나 흔히 쓰는 단가가 싼 소모품들이니 만큼, 쉽게 구입이 가능했다.

물론, 말이 소모품이지 철로 된 제품이니 만큼, 마구잡이로 던지고 버린다는 의미는 아니었다.

"어디로 가야 하려나."

지난 영지전의 여파가 여전히 주변을 맴돌고 있었다. 말룬 자작가의 후계자를 잡기 위해 에몰란 남작이 움직였다.

'아니지… 라발던 백작이려나.'

뒤통수를 후렸다고는 하나, 어쨌든 카마산 덕분에 남작 뒤에 백작이 있을지도 모른다는 정보를 얻었다.

남작이나 자작과 달리 백작 이상부터는 '대' 귀족이라 불리는 만큼, 그 존재감이 확연하게 차이가 날 수밖에 없었다.

최대한 말룬 자작가의 일행과 동선이 겹치지 않도록 조심히 움직여야만 했다.

맘 같아서야 이곳에 며칠이고 숨어 지냈으면 싶지만, 안타깝게도 그 역시 지난 영지전의 여파에서 자유로울 수 없는 탈주자의 신분이니 만큼, 최대한 멀리 도망가야 하는 신세였다.

'어디였더라?'

문득 떠오르는 격언? 속담? 같은 게 있었다.

등잔 밑이 어둡다!

확실히 이곳에 머무는 것도, 나쁘지 않은 선택지라 여겼다.

하지만,

'등잔 밑은 뜨겁잖아.'

혹은, 덥다!

자칫 잘못했다가는 활활 불타버릴 위험이 있었다. 때문에 움직이는 선택지에 발을 들인 것이다.

그리고,

"미치겠네!"

정확히 이틀,

"에던? 살아있었어?"

어쩌면? 혹시? 설마! 했던 재회가 그를 기다리고 있었다.

라논!

그녀가 찾아왔다.

"잡아!"

거대한 똥덩어리들도 함께였다.

"이런, 염병!"

악몽을 꾸는 기분이었다.

❖ ✛ ❖

산길에 접어드는 순간, 뭔가 느낌이 이상했었다. 왠지 모르게 뒤가 마려운 감각이랄까?

잠시 배를 만져봤지만, 이렇다 할 문제는 없어보였다. 혹시 싫어 숲 한편에 자리를 잡고 힘을 줘 봤으나, 공기만 게워낼 뿐 따로 나오는 건 없었다.

고개를 갸웃거리며 다시 산길을 타고 올랐고, 그렇게 산 중턱 즈음 올랐을 때, 이상 감각의 정체를 깨달을 수 있었다.

등골을 타고 오르는 오싹한 감각에 한 차례 몸서리가 쳐졌다. 육신의 반응과 동시에 답이 나왔다.

'암살자!'

정확하게 어디라고 짚어내기는 어려웠으나, 이 산길 중간에 죽음의 사자들이 숨죽이고 있음을 알았다.

발길을 돌려야 할까?

'젠장!'

이제와 돌아가기에는 너무 깊이 들어와 버렸다. 왜 이제야 눈치를 챈 것일까?

많은 이유가 떠올랐지만, 가장 중요한 건 저들의 은신능력이 생각보다 뛰어나다는 것이고, 다음으로는 아직 몸 상태가 정상이 아니라는 점이었다.

그나마도 암살자의 존재를 눈치 챈 건, 일시지간 흔들렸던 풀숲의 부자연스런 흔들림과 그로 인해 발견하게 된 숲의 호흡이었다.

유난스레 조용한 주변 분위기에 숲이 숨죽이고 있음을 알았고, 이를 통해 주변을 살필 기회를 얻을 수 있었다. 덕분에 암살자의 흔적 역시도 찾아낸 것이다.

'뭘까?'

무엇이 이 숲에 죽음의 사자들을 심어놓았나? 고민은 길지 않았다.

저 앞에서부터 달려 내려오는 일단의 무리를 본 까닭이었다. 무리의 가장 전방을 맡고 있는 얼굴이 눈에 익었다.

"에던? 살아있었어?"

갑작스런 외침에 눈이 번쩍 뜨였다.

'라논?'

그녀의 뒤를 쫓는 또 다른 무리도 보였다.

"잡아!"

가슴속에서부터 열기가 솟구쳐 언어로 화했다.

"염병!"

거리는 금세 가까워졌고, 그 순간 기다렸다는 듯 숲 속의 암살자들이 움직였다.

"끄응…."

앓는 소리가 절로 나왔다. 찰나 간에 암살자들과 시선을 마주했고, 그들의 눈빛에서 죽음의 그림자를 본 까닭이었다.

라논의 외침으로 그와 그녀 사이에 친분관계가 있음이 드러났다.

그게 아니더라도 이 복잡한 상황은 죽음을 선사할 확률이 높았건만, 아는 사이라면 필히 죽음이라는 선택지만 남는다.

'미치겠네.'

일순간 튀어 오른 암살자들의 수는 총 다섯, 찰나 간에 비쳐진 움직임은 하나같이 그를 압도하고도 남았다.

당연하다는 듯, 다섯 사신 중 한명의 낫이 그에게로 향한다. 하지만 그 시선은 그를 향해있지 않았다.

입고 있는 복장이나 단련되지 않은 듯 보이는 허술한 걸음걸이 등으로 그의 수준을 짐작한 듯, 마치 허수아비를 베는 것 마냥 무심히 죽음의 낫을 드리우고 있었다.

'무시해주면 나야 좋지!'

자존심 내세우다 목숨 줄도 앞세우고 싶진 않았다.

날아드는 죽음의 그림자는 재빠르다. 허투루 던진 일격 같아도, 과연 암살자다운 날카로움이 한 가득 담겨있었다.

하지만 그 안에는 방심의 잔재도 묻어있었다.

서걱!

사신의 낫이 서늘한 절삭음을 흘리며 지나갔다. 하지만
피는 튀지 않았다. 제법 길러놨던 머리카락이 한 뭉텅이 잘
리긴 했으나 어떤 상처도 없었다.

언뜻 허공을 가르는 것 같은 그 허무한 손맛에 암살자의
시선이 뒤늦게 쫓아왔다.

'늦었어!'

에딘이 소매를 털었다. 그러자 마치 그가 암살자라도 되
는 것 마냥 소리 없이 암기가 허공을 갈랐다.

"컥!"

단말마의 비명성이 암살자로부터 흘러나왔다. 시선이 다
시 마주치는 순간, 이미 에딘의 암기가 목젖을 꿰고 있었
다.

생각지도 못 했던 변수였다. 그리고 이는 다른 암살자들
의 호흡을 잠시나마 흔들어 놓기에 충분했다.

그 순간 라논의 앞으로 데피안이 튀어나왔다. 근력의 힘
을 압도하는 오러의 폭발적인 괴력으로 마치 공간을 뛰어
넘듯 진방으로 나선 것이다.

암살자들의 흐트러진 호흡을 노리며 뻗은 검격이 정확히
네 번의 죽음을 그렸다.

에딘은 그 매서운 검격에 눈을 동그랗게 떴다. 데피안의
실력이 상상이상이라는 걸 깨달은 것이다.

'특급용병?'

업계에서도 손에 꼽힐 정도밖에 없는 수준의 실력자가 눈앞에 있었다. 절로 마른침이 삼켜질 수밖에 없었다.

'아직도 저런 전력이 남아있었을 줄이야.'

마른침을 삼키는 사이, 어느새 거리를 좁힌 라논이 그를 향해 달려들었다.

"살아있었던 거야?"

그 반가운 물음에 에딘이 슬쩍 시선을 피했다. 죽은 '척' 을 하고 있었던 만큼, 양심이라 할 만한 부분이 살짝 따끔 거린 까닭이었다.

"괜찮은 거야? 벌써 이렇게 돌아다녀도 문제없는 거야?"

그 음성에 담긴 진심이 크면 클수록 가슴의 따끔거림도 더욱 커졌다. 앞서 암살자를 베어낸 부분따위는 눈에도 들어오지 않는 듯 보였다.

다행이라고 해야 할까?

우르르르…

라논 일행의 뒤를 쫓던 이들이 주변을 에워싼 것이다. 그 덕분에 사적인 대화를 나눌만한 여유가 사라져 버렸다.

다섯 암살자들의 출현과 함께 잠시간 지체되었던 걸음이 결국 발목을 잡은 것이었다.

에딘의 생존에 놀란 라논이 일시지간 속도를 늦춘 까닭도 있겠으나, 그렇지 않았더라도 결국 따라잡혔을 거라고 생각했다. 그도 그렇게 라논을 비롯한 그들 일행들의 몰골은 한 눈에 봐도 피로감이 역력해 보인 까닭이었다.

오러를 다스리는 경지와 어울리지 않게, 한껏 흐트러진 호흡이 이를 증명하고 있었다.

그렇다면 추격자들은 어떨가?

'여유…인가.'

한 눈에 봐도 호흡이 안정되어 있는 게 보였다. 복면을 쓰고 얼굴을 가렸다고는 하나, 그럼에도 숨구멍은 트여놓은 덕분인지, 더더욱 이 부분에 대한 관찰이 쉬웠다.

스릉…

대치와 동시에 병장기들을 뽑아드는 추격자들이 보였다. 바로 전투가 시작되려는 것일까?

긴장감이 깃드는 와중에, 문득 에던의 앞을 가로막는 그림자가 보였다.

'라논?'

그녀의 뒷모습에 눈을 동그랗게 떠야만 했다. 굳이 시선을 마주하고 대화를 나누지는 않았다. 하지만 그 뒷모습에서 자신을 지키려하는 의지가 엿보였다.

절로, 눈살이 찌푸려졌다.

어찌 보면 고마운 행동이겠으나, 애초에 저늘로 인해 이같은 상황을 연달아 마주하고 있었으니, 의도가 어떻건 그 행동들이 달갑게 받아들여질 수가 없었다.

"슬슬, 포기하고 얌전히 투항하시죠."

그 순간 저 앞의 추격자들 사이에서 한 줄기 음성이 날아들었다.

'누구?'

의문과 동시에 전면으로 나서는 복면인의 모습에, 그가 음성의 주인이라는 걸 짐작할 수 있었다.

"말룬 자작 영애께서 얌전히 저희의 뜻을 따라주신다면, 더 이상의 희생은 없을 거라고 약속드리겠습니다."

듣는 이들의 신뢰감을 높일 만큼 정중한 음성이었다.

"이제 와서 그런 소리를 하기에는 너무 멀리 온 것 같군요."

라논 역시도 한 걸음 앞으로 나서며 목소리를 높였다.

"게다가…."

잠시 호흡을 끊은 그녀가 검을 뽑아 전방을 가리켰다.

"말뿐인 약속은 믿지 않습니다."

복면인의 어깨가 들썩였다. 은연중에 내비치고 있던 기운이 그녀에게 읽혔음을 안 것이다. 그것이 일반적인 것과 다른, 암살자들의 은밀한 기운이라는 걸 감안한다면, 그녀의 감각은 실로 놀랍다는 말이 부족하지 않을 정도였다.

"과연! 대단한 감각이군요. 그 재능, 재질, 감탄할 수밖에 없습니다."

그러며 짧게 박수를 친다.

"말뿐이라고 하셨지만, 저는 결코 허언을 하지 않습니다."

"조건이 있겠지요?"

당연하다면 당연한 질문에 복면인이 정중히 허리를 숙여

보이며 답했다.

"제 주인님께서 영애를 원하십니다."

"무슨… 뜻입니까?"

"아실 거라고 생각합니다. 지금 '계획' 하시고 계신 일의 주체를 제 주인님으로 바꾸시기만 하면 됩니다. 아주 간단한 일이지요?"

"노−옴!"

그 순간 데피안이 노호성을 터트렸다.

"감히! 네놈이… 네놈들이 감히!"

분노가 머리끝까지 차오른 듯, 얼굴을 붉게 물들인 채 전신을 바르르 떠는 모양새가 심상찮았다. 그 뿐만 아니라 다른 호위들 역시도 한껏 성이 난 듯, 비슷한 모습으로 사납게 이를 갈고 있었다.

계획!

지금까지 이어진 행보나 흩뿌린 핏물을 생각해 본다면 무언가 거창한 게 있을 것 같았으나, 사실 그 핵심은 별다른 게 아니었다.

첩!

자작가의 단 하나뿐인 영애를 고위 귀족의 첩으로 보내는 것이다.

그것도 무려 저 '대' 귀족인 라발던 백작의 위협을 걷어내고, 이미 정리 작업까지 들어가고 있는 영지전의 결과마저 뒤바꿔버릴 정도의 귀족가에 첩으로 들이는 것이었다.

그만한 권세를 지닌 고위 귀족이라면 몇 없었는데, 그 중에서도 라논을 눈독들일 만한 집안이라면 한 손에 꼽을 수 있었다.

드라필만 공작!

이곳, 에벨린 왕국을 대표하는 '검가'로써, 대륙적으로도 손에 꼽히는 검의 명가이기도 한 가문, 그곳에 라논을 보냄으로써 혈연의 관계를 엮어내기로 계획한 것이다.

물론, 공작의 첩은 아니었다. 이미 그 나이가 60을 바라보는 공작에게 라논과 같은 젊은 첩을 들이라는 건, 주변 보기에도 좋지가 않았다.

하지만 그의 후계들 중에서라면 얼마든지 선택이 가능했다.

라논!

그녀의 재능은 검의 명가에서도 눈독들이게 만들기에 충분한 수준의 것으로써, 그녀를 통해 더욱 뛰어난 '후손'을 보고 싶어 하는 이들이 많기 때문이었다.

말룬 자작가의 후계자가 사실은 여성이었다는 사실은 이제 겨우 조금씩 알려지려 하는 내용이었다. 하지만 저들 드라필만과 같은 고위 귀족가나 상위 정보길드에서는 이미 파악하고 있던 부분이기도 했다.

그나마 다행이라면 말룬 자작의 철저한 통제 덕분에 그들의 정보가 '확신'이 아닌 '의심'에 고정되어 있었을 뿐이었다. 그러던 것이 최근 자작가의 '계획'에 의해 의도적으로 그녀의 정보가 풀렸고, 그렇게 자작가의 후계자는 영애가 되어 정보 길드의 좋은 먹잇감이 되어 있었다.

20대 초반에 이미 오러를 깨닫고, 그 힘을 부리는 재능의 소유자였다. 여인의 몸으로 그만한 재능을 보인 이들이 드물기에 더더욱 그녀의 '가치'는 특별했다.

충분히 '거래' 조건이 될 수 있었다.

복면사내는 이 '거래'를 자신들과 나누자고 제안한 것이었다.

당연하게도 데피안을 비롯한 호위들이 크게 분노할 수밖에 없었다. 이미 저들의 정체에 대해 짐작을 넘어 확신하고 있기 때문이었다.

라발던 백작!

그들 말론 자작가를 무너트린 장본인이었다.

그런 원수들이 '거래'라며 '제안'을 해 온다. 그렇잖아도 치욕적인 '계획'을 멋대로 비틀라며, 분위기를 한껏 잡은 채 '강요'하고 있었다.

호위들을 더욱 분노하게 만드는 건, 라발던 백삭가에 후계자가 '없다'라는 부분이었다. 딸아이는 있을지언정 아직까지 정식으로 아들을 본 건 아니었다.

말인 즉,

'그 영감탱이가 늙으려면 곱게 늙은 것이지. 쯧!'

에던은 슬쩍 라발던 백작의 나이를 세어봤다. 자세한

정보까지는 아니겠으나, 얼추 50대를 넘었다는 건 생각났다.

고개가 절로 저어지는 부분이었다.

"어떤가요? 정말 매력적인 제안 아닙니까?"

복면인의 물음에 데피안이 발끈하며 한 걸음 내딛는 순간이었다.

"제안인가? 협박인가?"

마치 웅장한 오페라의 울림마냥, 숲속을 쩌렁쩌렁 울리는 음성이 터져 나왔다.

이 갑작스런 상황에 복면인을 비롯하여 라논 일행과 에던마저도 깜짝 놀란 얼굴로, 일제히 고개를 하늘 높이 들어 올렸다. 음성의 방향을 쫓은 것이다.

저 앞으로 유난히 높게 솟은 나무의 정상에 기이한 그림자가 하나 서 있었다.

"으음!"

그림자를 살피던 복면사내가 나직한 신음성을 흘렸다. 상대의 정체를 눈치 챈 까닭이었다.

"크라우말⋯."

흐릿한 그의 중얼거림에 모든 이들이 그림자의 정체를 알아냈다.

'크라우말 드라필만!'

저 왕국 제일의 검가를 대표하는 기사이자, 차기 검가의 주인으로 손꼽히는 후계자 중 한명이었다.

"…어떻게?"

격하게 흔들리는 복면사내의 동공이 그의 심경을 말해주고 있었다. 이곳에 있어서는 안 될 사내가 등장했으니, 어찌 보면 당연한 반응이었다.

'여기는 드라필만 가문의 영역도 아니건만….'

어찌 크라우말이 이곳에 있을 수 있단 말인가. 혹여, 라논이 드라필만 가문의 영역에 발을 들였다면, 지금의 등장을 이해할 수 있겠으나, 그와 전혀 무관한 상황이기에 더욱 크라우말의 등장이 이해되질 않는 것이다.

'백작가의 행사에 끼어들 속셈인가?'

설마, 라논의 가치가 드라필만의 후계자 중 한명이 움직여야 할 정도로 높았던 것일까?

그의 주인도 노렸던 걸 생각한다면, 전혀 불가능한 일은 아닐지도 몰랐다.

마른침을 꼴깍 삼키는 그를 향해 크라우말이 재차 물었다.

"제안인가? 협박인가?"

앞서, 복면사내의 발언을 문제삼고 있는 것이다.

여기서는 어떤 대답이 필요할까?

'크라우말이 혼자 움직이지는 않았겠지.'

무려, 드라필만 가문의 후계자였다. 비록 '유일'한 후계자는 아닐지언정, 분명한 건 후계구도에 발을 담고 있다는 점이었다.

그의 두 눈이 바쁘게 주변 숲속을 훑었다. 하지만 애초에 크라우말의 등장 자체도 알아내지 못했었다. 그래서인지 별다른 기척이 느껴지지 않았음에도 긴장감을 지우기가 어려웠다.

오히려 더욱 짙은 긴장감에 심장이 사납게 요동을 쳤다.

'으음….'

물러서야 할 것인가? 아니면 최소한의 목적은 이뤄야 할 것인가?

복면사내의 시선이 잠시 라논에게 향했다가 떨어졌다.

'회유가 어려운 상황이니….'

차선으로 그 목숨이라도 거둬가야 할 것이다. 하지만 크라우말과 그 뒤에 있을 드라필만의 존재감이 너무 컸다.

무언가 결심을 한 듯, 두 눈을 질끈 감았다가 뜬 복면사내가 크라우말을 향해 답했다.

"당연히 '제안'이지요. 어찌 감히 제가 귀족가의 영애님께 '협박'을 할 수 있겠습니까."

그러며 한 걸음 물러났다. 이는 우리가 한 발 양보했으니 그쪽도 성의를 보이라는 의미로써, 자신들이 물러나는 걸 허락해달라는 뜻을 품고 있었다.

이에 크라우말이 슬쩍 입 꼬리를 말아 올리는가 싶더니 고개를 끄덕이며 입을 열었다.

"나도 제안하지. 내 영역에서 물러나게."

미소와 함께 흘러나온 음성이었으나, 그 안에 담긴 무게감은 어깨가 짓눌려질 만큼 묵직했다.

'으드득….'

복면사내를 비롯한 추격자들의 눈매가 일시지간 매섭게 변했으나, 이내 정중한 모습으로 허리를 숙여 보이더니 그대로 숲을 향해 몸을 던지는 게 보였다. 마지막 자존심이었을까? 떠나는 그들에게서는 인사말 따윈 없었다.

그들의 뒷모습을 잠시 바라보던 크라우말이 돌연 나직한 한숨과 함께 나무 위에서 뛰어내렸다.

"휘유… 쫄려라."

좀 전의 그 무게감 넘치던 모습은 마치 거짓이라도 되는 것 마냥, 가볍기 그지없는 몸짓으로 전신을 바르르 떠는 모습이 우스꽝스러운 모양새를 연출했다.

이 갑작스런 반전에 라논을 비롯한 호위들이 벙찐 얼굴이 되어버리는데, 이런 그들의 모습에 크라우말이 어깨를 으쓱이며 말을 건네 왔다.

"하핫! 이해해 주라고. 호위도 없이 혼자 무작정 뛰쳐나온 길이라서, 저놈들이 달려들었으면 정말 재미없었을 거야."

너무도 태연한 크라우말의 하대에노 불구하고, 40대에 다다른 그의 나이와 직위 때문인지, 이렇다 할 거부감은 들지 않았다.

게다가 가벼워 보이는 말투나 태도 역시도 이상하게 그와 어울렸는데, 이는 언뜻 가볍다는 느낌보다는 '절대자의 여유' 와 같은 느낌이 강해보였다.

'과연…'

라논을 비롯한 그녀의 일행들이 소리 없이 감탄했다.

헌데, 그의 이야기 중에 유난히 귀에 박히는 단어가 있었다.

'혼자라고?'

말인 즉, 앞서 복면인들 앞에서 내세우던 그 당당함이 일종의 속임수였다는 소리가 아닌가.

뒤늦게 이를 깨달은 라논과 호위들이 재차 벙찐 표정으로 그를 바라봤지만, 크라우말은 더 이상 그들에게 시선을 주고 있지 않았다.

그들 너머에서 조용히 숨죽이고 있는 에던을 응시하고 있었다.

"우리 검가를 찾는 손님이 있다기에 마중을 나온 건데… 여기서 또 의외의 손님을 만나는 군."

입 꼬리를 한껏 말아 올린 크라우말이 에던을 향해 손을 흔들었다.

"오랜만이야. 선배!"

생각지도 못한 인물에게 향하는 뜻밖의 단어,

'염병!'

에던의 두 눈이 질끈 감겼다.

기본적으로 '검가'라고 불리는 가문들은 각자 나름의 '생존훈련' 혹은 '실전연습' 방법이 있었다.

드라필만 공작가의 경우에는 용병으로써 최소 3년여의 시간을 살아내는 게 그 연습의 하나였다.

그리고 이 생존훈련 기간에 크라우말과 에던은 인연을 가졌었다.

크라우말의 '선배'라는 호칭은 이 때 형성된 것으로써, 당연하게도 그 둘의 나이에 상관없이 에던의 경력으로 만들어진 관계였다.

"하…하하! 그러게…요."

어색한 웃음과 함께 손을 마주 흔드는 에던의 모습에 크라우말이 이를 드러내며 웃었다. 그러며 슬쩍 물어온다.

"그런데… 지금은 뭐야?"

뭘 묻는 것일까?

"브리프, 데만, 첼람… 내가 아는 것들만 해도 3개는 되었던 것 같은데."

그것들은 과거, 에던이 사용했던 용병패의 이름들이었다.

"지금은 당연히 다른 이름이겠지?"

크라우말의 질문에 에던이 여전한 모습으로 어색하니 답했다.

"에던… 운트…."

자꾸 말끝을 흐리는 건, 크라우말의 정체가 과거에 그가 알던 '일급용병 라말'이 아님을 이젠 아는 까닭이었다.

'마법사 피했더니 드래곤 만난다더니. 이건 또 뭔데?'

골머리가 아픈 상황들의 연속에 속이 울렁거릴 지경이었다. 잠시 버벅거리고 있자니 라논이 슬쩍 끼어들며 질문을 던져왔다.

"서로… 아는 사이십니까?"

그녀의 물음에 크라우말이 이를 드러내며 웃었다.

"뭐, 한 때 동료였지."

"동료라 하시면…."

"용병계에 잠깐 발 좀 담고 있었거든. 벌써 5년이나 지났네."

아련한 옛 과거를 생각하는가 싶던 크라우말이 두 눈을 반짝이며 에던을 바라봤다.

"어때? 선배. 오랜만에 한 판."

"으음…."

나직한 에던의 신음성에 크라우말이 웃으며 물었다.

"뭐야? 갑자기 소심한 척은 왜 해?"

'그거야… 예전에는 네놈이 크라우말 드라필만이라는 걸 몰랐으니까 그렇지!'

물론, 예전에도 뒤늦게나마 그가 '귀족'이라는 걸 눈치 채기는 했었다.

하지만 그게 설마 명문 검가 드라필만과 연결되어 있었을 줄이야.

기껏해야 몰락 귀족이나 하위 귀족 정도로만 예측했던 과거와 달랐다. 그도 그렇게 용병계에 발 담는 귀족들의 전형적인 형태가 그 두 종류가 보통인 까닭이었다.

하지만 이제 그 진정한 정체를 알게 되었고, 덕분에 그들 사이에 생긴 신분의 벽이 산처럼 높음을 알았다. 소심, 겸손, 얌전해지는 건 당연한 수순인 것이다.

"명색이 드라필만의 후계자를 '이긴' 사내가, 그런 태도는 좀 슬프네."

이어지는 충격발언에 또 한 번 라논 일행의 눈이 커졌다. 뿐만 아니라 입까지 쩍 벌리고 고개를 늘어트린 채, 온몸으로 경악성을 표현하는 이마저 있을 정도였다.

'끄응….'

확실히 그런 경험이 있었다.

나이깨나 있는 멋모르는 용병이 제 실력이 좀 된다고, 그것만 믿고 깝죽대는 게 기분 나빠서 몇 번 밟아줬다.

일급용병?

'그게, 뭐?'

조금 웃기는 이야기지만, 1대 1 이라는 전체를 둔다면 일급 용병까지는 해 볼 만하다고 여겼다.

'쯧! 그때는 어렸으니까.'

어린 마음에 특급 용병도 만만히 보던 시절이 있었다.

이제와 그 후폭풍이 이렇게 밀려올 줄이야. 그것도 무려 드라필만이라는 이름을 등에 지고 찾아왔다.

자연스레 그의 시선이 라논에게로 향했다.

'이래서 여자하고 얽히면 뒤가 안 좋다니까. 젠장!'

욕지거리가 연신 입안을 맴돌았다. 이런 그의 시선에 라논 역시도 경악성 어린 얼굴로 에던을 바라보고 있었다.

'3급 용병이… 드라필만의 후계자를?'

거기까지 생각하던 라논의 머릿속에 하나의 단어가 떠올랐다.

'…5년 전?'

말인 즉, 지금보다 더욱 어리고 경험이 부족하던 시절에 저 크라우말에게서 승리를 거뒀다는 뜻이 아닌가.

일시지간 의문과 의심 그리고 불신이 이어졌다. 혹시 다른 종류의 승부가 아닐까? 이런 그녀의 기색을 눈치 채기라도 한 듯, 크라우말의 설명이 이어졌다.

"설마하니 내 '검'이 용병에게 꺾일 줄이야. 정말, 신선한 경험이었지."

패배를 입에 담고 있으나, 그의 얼굴은 불쾌함과는 먼 유쾌함을 한껏 내비치고 있었다.

"선배. 덕분에 좋은 경험이었어."

실제로 그는 당시의 그 패배를 밑거름으로 가문의 '후계자'에 이름을 올릴 수 있었다.

공작의 여섯 아들 중 세 번째 아들로써, 그 후계 순위도 제법 상위에 있었건만, 그의 나이 30을 넘도록 후계구도에 이름을 올리지 못했던 그였다.

생존훈련 역시도 다른 형제들보다 늦은 나이에 시작했을 정도니 더 말해 무엇하랴.

'하지만 그 생존훈련에서 겪은 짜릿한 패배가 나를 성장시켰고, 지금의 '후계자 크라우말'을 탄생시켰지!'

공작의 세 번째 아들로써, 어린 시절부터 많은 지원을 받아 성장했다.

뛰어난 연공법은 기본이고, 고위 신관의 축복으로 육체를 정화시켰고, 실력 있는 마법사들의 도움을 얻어 오러 집적진의 혜택도 받았으며, 권위 있는 치료사들을 통해 오러의 성장을 위한 시약까지 부족함 없이 삼킬 수 있었다.

성인식을 치르던 무렵에 이미 오러의 축적량은 가볍게 연령대의 한계를 넘어서는 수준이었다. 명문 검가의 직계답게 재능 역시도 있었기에 문제 같은 것도 없었다.

그럼에도 불구하고 후계구도에 이름을 올리지는 못했다.

검!

주변 도움으로 한계치까지 올릴 수 있던 오러와 달리, 순수한 노력으로 도달해야만 하는 영역이 존재했던 까닭이었다.

하지만 크라우말은 스스로의 재능에 기대 이 부문에 내한 노력이 부족했다.

애초에 절대적인 '괴력'이라면 충분히 '형식' 따위는 압도할 수 있다는 생각으로, 오러에만 집중했던 경향이 컸다.

그런 오만했던 자신에게 일침을 놔 주고, 이를 통해서 성장의 발판을 제공해준 게 바로 에던이었다.

물론, 당시에는 '일급 용병'이라는 한계선을 정해놓은 까닭에, 능력의 전부를 발휘하지 못했다는 변명거리가 있기는 했으나, 그럼에도 불구하고 패배는 패배였다.

덕분에 부족함을 깨닫고 스스로에 대한 반성과 함께 발전을 꾀할 수 있었다.

그런 이유로 인해, 에던은 어찌 보면 고마운 은인이라고 할 수 있는 것이다.

하지만 패배는 패배였다.

"그런 의미로다가, 오랜만에 한판 어때?"

은인이라고 하지만 속이 쓰린 건 어쩔 수 없었다.

"은혜를 받았으니 갚아야지."

스스로에게 최면을 걸 듯 반복한다.

"은인이잖아."

복수는 결코 아니다.

"염병!"

결국 튀어나온 욕지거리가 크라우말을 웃게 만들었다.

"그리운 단어네."

과거, 귀에 딱지가 생길 정도로 들었던 단어에 절로 미소가 지어졌다.

5. 3급

5. 3급

스릉…

한 눈에 봐도 보통 물건이 아님을 알 수 있는 검광이 빛을 받아들이는 게 보였다.

꿀꺽!

당연하게도 절로 마른침이 삼켜졌다.

"그… 진검으로 하실 생각이십니까?"

조심스런 에던의 물음에 크라우말이 웃으며 고개를 끄덕였다.

"… 예전처럼 목검으로 하시는 게 어떨지…?"

"아쉽게도 준비한 목검이 없네. 설마, 여기서 선배를 만날 줄 누가 알았겠어."

그러며 눈을 반짝인다.

"게다가 분위기로 보아하니, 목검으로 했다간 적당히 하고 끝날 것 같단 말이지. 난 선배의 '전력'이 보고 싶다고."

일시지간 피어난 기세가 에던의 전신을 답답하게 옭아매었다.

'젠장! 이거…진심인 모양인데.'

상대의 눈빛과 태도 표정 등에서 각오가 전해져왔다. 이를 느낌과 동시에 그의 반응 역시도 돌변했다.

"미리 이야기 하는데, 5년이나 지난 일이야. 후배!"

존대가 사라졌다. 호칭도 붙었다. 거기에 더해 눈빛마저 변했고, 비굴하게 움츠렸던 육신도 어느새 바로 세워져 있었다.

그러며 굳이 입에 담은 '5년'이라는 기간!

결코 짧지 않은 시간이었다. 저 어딘가의 격언을 따르자면 10년이면 강산도 변한다고 했다.

거기에 비하기는 어렵겠으나 그 절반에 해당되는 시간이 흐른 건 사실이다. 게다가 그들은 사람이 아니던가. 수천수 만년의 세월을 지내는 강산과 달리, 짧은 시간을 살아가는 만큼 5년이란 기간은 변화의 중심에 서기에 충분하고도 남은 시간이었다.

그 대표적인 예가 바로 드라필만 가문의 후계구도 변화가 아니던가.

"5년이라…."

크라우말의 입 꼬리가 볼에 닿을 듯 올라갔다.

"그래서 더욱 기대가 되는 거야. 선배!"

에던의 눈가에 옅은 경련이 일었다.

'끄응… 어쩔 수 없나.'

이미 상대는 불이 붙을 대로 붙어서 활활 타오르고 있었다. 이제는 더 이상 빼기가 어려운 상황이었다.

"나중에 후회하지 말라고, 후배."

말과 동시에 에던이 슬쩍 뒷걸음질로 거리를 벌리는 게 보였다. 자연스레 라논을 비롯하여 그녀의 호위들 역시 그들에게서 멀어지며 '공간'이 만들어졌다.

장소가 마련되자 에던이 가볍게 몸을 풀기 시작했다. 히쭉 웃어 보인 크라우말 역시도 몸 풀기에 들어갔다. 어깨를 이리저리 돌리고 고개를 좌우 그리고 전 후로 꺾는 그 순간,

스스슥!

팔목 운동을 하던 에던의 소매를 타고 은밀하게 뻗어나가 실선이 있었다.

정확히 크라우말의 전신을 노리며 날아가는 그것은 손가락 크기의 암기들이었다. 라논을 비롯한 호위들도 그 실선의 흔적을 발견하고 나서야 존재를 눈치 챌 정도로 은밀했고,

파파파팍!

크라우말의 대처가 있고 나서야 암기라는 걸 인지할 정도로 변칙적인 기습이었다.

"역시! 예전하고 전혀 다를 게 없네."

그러며 펼쳐 보이는 크라우말의 손 안에는 정확히 다섯 개의 암기가 들려있었다. 멋모르던 용병 시절에 이 기습에 에던에게 '첫' 패배를 당했었다.

"설마, 그동안 지체 높으신 귀족가에서 생활 좀 했다고, 전처럼 비겁하다니 어쩌니 하는 헛소리를 하는 건 아니겠지?"

에던의 물음에 크라우말이 또 다시 히쭉거리며 웃었다.

"그 정도로 오래 생활한 건 아니야. 선배."

대답과 동시에 이미 크라우말의 신형이 쏘아져 나가고 있었다.

사람이 달린다고 믿겨지지 않는, 그야말로 번개 같은 속도였다. 눈 깜짝할 사이에 시야 끝에서 끝으로 넘어가는 신기와도 같은 이동이었다.

당연하게도 정면에서 이를 맞이하는 에던은 마치 달걀이 거대한 바위, 아니 산으로 변하는 것 같은 착시현상마저 느껴질 정도의 압박감이 있었다.

하지만 그럼에도 불구하고 에던의 눈은 그를 놓치지 않았다. 눈 하나 깜빡하지 않은 채, 밀려드는 거대한 그림자를 '볼' 뿐이었다.

오싹!

그 시선을 마주하고 있자니, 짜릿하니 등골을 타고 오르는 감각이 있었다. 크라우말의 입 꼬리가 바르르 떨렸다.

'저 눈!'

과거의 경험과 감각이 생생하게 살아나기 시작했다.

'얼마나 변했을까?'

그는 변했다.

과거, 오러라는 한 쪽에 치우쳐진, 어떻게 보면 편협 되다 할 법한 비틀린 성장의 과정 속에서 정처없이 헤매기만 하던 시절과는 달라진 것이다.

5년이란 시간이 그에게 허락한 변화였고 발전이었다. 그렇다면 에던은 어떨까?

짙은 호기심 속에서 둘 사이의 거리가 가까워지는 순간,

'음?'

크라우말의 표정이 일순 경직되는가 싶더니, 그의 신형이 일시지간 흔들렸다.

'언제?'

내딛고 있는 바닥의 높낮이가 달랐다. 발끝을 타고 오르는 간가을 토해, 발아래 잡초들 사이사이로 흙이 패어 있나는 게 전해져왔다. 인위적인 것이라는 걸 단박에 알 수 있었다.

그의 시선에 에던의 얼굴이 잡혔다. 그리고 흔들리는 신형에 맞춰 쏟아지는 암기의 빗줄기가 보였다.

이 함정이 누구의 설계였는지 짐작이 갔다.

'역시!'

찰나의 순간 이미 흔들렸던 신형은 바로 잡혔고, 날아드는 암기는 그의 검 끝에 걸려 사방으로 흩어졌다.

그리고 이내 에던이 그의 '간격'에 들어왔다.

본다!

우선은 얼굴을 보고 눈빛을 읽으며 각오를 인지한다. 이를 통해서 상대가 진심으로 할 생각이라는 걸 파악했다.

때문에 또 다시 본다!

움직이는 검의 궤적을 검 끝의 날카로움을 눈에 담는다.

'젠장!'

욕지거리가 나올 만큼 빨랐다. 일급 용병으로 활동하던 과거에도 눈 돌아갈 정도로 빠른 검격이었지만, 지금은 아예 정신이 돌아가 버릴 수준이었다.

그럼에도 불구하고,

'보인다!'

비록 흐릿한 느낌이 강했지만, 분명한 건 눈에 잡힌다는 것이다.

에던은 언제나의 경험을 통해, 이 정도 흐릿함은 몇 번만 더 눈에 담는다면, 금세 적응을 할 수 있다는 걸 알고 있었다.

단지, 지금은 그 같은 여유가 없다는 게 문제였다.

몸 풀기라는 연기를 위해 거리를 벌리는 한편, 물러서는 걸음걸음마다 바닥을 깊이 밟아놓고 비벼났다.

그게 작은 함정의 역할을 해 줬고, 덕분에 한 차례 제대로 검격을 눈에 담는 기회를 얻었다. 하지만 그것만으로는 부족했다. 겨우 몇 번의 칼질로 적응할 수 있는 검격이 아니었다.

그럼에도 불구하고,

'해야지!'

두 눈을 번뜩이는 순간, 오싹한 감각이 등을 적시는 게 느껴졌다.

'온다!'

어느새 둘 사이의 공간이 제로에 가까워지며, 격전을 위한 간격이 형성되어 있었다.

그 공간 속으로 그어지는 흐릿한 검격의 그림자가 비쳤다.

최단거리를 선점하고 날아온다.

'최단?'

그것은 목적지에 도달했을 때에나 허락되는 단어였다. 만약 도착지를 벗어난다면?

'그거 최단이 아니지!'

흩날리는 머리카락과 함께 검격이 목적지 옆 고랑으로 빠지는 소리가 들려왔다.

사락…

동시에 오싹한 감각이 귀밑 목 언저리를 스치고 지나갔다. 그건 따끔한 통증을 낳으며 신경을 한껏 자극했다. 하지만 에던은 한 점 흔들림도 없이 올곧이 전방만 주시할 뿐이었다.

그러며 슬쩍 전면에 손을 둔다. 정말 별 것 아닌 동작이었다. 아무것도 없을 허공에 맨손을 뻗은 것뿐이다. 그러자 마치 거짓말처럼 그 공간에 상대가 뛰어들며, 그를 위협하던 '최단'이 도리어 그에게로 넘어왔다.

"허…."

그리고 이어지는 허탈한 음성 하나.

크라우말은 정확히 자신의 심장어림에 꽂혀있는 에던의 주먹을 쳐다보며 바람 빠진 웃음을 흘리고 있었다.

짧은 공방.

승패는 그만큼 순식간에 나뉘어졌다.

"허어…."

그 누구도 예상치 못한 결과였다.

❖ ✣ ❖

상대의 움직임을 온전히 눈에 담을 수 없었기에, 반쯤은 운에 기댄 경향도 있었다. 하지만 그럼에도 불구하고 단 한 방에 모든 걸 내던졌다.

에던은 그 한 번의 승부수야 말로 단 한 번의 기회라는 걸 알았다.

만약, 이를 놓친다면?

'뜨끔하게 칼침 한 방 맞는 거지.'

하지만 다행스럽게도 그는 '볼' 줄 알았고, 덕분에 최소한의 배팅을 위한 화살은 준비되어 있었다.

오래 전, 우연찮게 인연을 맺었던 어린 몰락귀족과의 만남으로 인해, 최전방 전쟁지역을 자주 넘나들었고 덕분에 '진짜' 들의 전투를 원 없이 구경했다.

그 무수한 실전 속 간접경험을 통해 '볼' 수 있었다.

기사들이라 불리우던 진짜들의 전투!

그것도 무려 생사를 건 치열한 혈투!

이를 통해서 그는 작게나마 '볼' 수 있게 된 것이다. 무수히 많은 검들을 보았고, 그만큼 많은 검로를 눈으로 확인했으며, 그 끝을 눈에 새겼다.

덕분이라고 해야 할까?

짐작, 아니 예측을 할 수 있게 되었다.

흐릿하게나마 크라우말의 검로를 보았다. 그 시작점을 통해 끝이 어디인지, 어떠한 '최단' 을 찾아가는지 '예측' 했다.

'정말로 죽일 생각이었어.'

마지막에 검을 거둘 의도였는지 어떤지는 모른다. 확실한 건 그의 '눈' 으로도 쫓기 어려운 검격이 정확히 목을 노리고 날아들었다는 것이다.

예측의 끝을 짐작하며 힘겹게나마 작은 움직임을 보였고, 이는 크라우말의 검격을 피하는 결과로 이어졌다.

그 섬뜩한 감각이 귀밑을 스쳐갈 때, 이미 그의 모든 전신 신경은 전방을 향해 있었다.

상대의 '최단'이 공중으로 붕 뜨는 찰나를 노려 그 '거리'를 '훔쳐' 역습했다.

퍼억!

묵직한 느낌이 오른 주먹에서 느껴졌다.

'아!'

동시에 밀려든 통증에 손목이 나갔음을 알 수 있었다. 당연했다. 애초에 주먹을 쥔 것이 아닌 까닭이었다. 소매 밑의 암기를 손에 쥐고자 손목을 꺾던 동작 그대로 '최단'의 '거리'가 적용되면서, 어설프게 주먹질이 완성된 것이다.

'젠장!'

안타깝게도 '눈'을 따르지 못한 '육신'의 한계였다.

'통증으로 보아하니…'

가벼운 부상은 아닐 거라 여겨졌다.

결국 암기는 제대로 꺼내지도 못했고, 덕분에 제대로 된 일격도 못 먹였으며, 역으로 손목이 나가는 부상까지 얻었지만, 외형적인 모양새는 제법 그럴싸했다.

그의 일격이 상대의 심장어림에 정확히 꽂혀있는 까닭이었다.

"너무 까불지 말라고, 후배."

여유롭게 너스레를 떨며 어깨를 한껏 폈다. 당연하게도 욱신거리는 손목을 등 뒤로 숨기는 건 잊지 않았다.

마치 일부러 가볍게 주먹만 가져다 댄 거라고 믿기도록, 최대한 여유를 내세우며 표정을 위장했다. 상대가 과거의 일급용병으로 그를 맞이했으니, 그 역시 과거를 최대한 연기하는 것이었다.

❖ ✝ ❖

라논과 호위기사들은 믿기지 않는 결과에 넋이라도 놓은 듯, 멍청하니 눈만 깜빡이고 있었다.

'말도… 안 돼!'

새삼스럽게 에던의 경력이 머릿속으로 새겨졌다.

경력 8년차의 3급 용병!

여기서 중요한 건 바로 '3급' 이라는 부분이었다.

말인 즉,

'오러도 없이 어떻게?'

결국, 내려진 결론은 또 다시 '말도 안 돼' 였다.

'어떻게?'

지금 상황을 굳이 비유를 하자면, 걸음마를 막 뗀 아이가 성인 남성을 상대로 주먹질로 쓰러트렸다는 것만큼 황당한 일이었다.

하물며 상대가 저 크라우말 드라필만이라면?

불가능!

이 단어 외에는 떠오르질 않았다.

헌데, 그 믿기지 않는 상황이 눈앞에서 펼쳐졌다. 그저 짧은 공방으로 승패를 나눈 것뿐이기에, 진실 된 승부를 봤다고 하긴 어려웠으나, 어쨌든 그 한 번의 공방에서 에던의 주먹은 정확히 크라우말의 심장을 찌르고 있었다.

'저 손에 검이 들려있었다면?'

그도 아니면 에던이 주로 사용하는 그 자그마한 암기라도 쥐어져 있었더라면 어땠을까?

라논은 왠지 모르게 입술이 마르는 것 같았다.

'그러고 보니…'

습격해왔던 추격자들로 인해 전멸했다고 여겼던 용병들의 틈에서 홀로 살아남았다. 오늘 마주하기 전까지는 그 역시 지난 습격에 당했다고 여겼으나, 분명 눈앞에 살아 있었다.

하지만 용병들을 습격했던 추격자들은 차디찬 시체가 되었다.

'설마…'

그 추격자들도 결국 에던에게 당한 것이 아닐까? 의문 혹은 의심이 싹텄다.

'정말로 3급 용병?'

왠지 머리가 아파졌다.

대외적으로 크게 알려지진 않았으나, 데피안은 말룬 자작가 내에서도 손에 꼽히는 실력자였다.

그런 만큼 일행들 중에서는 유일하게 에던과 크라우말의 격돌을 온전하게 눈에 담을 수 있었다.

'그건… 뭐였지?'

때문에 일행 중에서도 가장 큰 충격을 받을 수밖에 없었다.

우습다면 우스운 이야기겠으나, 크라우말의 돌진부터 이미 압도당해 버렸다. 무려, 자작가에서도 손꼽히는 실력자인 그가 아니던가.

헌데도 일순간에 시야의 끝을 도약하는 크라우말의 속도에는 경악할 수밖에 없었다.

그리고 이어진 검격!

잠시나마 흔들린 육신을 바로잡고 순식간에 암기를 쳐내는 그 움직임은 너무도 자연스러워, 마치 애초부터 그렇게 하기 위해 준비된 동작 같았다.

그와 크라우말은 비슷한 연령대였다.

하지만 찰나 간에 드러난 실력에서 둘 사이의 '격'을 느꼈다. 뒤이어 이어진 '최단'의 '거리'를 점하며 뻗어가는 검격!

그리고 번개가 쳤다.

물론, 실제로 눈앞에 번개가 떨어졌다는 의미는 아니었다. 은유적 표현으로써, 그의 머리와 정신이 날아가 버릴 정도로 충격적인 장면이 펼쳐진 것으로써, 뇌리에 번개가

친 것이나 다를 게 없었다.

'그게… 뭐지?'

아무리 생각해도 이해가 안 된다.

검격이 아슬아슬하게 귀밑을 스치고 지나갔고, 이후 크라우말은 스스로 에던의 주먹에 왼 가슴을 가져다 댔다.

마치 사신의 낫에 제 목을 들이대는 느낌이었다.

"허…."

복잡한 심경이 나직한 탄성을 타고 흘러나왔다.

❖ ✛ ❖

한 차례 본의 아닌 격전을 끝으로 드디어 모든 시련이 끝나는 건가 싶었다.

의뢰 대상의 목적지인 드라필만에서 직접 사람이 찾아왔고, 그로 인해 추격자들이 물러가기까지 했다. 더 이상 위협도 없을 거라 여겨졌다.

하지만 이게 웬일?

마법사 피했더니 드래곤, 드래곤 피했더니 마왕이라던가?

"선배도 같이 가자."

웃으면서 건네 오는 후배의 제안이 오싹했다.

"아버님도 한번 꼭 만나고 싶어 했었는데, 이 참에 뵙고 가."

말인 즉,

드라필만의 초청이라는 소리였다.

"이런, 씨…."

욕지거리가 혓바닥을 굴렀다.

루드말 드라필만!

이곳 에벨린 왕국을 대표하는 기사이자, 전 대륙에서도 단 일곱뿐이라고 알려진 '별의 영역'에 닿은 절대자!

그 능력은 감히 단언컨대 '1인 군단'이라는 수식어가 부족하지 않을 정도였다.

때문에 물을 수밖에 없었다.

"농담이지?"

드라필만 공작 같은 대단한 사람이 그에게 관심을 가질 이유가 무엇이 있겠는가. 그냥 해 본 소리라고 여겼다.

"진담인데."

웃으며 받아치는 크라우말의 모습에 에던의 얼굴이 와락 구겨졌다.

"왜?"

그런 대단한 사람이 관심을 준단 말인가?

"당연하잖아."

"뭐가?"

"아들을 이긴 사내니까."

그러며 활짝 웃어 보이는데, 앞서의 일격이 심장이 아닌

저 면상으로 향했어야 한다는 후회감이 밀려왔다

동시에 두통이라도 온 것 마냥 머리가 지끈거렸다.

'그걸 말했다고?'

어지간하면 자신의 패배는 숨기려 하는 게 정상 아닌가?

"이런, C⋯."

욕지거리가 숨 쉬듯 튀어나왔다.

❖ ✤ ❖

"하⋯하핫!"

일시지간 터져 나오는 웃음소리 가득 허탈한 감정이 묻어나왔다.

라발던 백작은 '그림자'들로부터 날아든 통신 내용을 내려놓으며 의자 깊숙이 몸을 묻었다.

"실패란 말이지."

재미없는 상황이 펼쳐져버렸다. 말룬 자작의 마지막 '꼼수'를 막아내지 못한 것이다.

"크라우말 드라필만⋯."

그림자들이 언급한 방해꾼의 이름을 입에 담았다.

"⋯으득!"

절로 이가 갈렸다. 설마, 드라필만의 후계자가 영역 바깥까지 나서서 말룬 자작의 계획을 거둬갈 줄은 몰랐다.

굳이 비유를 하자면 이건 '반칙'이었다. 라논 일행히 저들 드라필만의 영역에 발을 들인 다음이라면, 크라우말의 개입은 문젯거리가 되지 않겠으나, 그게 아니니 더욱 화가 나고 열불이 솟는 것이다.

왜?

드라필만의 후계자인 크라우말이 가문의 영역을 벗어나면서까지 그림자들을 막아 선 걸까?

"설마…."

불길한 생각이 머릿속을 가득 채웠다.

"…말룬 자작가의 '비밀'을 알고 있는 건가?"

자작가 뿐만 아니라, 그 영지전의 대상이었던 에몰란 남작가 역시도 함께 포함되어 있는 '비밀'이었다.

"으음…."

최악의 상황을 가정해야 하는 까닭일까? 그의 얼굴 가득 그늘이 내려앉고 있었다.

❖ ✢ ❖

홀로 움직였다는 크라우말의 이야기와는 달리, 얼마 지나지 않아 드라필만의 기사들이 모습을 드러냈다.

이에 의문스런 얼굴로 바라보니, 돌아오는 대답은 의외로 간단했다.

"그래도 명색이 '후계자'인데, 아주 혼자일 수는 없잖아."

말인 즉, 그의 호위들이라는 소리였다. 크라우말이 등장한 시간이나 저들의 흐트러진 호흡 등을 보아하니, 대충 혼자서 멋대로 호위들을 따돌린 채 움직였다는 것 정도는 짐작할 수 있었다.

"공자님!"

성난 음성으로 크라우말을 부르는 거대한 덩치의 곰 같은 사내의 모습이 그 짐작에 마침표를 찍어주었다.

"전에도 말씀 드렸지만, 공자님은 이제 가문의 후계…."

"아아! 쓸데없는 소리 말자고. 손님들도 계시니까."

확실히 효과가 있던 것인지, 곰 같은 사내는 한껏 끓는 와중에도 애써 표정을 관리하고 화를 억누르는 모습을 보여줬다.

기회는 이때라는 듯, 크라우말이 라논 일행에 대한 소개를 시작했다.

"여기 이분들은 말룬 자작가에서 오신 손님들이야."

그 순간 가라앉아 가던 덩치 사내의 얼굴이 다시금 붉게 물들었다. 크라우말이 먼저 선수를 쳤다.

"무슨 말 할지 아는데, 어쩌겠어. 잠깐 '외출'을 했다가 '우연히' 만나 버렸잖아."

"…공작 각하께 그대로 보고할 겁니다."

"거 참, '우연' 이라니까."

그 짧은 대화에서 대략적인 상황 유추가 가능했다. 크라우말은 허락받지 않은 행동을 했고, 그 주체는 아마도 라논을 비롯한 말룬 자작가의 일행들이었을 것이라 여겨졌다.

"그리고 아버님께서 좋아할만한 소식도 있으니까. 이걸로 대충 퉁 치면 될 거야."

조금은 경박하다 할 수 있는 크라우말의 말투에 덩치 사내가 눈살을 찌푸렸다. 하지만 이어진 내용으로 인해 침음성과 함께 화를 삼켜야만 했다.

"너도 들은 적 있지? 생존훈련 미스터리."

그 순간 덩치 사내의 눈이 부릅떠졌다. 동시에 그의 두 눈이 라논 일행들을 훑기 시작했다.

이미 소개되었던 라논과 그녀의 호위들을 빠르게 거친 그의 시선이 에던에게로 닿았다. 그리고 이어진 눈빛,

'끄응….'

에던의 눈가에 옅은 경련이 일었다. 그도 그렇게 정면으로 마주한 덩치 사내의 표정에서 '실망'의 기색을 읽은 까닭이었다.

표정을 꾸미는 재능이 없는 것인지, 그 얼굴에 드러난 감정이 너무 노골적이었다. 맘 같아서는 당장에 저 면상을 갈겨버리고 싶었으나, 드라필만이라는 이름이 주먹과 이성의 끈을 한껏 붙잡아줬다.

"어쭈? 건방진 표정 보게. 그러다 호되게 한 방 먹는다."

곁에서 지켜보던 크라우말이 덩치 사내의 뒤통수를 '탁' 하며 가볍게 두드렸다. 이에 덩치 사내가 눈살을 찌푸리며 크라우말을 돌아봤다.

"말 했잖아. 미스터리라고. 눈에 보이는 게 전부가 아니다. 보이는 것만 믿었다간, 내 꼴 난다."

그제야 생각나는 게 있던지, 덩치 사내가 고개를 끄덕이며 에던을 바라보는 눈빛을 바꿨다.

하지만 에던으로써는 그리 달가운 변화는 아니었다. 앞서의 '실망'의 기색이 사라지고 '호기심'이 가득 채워진 까닭이었다.

한 눈에 봐도 귀찮을 것 같은 눈빛이었다.

'차라리 실망을 해 주면 안 되겠니.'

진심어린 바람이었다.

'그나저나…'

문득, 앞서 크라우말이 덩치 사내에게 했던 이야기가 떠올랐다.

[너도 들은 적 있지? 생존훈련 미스터리.]

'젠장! 미스터리는 또 뭐야?'

그에 대해서 어떻게 소개되어 있는지 작게나마 짐작하게 하는 부분이면서, 동시에 한층 큰 귀찮음을 예고하는 내용이기도 했다.

'동네방네 다 떠들고 다닌 건 아니겠지?'

덩치 사내의 수하들로 보이는 다른 호위기사들의 어리둥절한 표정으로 보아하니, 입을 가볍게 놀린 건 아닐 듯싶었다.

'그렇다고는 해도…'

덩치 사내의 반짝이는 눈빛이 보였다.

'…귀찮게 됐네.'

드라필만에 꼭 가야 하는 걸까?

초대 거부를 심각히 고려하는 순간이었다.

❖ ✚ ❖

과연, 드라필만이라고 해야 할까?

몇 안 되는 인원이 합류한 것뿐이었으나, 그 속에 '후계자'가 끼어있다는 것만으로도, 모든 문제가 해결되었다.

성문을 넘고 영지를 지나는 것 역시 순식간이었다. 당연하게도 추격자들 역시 더는 보이질 않았다. 더 이상 등 뒤를 걱정할 필요도 없는 것이다.

과연, 올해 안으로 도착할 수 있을까 싶을 정도로 라논 일행에게는 험난하기만 했던 여정이건만, 한순간에 더없이 편안한 여행으로 바뀐 것이다.

그리고,

'결국… 와 버렸네.'

라논은 저 앞으로 높게 솟아있는 거대한 성벽을 바라보며 잘게 몸을 떨었다.

여인의 몸으로 태어나 자작기의 후계사를 연기하고자 사내의 삶을 살았다. 하지만 다시 여인이 되어 또 다시 가문을 위해, 부친을 위해 저 성벽너머에 발을 들여야만 했다.

'후계자라…'

더 이상 그녀의 것이 아닌, 그녀의 것이 될 수 없는 단어였다.

부친의 계획 때문에?

물론, 그것도 있었다. 하지만 애초에 그 '계획'이 펼쳐질 수 있는 이유가 따로 존재했다.

'멜른.'

그녀의 동생이 잉태되었다. 아직 뱃속에 있었으나 마법사들을 통해 그 성별을 확인했다.

사내아이였다.

그 무뚝뚝하던 부친이 환호하던 모습은 지금도 뇌리에 선명하게 남아있었다. 기다렸다는 듯 이름을 지었고, 후계 계승을 위한 준비도 이뤄졌다.

당연하게도 '가짜'인 그녀는 후계자의 자리에서 내려올 수밖에 없었다. 그런 이유로 지금의 계획 역시 준비된 것이다.

[후계자로써 가문을 위해 떠나라!]

가문의 존속을 위해 희생해라!

이번 여정은 그렇게 선택된 것이다. 사실, '선택'이라기보다는 '강요'라는 표현이 맞았다. 그녀에게는 애초부터 선택권이라는 게 없는 까닭이었다.

2~3개월 안에 태어날 남동생을 위해, 그녀는 몸을 '팔러' 와야만 했다. 당연하게도 오고 싶지 않았다. 어쩌면 그런 이유로 여정 중에 문젯거리를 만들었던 건지도 몰랐다.

'하지만… 결국, 와 버렸으니.'

드라필만의 성벽이 가까워 오자, 자연스레 눈가가 촉촉하게 젖어갔다.

어느새 들려진 손이 얼굴을 어루만지고 있었다.

'이젠….'

거짓된 얼굴을 벗어던질 때였다.

그녀의 것보다 조금 더 높은 광대뼈가 만져졌고, 더 두툼한 턱과 볼 살이 손끝에 걸렸다.

비싼 마법시약을 통해 얼굴 형태를 어루만져 '고정'시킨 것으로써, 아무리 눈썰미가 좋은 이들이라 할지라도, 이 얼굴에서 '거짓'을 찾아내기란 쉽지가 않았다.

아예 불가능에 가까웠다. 온도조차 사람의 것과 다를 게 없으며, 그 색감도 피부색과 같으니, 어찌 구분을 하겠는가.

'…마지막인가.'

오래토록 함께했던 이 가면을 거두고, 그녀 혼자만이 간직하고 있는 '얼굴'을 내보일 때가 온 것이다.

제 모습을 세상에 드러내다.

분명, 기뻐야 할 순간이건만 가슴이 답답해지며, 눈물이 나려 하는 건 현실의 잔인함을 아는 까닭이리라.

'아버님….'

눈물을 참으로 두 눈을 질끈 감았다. 그 때문일까? 한층 뜨거운 동공의 온기가 선명하게 전해졌다.

최강이라는 수식어가 낯설지 않듯, 패배라는 단어 역시도 낯설거나 어색하지는 않았다.

명문!

그 안에는 무수한 승리 못지않게 무수히 많은 패배 역시도 함께하는 까닭이었다. 그 모든 것들이 모여 정화를 이뤘기에 명문으로 거듭난 것이다.

하지만 딱 한 번, 의문만을 남긴 패배가 있었다.

'도통 이해하기 어려운 일이었지.'

물론, 그의 것은 아니었다.

정확히는 그의 '아들'이 가져온 결과물이었으나, 그 내용이 실로 괴이해 그 역시도 관심을 가지게 되었다.

'3급 용병에게 패배라….'

아들의 능력을 생각해 봤을 때, 그건 갓난아기가 '응애' 하고 우는 대신, 욕지거리를 뱉었다는 소리만큼 허황된 일이었다.

그럼에도 불구하고 그 말도 안 되는 일이 벌어졌다.

'믿기진 않지만, 믿지 않을 수도 없으니.'

아들에게 직접 들은 이야기가 아니더라도, 은밀히 아들에게 붙어있는 그림자들을 통해 정식으로 보고받은 것도 있었다. 두 내용이 일치하는 이상 의심은 무의미할 뿐이었다.

더욱 놀랍고도 신기한 내용은 아들에게 패배를 준 3급 용병의 상태였다.

'분명… 오러홀이 파괴된 몸이라고 했었지.'

말인 즉, 평생 오러라고 불리는 괴력을 쌓을 수 없다는 의미인 것이다. 그럼에도 불구하고 아들은 그에게 '패배'를 맛봤다.

어떻게?

쉴 새 없이 이어지는 의문이 3급 용병에게 향했다.

물론, 승부를 나누던 당시, 아들의 상태가 온전한 것은 아니었다.

일급용병 라말!

그 위치에 충실하기 위하여 지닌바 능력을 일부 제한해 놓은 것이다.

명문 '검가'의 자재가 '검'이 아닌 '오러'에만 집중하는 모습이 괘씸하여 내린 조치이기도 했다.

'마법사들의 도움을 얻어서, 절반에 해당하는 오러를 잠재워 놨었단 말이지.'

그럼에도 불구하고 어릴 적부터 오러에 선념했던 아들은 일급용병이 되기에 차고 넘칠 만큼의 오러를 보유하고 있었다.

만약에 그의 아들이 검에 조금만 더 전념했더라면, 절반의 오러 보유량으로도 충분히 '특급용병'으로 등록될 수 있었을 터였다.

한 없이 특급에 가까운 일급용병!

그게 생존훈련 당시 아들의 위치였다. 용병계에서는 그야말로 최고에 가까운 존재라고 할 수 있었다.

'하지만… 졌단 말이지. 오러홀도 파괴된 3급 용병에게….'

당연하게도 호기심이 싹트기에 충분한 조건이었다.

루드말 드라필만!

그의 두 눈 가득 빛 무리가 어렸다. 입 꼬리가 올라갔다. 얼굴 한편으로 가벼운 홍조마저 떠올랐다.

아들, 크라우말에게서 날아온 통신을 읽은 까닭이었다.

[미스터리를 찾았습니다.]

오랜만에 심장이 펄떡거렸다.

괘씸한 아들놈이 멋대로 사고를 친 내용도 함께 적혀있었지만, 그의 심장을 널뛰게 해 준 만큼, 가벼운 대련 한판으로 용서해 줄 마음이 생겼다.

"그래. 가볍게 어루만져 주마. 살살, 가볍게!"

메인요리를 먹기 전 디저트라는 생각으로,

※ ✛ ※

드라필만의 성문을 넘던 중,

"어으… 벌써, 가을인가?"

크라우말이 몸을 떨었다.

"지대가 높은 건가?"

그 옆에서 에던 역시도 한 차례 어깨를 움츠렸다.

약속이나 한 듯, 동시에 옷깃을 여미는 두 사내의 머리 위로, 한 여름 태양이 뜨겁게 내리쬐고 있었다.

6. 드라필만!

6. 드라필만!

짐작하고 있었다. 어쩌면 확신하고 있었을지도 모른다.

'불길한 예감은 틀린 적이 없다더니.'

저도 모르게 머리를 부여잡은 에던의 귓속으로, 재차 '골치 아픈' 음성이 날아들었다.

"어떤가? 가볍게 대련 한 판."

슬쩍 음성의 주인을 바라봤다.

'…루드말.'

명문 검가 드라필만의 가주가 눈을 반짝이며 그에게 시선을 보내오고 있었다.

'어쩌다….'

이렇게 된 것일까?

현 상황을 차분히 되짚어봤다. 자연스레 옆으로 고개가 돌아갔다. 적금발이 잘 어울리는 미모의 여인이 보였다.

라논!

거짓된 가면을 벗어던진 그녀의 본래 모습이었다. 엘프들을 연상시킬 정도로 충격적인 미모는 아니었다.

하지만 오랜 수련으로 다져진 단단함이 은연중에 묻어나오며, 묘하게 시선을 잡아끄는 매력이 존재했다.

말룬 자작이 드라필만 공작가에 모험을 건 이유가 되기에는 충분해 보였다. 물론, 거기에 뛰어난 재능과 실력 역시 더해졌음은 당연한 일이었다.

에던이 그녀를 바라보는 이유는 간단했다. 공작의 저 웃기지도 않는 제안이 그녀와 관련되어 있는 까닭이었다.

[나를 만족시키면, 네 연인의 뜻을 이뤄주마.]

앞서 공작이 했던 이야기였다.

'아오…'

어디서 어떤 오해가 생긴 것일까?

'…미치겠네!'

하지만 분명한 건 공작이 그와 그녀를 한 데 묶어서 생각하고 있다는 점이었다.

'끄으으응…'

어디서 뭐가 잘못 된 것일까?

성에 들어오던 무렵부터 뭔가 이상했다.

쪽문!

정문이 아닌 옆으로 작게 난, 마치 개구멍처럼 보이는 자그마한 문을 통해서 입성을 한 것이다.

당연하게도 의문이 들 수밖에 없었다. 하지만 이를 입 밖에 내어 물을만한 용기는 없었다.

더 이상 크라우말과 선, 후배 사이로 머무는 게 아닌 까닭이었다. 덩치 사내, '팔룬'을 비롯한 호위 기사들이 도착하는 순간부터, 크라우말은 다시 드라필만의 후계자가 되었고, 그는 전처럼 흔하디 흔한 3급 용병으로 돌아갔다.

둘 사이의 전투라던가 '미스터리'에 관한 부분을 아는 호위가 팔룬 한 명 뿐인 탓에, 더더욱 그 같은 위치는 확고할 수밖에 없었다.

'동네방네 떠들고 다는 건 아닌 모양이네.'

이동을 하며 겪은 걸 동합한 결과였다. 그 와중에 팔룬이 크라우말의 호위기사들을 이끄는 대장이라는 걸 알았고, 둘의 관계가 그저 호위로 묶여진 정도가 아니라는 것 역시 일있다.

정확히 정의하기는 어려웠으나, 어릴 적부터 함께 자라온 친구나 그와 비슷한 위치라고 여겨졌다.

둘 사이의 자연스러운 관계, 분위기, 공기들은 그 때문에 성립되는 것이라고 짐작했다.

그렇게 조용히 조심스레 소리 없이 쪽문을 지나 드라필만의 본체에 발을 들였다. 과연이라고 해야 할까?

'공기가 달라!'

무언가 특별한 걸 본 것도 아니고, 특별한 건물이나 장식품 혹은 병장기를 발견한 것 역시 아니었다.

그럼에도 불구하고 묵직하니 어깨를 짓누르는 기이한 압박감이 있었다.

여기서 또 한 번 의문이 들었다.

'나만… 그런가?'

유난히 어깨가 뻐근해지는 그였건만, 다른 일행들은 아무것도 못 느끼는 듯, 연신 눈을 반짝이며 성내를 돌아보기에 바빠 보였다.

고개를 갸웃거리는 와중에 안내자가 찾아왔다.

"가주님께서 기다리고 계십니다."

굳이 '공작'이 아닌 '가주'라는 단어를 언급하는 부분에서 눈이 반짝였다. 새삼 드라필만의 영역에서는 그들이 '주인'이라는 걸 알 수 있었다.

말 그대로 이곳에서는 드라필만의 정점이 '왕'이나 다를 게 없다는 것이다. 공작이라는 호칭이 아닌 가주를 언급하는 것도 그 같은 이유에서이리라.

왕이라 칭할 수 없기에,

그렇다고 해서 저들이 왕좌를 노리는 건 아닐 것이다. 개국공신이며 동시에 충실한 왕가의 수호자가 바로 저들이 아니던가.

고개를 흔들며 쓸데없는 잡념은 훌훌 털어내는 사이, 성의 가장자리 그늘진 통로를 거쳐 일행은 드라필만의 은밀한 영역까지 도달했다.

거기에서 볼 수 있었다.

이 작은 왕국의 주인이자, 별의 영역에 오른 절대자!

루드말 드라필만!

그를 만나게 될 거라고는 상상치도 못했다. 당연하게도 그는 일개 3급 용병이지 않던가. 게다가 이곳에 볼일이 있는 건 라논 일행이지 그가 아니었다.

사실,

'만나게 될 지도 모른다고는 생각했지….'

작은 불안감이었다. 어쩔 수 없었다. 이곳으로 이동하는 내내 비쳤던 팔룬의 반짝이는 눈동자가 뇌리 가득 뜨거운 경고음을 보내온 까닭이었다.

때문에 작게나마 이 상황을 예감하고 있었던 걸지도 모른다. 하지만 그렇다고 해도 이렇게 빨리 마주하게 될 줄은 생각지도 못했다.

기껏해야 말룬 자작가와의 '거래'가 끝나고 난 이후일거라고 여겼다.

거래의 내용에 대해서는 모른다. 직접적으로 들은 게

없는 까닭이었다. 하지만 짐작은 가능했다.

앞서 추격을 하던 복면인과의 대화, 그리고 말룬 자작가의 상황 등을 고려한다면, 대략적인 그림 정도는 그릴 수 있었다.

게다가 영지전이 한창이던 당시에 자작부인의 임신 소식을 들었던 기억이 있었다. 거래 내용은 확신에 가깝게 짐작했다.

'말이 거래지….'

그녀의 위치는 실로 비참했다. 하지만 결코 가볍지 않은 위치로 인해, 공작가에서도 허투루 대하지 않을 거라고 여겼다.

헌데,

'대뜸 아무런 준비도 없이 불러낼 줄이야.'

당연하게도 불만 따위는 제기할 수 없었다.

'꿀꺽….'

절로 마른침을 삼키게 만드는 절대자의 분위기가 그저 조용히 이 상황을 수긍하게 만들 뿐이었다.

묵직하게 내려앉는 공기 속에서 루드말의 입을 열었다.

"얼굴 좀 보자."

그러며 라논을 지그시 응시한다. 너무도 뜬금없는 내용인 탓에, 바로 그 뜻을 이해하지는 못했다. 하지만 이내 그 의미를 파악한 듯, 라논이 품 안에서 액체가 든 병을 꺼내더니, 그 내용물을 얼굴에 문질렀다.

그 손길이 비비고 갈 때마다 조금씩 변해가는 얼굴의 형태를 보며, 단박이 그것이 '마법시약'이라는 걸 알 수 있었다.

그리고 이내 드러난 얼굴은 더 이상 사내의 것이 아니었다.

여인!

새삼스럽지만, 라논의 정체에 대해 다시금 상기하는 순간이기도 했다.

"좋군. 괜찮아. 쓸만해."

얼굴을 말하는 것일까? 아니면 찰나같이 훑었던 그녀의 균형잡힌 신체를 말하는 걸까?

알 우 없는 의미의 감탄이 몇 차례 이어진 뒤, 루드말의 시선이 에던에게로 꽂혀들었다. 그리고 슬쩍 올라가는 입꼬리.

어째서인지 모르겠으나, 근엄하다 할 법한 분위기 속에서 그 미소는 '음흉'한 느낌을 물씬 풍겨내고 있었다.

"연인을 지키기 위해 곁을 지킨다라."

입에 물이라고 머금고 있었더라면 그대로 뿜어버렸을 내용이었다. 드라필만의 주인 앞이라는 것 따위도 잊어버릴 정도로 충격적인 단어가 끼어있던 까닭이었다.

'연인이라니?'

멋대로 시작된 오해 속에서, 루드말이 제안했다.

"나를 만족시키면, 네 연인의 뜻을 이뤄주마."

'만족?'

어떻게?

"한 판 하자."

까드득…

근엄하던 분위기 너머로 드라필만의 주인이 거칠게 목을 꺾는 게 보였다.

❖ ❖ ❖

연인?

웃기지도 않는 소리다. 남남이다. 한 눈에 알아봤다.

'이래봬도 젊을 적에 좀 놀았거든.'

때문에 남녀간의 미묘한 공기 정도는 읽을 줄 알았다. 하지만 굳이 연인이라는 관계로 묶어버렸다.

이유?

'궁금하니까.'

과연, 아들을 이겨낸 '미스터리'의 정체를 확인하고 싶었다. 초월적 감각으로 확인해도 분명 눈앞의 사내는 '3급 용병'이 맞았다.

오러가 느껴지지 않는 것이다.

'과연…'

눈앞에서 직접 마주하고 보니 호기심이 더욱 커지는 기분이었다. 별 볼일 없다.

'하지만 별난 놈이지.'

그렇다고 다짜고짜 한 판 붙자고 하기는 어려웠다.

'쯧! 드라필만의 주인이라… 쓸데없이 거추장스럽단 말이지.'

명색이 한 지역의 패자를 자처하는 존재였다. 또한 전 대륙을 뒤흔드는 절대자 중 한명이기도 했다.

루드말은 자신의 위치를 상기하며 슬쩍 눈살을 찌푸렸다. 그럴싸한 '명분'이 필요했고, 이를 위한 희생양으로 라논을 끌어들인 것이다.

말룬 자작의 계획을 억지로 에던과 엮어버렸다. 연인이라는 관계는 제법 그럴싸한 이야깃거리가 되어 주었다.

반박의 말 따위는 일찌감치 잘라내며, 할 말만 빠르게 내던지며 무대를 마련했다.

'크…!'

이젠, 연극의 막을 올릴 때였다.

❖ ✣ ❖

어버버버 하는 사이에 장소가 마련되고 자리가 갖춰졌다.

'여긴 어디? 나는 누구?'

잠시간 답지 않은 자아성찰의 시간마저 가지고 난 뒤에야 상황 판단을 위한 머리가 돌아갔고, 주변 정리를 위한 계산이 두드려졌으며, 그가 해야 할 선택지의 방향성을 잡을 수 있었다.

'피할 수 없으면 즐겨라.'

또 다시 어딘가의 격언이 떠올랐다.

'즐기기는 개뿔!'

가볍게 격언을 비틀어줬다.

'피할 수 없으면 맞아야지.'

무려, 별의 영역에 오른 절대자였다. 까고 싶다는데 까여야지. 그것 말고는 어쩔 도리가 없었다.

'그래도 마냥 당하기는 억울하니까.'

웃기지도 않는 '설정'을 최대한 우려먹어 볼 생각이었다.

"혹여, 제가 공작 각하의 옷깃이라도 스칠 수 있다면, 제 '연인'의 뜻을 따라주십시오."

거래?

아주 뒤집어주겠다. 뭐, 이런 의미였다. 절대적으로 공작가에 불리한 거래로 만들어 버릴 것이다.

"호오…."

루드말이 입 꼬리를 말아 올리며 에던을 응시했다. 그 날카로운 눈빛에 에던이 슬쩍 시선을 깔았다.

저자세라고 할 수 있는 행동을 취하고 있으나, 그 모습이 더욱 루드말을 흥겹게 했다.

수그린 고개나 움츠러든 어깨를 보아하면 분명 겁먹은

모양새였으나, 그의 초월적 감각은 에던이 '간'을 보고 있다는 결론을 내린 까닭이었다.

결국, 저 모습은 '연극'이라는 의미였다.

이렇게까지 나약한 내가 당신처럼 대단한 자에게 뜻을 세운다. 그 각오를 인정해 달라. 뭐, 이런 식의 연극인 것이다.

'재미있군.'

한층 흥미가 동했다.

"좋아. 그렇게 해 주지."

때문에 저 연극에 속아주기로 했다. 고개를 숙이고 있던 에던의 입가에 옅은 미소가 걸렸다.

장소가 마련되었다고 해서 준비가 끝난 건 아니었다. 에던은 전투를 위한 준비를 위해 병기 거치대로 향했다.

'얼씨구.'

의외라고 해야 할까?

흔한 귀족가의 병기 거치대와 달랐다.

기껏해야 검과 창 등과 같이, 기사들이 주로 사용하는 병장기들이 종류별로 나뉘어서 있을 것이라고 여겼다.

하지만 놀랍게도 거치대에는 각종 암기를 비롯하여 박투술을 위한 장갑들과 마법사들의 스태프까지, 그야말로 종류별로 다양하게 갖춰져 있었다.

다른 무엇보다 암기가 따로 분류되어 있다는 게 유독 눈에 띄었다. 기사들이 가장 멀리하는 게 바로 암기 종류의 무기들이 아니던가. 게다가 그가 주로 사용하는 게 암기류인 만큼, 당연히 눈이 갈 수밖에 없었다.

이는 드라필만 검가의 특성으로 인한 것으로써, 그들의 '생존훈련'이 낳은 결과물이었다.

크라우말의 경우처럼 용병계에서 장기간 실전 감각을 키우는 만큼, 그쪽 세상에 제법 깊숙이 발을 담그게 되는 경우가 잦았다.

이로 인해서 병장기에 대한 편협한 시각이 제법 트이게 되었고, 그 영향으로 거치대에 세워진 병기들의 종류 역시도 다양해진 것이다.

암기 목록을 살피던 에던의 두 눈에 불이 들어왔다. 특수 제작을 해야만 맞출 수 있는 암기들도 제법 다양하게 거치되어 있는 까닭이었다.

물론, 그가 원하는 형태에 딱 들어맞는 건 아니었으나, 비슷한 크기와 모양새를 갖추고 있어, 절로 손이 가게 만들었다.

'몇 개 슬쩍 하는 것 정도는…'

순수하게 사심이었다.

'고생하는데 이 정도야.'

어찌되었건 지금 그가 하는 건 몸을 쓰는 일이다. 돈은 못 받더라도 이런 거라도 좀 받아갈 셈이었다.

'뭐… 아주 공짜는 아니겠지만.'

드라필만의 이름을 생각한다면, 대련 이후에도 뭔가

주어질 것 같기는 했으나, 라논을 우려먹은 만큼, 대련 이후의 보상이 적을 확률이 높았다.

'우선 선불로 이 정도라면….'

거치대의 암기들이 절반가량이나 자취를 감췄다. 묵직해진 소매와 품 안의 무게감에 절로 가슴이 뿌듯해졌다.

"준비는 끝났나?"

등 뒤에서 들려오는 루드말의 음성에 어깨가 추욱 처졌다. 잠시 올라갔던 기분이 급속도로 내려앉았다.

'에휴….'

나직한 한숨과 함께 에던이 신형을 돌려세웠다.

"뭐, 대충은 끝났습니다."

"대충이라… 아직 남은 게 있나?"

"그건, 제가 아니라 공작 각하께서 해 주셔야 하는 준비입니다."

"내가?"

의문을 내비치는 루드말의 모습에 에던이 씨익 웃으며 물었다.

"검을 좀 보여주실 수 있겠습니까?"

기왕지사 이렇게 된 것, 제대로 판을 벌려볼 생각이었다. 그러기 위해 '눈'을 깨워야 했다.

"대련에 앞서, 공삭 각하의 검을 보고 싶습니다."

에던의 눈이 반짝였고, 루드말의 눈이 얇아졌다.

수많은 전쟁을 뛰었다. 또한, 그 안에서도 가장 깊은 진창을 뒹굴었다.

덕분이랄까?

진짜들의 전쟁 역시도 '볼' 수 있었다. 거기에는 감히 별세계를 엿보고자 하는 이들도 존재했다.

'익스퍼트 최상급!'

별을 넘보려는 이들의 검까지 보았다. 그 말 그대였다.

봤다!

그들의 검 역시 '볼' 수 있었다. 처음에는 어려웠다. 잔상으로도 비치질 않았다.

하지만 반나절 가깝게 펼쳐졌던 엿보는 자들의 전쟁은 그의 눈을 또 한 번 깨웠다.

물론, 한 번 눈을 떴다고, 계속 떠있는 건 아니었다. 그래도 간접적으로나마 '경험'은 할 수 있었다.

이 당시의 기억을 살리며 물었다.

"대련에 앞서, 공작 각하의 검을 보고 싶습니다."

스스로가 '엿보는 자'가 되기 위한 도박이었다.

❊ ✛ ❊

최초의 반응은 웃음이었다.

"푸하하핫!"

그리고 이어진 압박,

'끄응….'

앓는 소리가 절로 나올 것 같은 무게감이 어깨를 짓눌렀다.

'이건, 설마?'

최초에 드라필만 성에 발을 들이던 당시, 묵직하게 전신을 옭아매던 압박감을 느꼈었다.

그 감각이 지금 이 순간, 한층 선명해진 모습으로 다시금 찾아들었다.

'맙소사!'

경악했다.

'루드말 드라필만!'

지금 이 압박감이 그에게서 오고 있음을 알았고, 이를 통해서 최초 성에 발을 들이던 당시의 감각 역시도 루드말에게서 뻗어 나온 것임을 깨달았다.

'…괴물!'

그 외에는 떠오르는 단어가 없었다. 이 거대한 성에 그 존재감을 두루두루 퍼트리고 있음을 알았다.

새삼스레 눈앞의 존재를 인지했다.

별의 영역!

괜스레 절대자라고 불리는 게 아닌 모양이었다. 당장이라도 이 압박감에 무릎을 꿇고 싶었다. 하지만 버티고 또 버텼다.

앓는 소리? 신음 소리? 고통을 입 밖으로 토해내지 않았다. 삼키고 또 삼켰다.

"크하하하!

또 다시 이어진 웃음소리와 함께 에던의 어깨가 가벼워졌다.

그 해방감에 에던 역시도 옅은 미소를 지었다. 도박이었다. 무시당할 확률이 높은 도박이었다. 하지만 다행스럽게도 상대가 그의 판돈을 받아줬다.

이젠 룰을 이해할 때였다.

'순서가 엉망이네.'

상관없었다. 그의 뜻대로 판이 열렸다는 게 중요했다.

"검!"

루드말의 외침에 저 한편에서 대기 중이던 기사가 거치대에서 검을 꺼내왔다.

이를 든 루드말이 검지로 한 차례 검면을 두드렸다. 맑은 소리가 울리고, 그 울음이 끝나는 순간 검의 새 음률을 타기 시작했다.

사아아악…

허공이 갈라지며 퍼져 나오는 오싹한 절삭음이 공간을 쉴 새 없이 베어들었다.

그 소름끼치는 대기의 비명 속에서 에던은 눈을 떴다. 핏대가 설 정도로 부릅떴다. 그리고 경악했다.

'염병!'

보이질 않았다. 담기질 않았다. 눈이 쫓질 못하고 있었다.

'별의 영역….'

새삼스레 그 존재감이 뇌리를 강타했다.

"이 정도면 됐겠지?"

어느새 끝나버린 듯, 루드말이 웃으며 물어왔다. 잘근, 입술을 깨문 에던이 고개를 저었다.

"부족합니다."

루드말의 두 눈이 얇아졌다. 에던을 향해 쏘아지는 시선이 날카로웠다. 하지만 에던은 이를 피하지 않았다. 받아들였다. 동공이 타들어갈 것 같은 눈빛이었으나, 올곧게 정면으로 마주했다.

"큭!"

한 차례 실소와 함께 다시금 루드말의 검이 움직였다.

그렇게 총 9번, 두 자릿수를 코앞에 두었을 때,

"준비가 끝났습니다."

에던이 손을 들어 외쳤다.

사실대로 이야기하자면 아직 부족했다. 여전히 별의 세상은 그의 눈에 잡히질 않았다. 하지만 루드말의 표정에서 슬슬 '짜증'이라는 감정이 자리하는 걸 보았고, 할 수 없이 판을 연 것이다.

미흡하지만 룰 숙지를 끝냈다. 배팅도 마쳤다.

'남은 건….'

에던의 입술이 삐죽 튀어나왔다.

'…운인가.'

기다렸다는 듯, 루드말의 기운이 재차 에던을 압박하기 시작했다. 앞서의 그 묵직한 무게감에 어깨가 뻐근해져왔다.

새삼스레 준비시간이 좀 길었나 싶은 후회와 함께, 에던이 먼저 움직였다.

마땅한 신호도 없는 돌발적인 기습이었다.

'선빵필승!'

소매가 펄럭이는 순간, 이미 암기가 전방을 향해 쏟아지고 있었다.

"호오!"

절묘하게 전면을 채우며 날아드는 암기세례에 루드말이 입 꼬리를 말아 올렸다. 소매가 펄럭이며 움직이는 한 번의 손짓에 최소 3~4개의 암기가 동시에 쏟아져 나왔다. 이를 보며 에던의 암기술이 생각 이상으로 뛰어남을 알 수 있었다.

'그래봤자.'

루드말이 내민 검을 가볍게 흔들자, 마치 문어의 빨판이라도 되는 양, 암기들의 검 끝에 빨려들며 달라붙었다.

실제로는 정확하게 암기의 궤적을 따라 검이 움직이며 그 힘을 거둬들인 것이었으나, 너무도 절묘하여 암기들이 검에 빨려든 것 같은 착각을 불러일으키고 있었다.

이를 본 에던의 눈꼬리가 살짝 올라갔다. 하지만 애초에 암기로 무언가를 할 수 있을 거란 기대를 하진 않았기에, 크게 실망하지는 않았다.

그 짧은 찰나의 순간을 통해 거리를 좁히고, 작게나마 다음 공격과 연격을 위한 기회를 얻기 위한 미끼일 뿐이었다.

'거리는 좁혔다.'

하지만 한 점 흐트러짐 없는 루드말의 모습에 연격의 기회는 얻지 못했음을 알았다.

'상관없지.'

어차피 루드말과의 격차는 하늘과 땅처럼 높고 깊다. 당장 그가 할 수 있는 건 그저 발악일 뿐인 몸부림이다.

때문에 이제와 계산을 다시 하는 둥, 새롭게 기회를 잡기 위한 눈치를 보는 둥, 쓸데없는 '간' 보기는 할 생각이 없었다.

그냥,

'지르고 보는 거지!'

아직 거리가 있었으나 상관없이 일권.

'욱!'

하지만 그 끝을 볼 수는 없었다.

주먹이 채 뻗어나가기도 전에, 날아드는 검격이 보였다. 그 순간 이미 무릎이 꺾여있었고, 신형이 넘어지듯 앞으로 구르기 시작했다.

머리 위를 스쳐가는 섬뜩한 바람이 눈이 빛났다.

'봐 준단 말이지.'

앞서서 그의 '눈'으로도 쫓기 어렵던 검격이 아니었다. 충분히 시야에 들어오는 속도였다. 이를 통해서 루드말이 '간'을 보고 있음을 알았다.

상대의 방심은 그에게는 기회였다.

파앙!

앞구르기의 끝에서 신형을 쭈욱 튕겨 올렸다. 어느새 루드말의 공간 안으로 쏘옥 들어와 있었다.

히쭉, 웃어 보이는 루드말의 얼굴이 보였다. 뭘까? 의문을 느끼기도 전에 먼저 몸을 틀었다. 그 순간 시야를 채워 오는 그림자가 보였다. 저 속도는 그의 눈으로 감당할 수 없는 것이다. 흐릿한 음영으로 추측만 할 뿐이었다.

'주먹?'

의문을 느끼는 찰나 볼이 화끈해졌다.

빠악!

일시지간 정신이 아득해지는 충격과 함께 고개가 돌았다. 뒤이어 몸도 함께 요란한 춤을 췄다.

그 뒤를 루드말이 쫓아 움직였다. 하지만 채 반걸음을 내딛기도 전에 다시 후퇴를 해야만 했다.

'호?'

바로 코앞을 스쳐지나가는 섬뜩한 빛줄기가 보였다. 어느 틈에 내뻗은 것일까? 암기 하나가 그의 전진을 방해했다. 기껏해야 가벼운 생체기 정도겠으나, 이마저도 용납하지 않고자 걸음을 멈춘 것이다.

애초에 흥미로 시작한 대련이니 만큼, 죽기 살기로 겨룰 생각이 없기도 했다.

"크으…."

빙글, 마치 한 마리 날렵한 고양이마냥 허공을 돌아 바닥에 착지한 에던이 짧은 신음성과 함께 재차 몸을 던져왔다.

얼얼한 턱주가리를 위한 쉴 시간 따위는 없었다.

파파파팍!

그리고 이어지는 연격이 치고 들어갔다. 마치 손주 재롱이라도 보는 양, 루드말은 느긋한 태도로 그의 권격들을 전부 흘려보내고 있었다.

'신기하군.'

에던의 권격을 쳐내고 흘려보내고 있자니, 또 다시 호기심이 머릿속을 채워갔다.

'이게… 3급 용병이라고?'

아무리 생각해도 겨우 3급 용병의 몸놀림이 아니었다.

'미묘해.'

직접 손으로 권격을 쳐내며, 살과 살이 맞닿자 더욱 확실하게 느껴졌다.

'오러는 없는데.'

어찌 그 움직임에서 '괴력'이 느껴진단 말인가.

'신력?'

간혹, 그런 이들이 존재했다.

남다른 '괴력'을 타고나는 이들로써, 오러의 도움이 아닌 탄생의 순간부터 특별한 '힘'을 지니고 있어, 그 힘을 '신'의 축복이라 하며, '신력'을 타고났다고 불리는 이들이 있었다.

에던 역시도 그런 부류일까?

'웃기는 소리지.'

한 눈에 봐도 에던은 천부적인 괴력과는 거리가 먼 체형이었다. 제법 다부진 몸을 지니고 있었지만, 결국 흔한 3급 용병들 수준이었다.

그가 아는 한, 신력을 타고났다고 하는 이들은 하나같이 그 육체적인 외형부터가 남달랐다.

누가 봐도 신력을 타고났다고 할 법한 거대하고 단단한 체구를 지니고 있었다. 살 속의 뼈마저도 강철로 이뤄진 듯 여겨질 정도의 특별함이 존재했다.

조금 왜소한 경우도 있기는 하나, 그럼에도 에던은 제외 대상이었다.

아무리 생각해도 에던은 아니다.

애초에 체형 자체도 겨우 평균적인 수준일 뿐이었다. 그럼에도 불구하고 손끝에 전해져 오는 충격이 남달랐다.

그저 주먹을 좀 쓰는 것일까?

생각과 동시에 부정했다.

'칠 줄 아는 수준을 넘었어.'

육체적인 괴력 그 이상이 전해져오고 있었다.

'이건, 마치….'

오러의 파괴력을 연상시켰다.

'분명히 속은 비었는데.'

절대자의 감각은 에던에게서 오러를 읽어내지 못했다.

'거 참….'

직접 마주하고 나자 오히려 미스터리만 커진 기분이었다.

거미의 춤, 붉은 모래, 검은 사자의 포효……

탄성이 나오려 했다.

'대단하군!'

설마, 명문 검가 드라필만의 주인이라고 불리는 그가 상대의 몸짓을 보며 감탄하게 될 줄은 몰랐다.

3급 용병에 어울리지 않는 몸놀림을 제외하더라도, 연달아 쏟아지는 에던의 공격들은 실로 놀라웠다.

그로써도 알고만 있던 무수히 많은 체술들이 쉴 새 없이 쏟아져 나오고 있었다. 그도 알지 못하는 체술들도 간간히 비치는 건 특히 놀라웠다.

게다가 그토록 많은 체술들이 하나같이 수준급이라는 점이 또 인상적이었다.

지 다양한 체술늘은 기이한 신체적 능력 위에 또 하나의 미스터리를 덧씌우고 있었다.

'언뜻 얕은 것 같지만, 핵심은 정확히 꿰고 있어.'

간간히 체술의 형이 어설프게 비치는 것들이 눈에 띄었다. 하지만 그럼에도 불구하고 그 체술의 '뜻'은 정확히 담아서 움직이고 있었다.

저만큼의 체술을 몸에 담은 것도 신기하지만, 그 각각의 요체를 정확히 꿰뚫고 있다는 건 더욱 미스터리였다.

'하지만….'

들어오는 주먹을 가볍게 쳐 내며, 그 손을 쭈욱 밀어냈다.

빠악!

에던의 고개가 격렬하게 꺾이는 게 보였다.

'결국, 일급 용병 수준도 못 돼.'

미스터리한 신체적 특별함이 존재하기는 했다. 그러나 이급 용병의 수준을 겨우 넘어서려는 정도일 뿐이었다.

다양한 체술들과 그 정수가 손짓 발짓을 통해 표현된다. 하지만 그 모든 것들이 '삼류'라 불리는 저급한 수준의 체술들이었다. 그가 알아내지 못한 체술들도 그와 같은 거라고 짐작했다.

결국, 그 정수를 모아봤자 바닥이며 진창일 뿐인 것이다.

'셋째 녀석이 당할만한 수준은 아니란 말이지.'

그 순간 밑에서부터 올라오는 바람이 있었다.

고개가 뒤로 꺾이며 신형이 넘어가는 와중에도 연격을 멈추지 않으려는 듯, 에던의 발등이 턱을 노리며 올라왔다.

'뭐, 끈기는 일급 이상이군.'

하지만 결국 '조금 특별'한 수준의 몸놀림일 뿐이었다. 살짝 턱을 당기는 것만으로도 발끝은 목적지를 잃어버렸다.

핏!

분명, 목적지를 잃어버려야 할 터였다.

'헛….'

깜짝 놀랐다. 턱 끝의 짜릿한 통증과 함께 방울져 솟구치는 붉은 액체가 있었다.

쿠우웅…

요란하게 바닥을 뒹구는 에던의 모습이 보였다. 앞서의 타격이 제법 먹힌 것인지 즉각 일어나지 못한 채, 바닥을 비비적거리고 있었다.

"하!"

루드말의 입 꼬리가 올라갔다. 턱수염을 타고 흐르는 핏방울이 그를 웃게 했다.

어떻게?

분명, 에던의 공격을 피해냈다. 그럼에도 불구하고 턱이 베였다.

그렇디 베였다!

새삼스럽지만 에던의 '정체성'을 상기했다.

'용병이라 이거지.'

실마, 발끝에서 암기가 튀어나올 줄이야.

지켜보던 모든 이들이 그 붉은 핏방울에 경악하며 동공을 확장시키고 있을 때였다.

"크으… 즐거우십니까?"

그럭저럭 정신을 다잡은 듯, 휘청거리며 일어난 에던이 질문을 던져왔다. 루드말이 턱수염에 방울진 핏물을 닦아내며 답했다. 손이 훑고 지나가는 순간, 이미 그 상처는 닫혀있었고, 더 이상 턱수염을 타고 흐르는 핏물은 없었다.

"그럭저럭."

"휘유…."

겨우겨우 몸을 일으켰던 에던이 다시금 바닥에 주저앉았다. 이 모습에 루드말이 의아한 얼굴로 잠시 바라보다 이내 고개를 끄덕이며 재차 입 꼬리를 올렸다.

"혹시나 싶어서 말하지만, 아직 '만족' 한 건 아니야."

"…끄응!"

'역시 안 되나.'

최초에 이 대결을 시작하던 '조건' 을 떠올려봤다.

[나를 만족시키면, 네 연인의 뜻을 이뤄주마.]

확실히 '즐거운' 건 답이 아니었다. 슬그머니 비슷한 답안을 제출하며 막을 내려 보려고 했건만, 안타깝게도 관객 호응이 썩 좋질 못했다.

거치대에서 아슬아슬하게 신발 사이즈에 맞는 암기를 발견해서, 작은 즐거움이나마 선사할 수 있었고, 이를 슬쩍 우려먹어 보려 했지만 실패했다. 이대로 가다간 독박만 쓸 확률이 높았다.

'쭛! 욕심이었나.'

다시금 비틀거리며 자리에서 일어나는 에던을 향해 루드말이 웃으며 말을 이었다.

"게다가 나는 아직 시작도 안 했다고."

그 말과 동시에 루드말의 신형이 사라졌다. 일어나던 에던이 그대로 몸을 뒤로 눕히며 다시 주저앉았다.

사악…

아슬아슬하게 앞머리를 스치고 지나가는 섬광이 있었다. 흐릿하게 비치는 루드말의 그림자가 보였다. 스스로도 어떻게 피한 것인지 의문이 들 정도로 번개 같은 공격이었다.

하지만 이에 대한 생각을 할 틈 같은 건 없었다.

오싹!

피부가 저릿해지는 감각과 함께 에던의 양 팔이 전방을 가로막았다.

카아아앙!

진한 쇳소리와 함께 팔이 부러질 것 같은 충격이 밀려들며, 그대로 에던의 육신이 바닥 깊숙이 파묻혔다. 등판이 쪼개질 것 같은 충격이 뒤따랐다.

"쿨럭!"

기침 속에 튀어나오는 핏방울이 내부 상태를 알려줬다.

온 몸을 비틀고 싶은 통증 속에서 에던은 자신을 내려다보는 시선을 느꼈다. 바로 위로 한 껏 즐기고 있다는 게 느껴지는 루드말의 얼굴이 보였다.

"…미스터리란 말이지."

입가에 미소를 걸친 채 그리 중얼거린 루드말이 이내 에던을 향해 손짓했다.

"언제까지 자빠져 있을 생각이냐. 난 아직 만족하려면 멀었다."

"끄응…."

결국, 앓는 소리가 입술을 비집고 흘러나왔다.

'일급 정도는 되려나?'

마지막 공격을 막아내던 에던의 몸놀림을 떠올렸다. 그리고 자신의 생각을 부정했다.

'아니야. 일급이라고 하기에는 부족해.'

그럼에도 불구하고 그의 공격이 막혔다. 일급? 사실은 그걸로도 부족했다. 특급 용병이라 불리는 정도는 되어야 겨우 막아낼 법한 공격이었다.

헌데, 3급 용병 에던은 그걸 막았다.

대개는 눈으로 '보고' 막거나, 감각적으로 '느끼고' 막는다.

'셋째 녀석에게 눈이 좋다고는 들었는데.'

작게나마 에던의 '특수' 정보가 떠올랐다. 하지만 이내 고개를 저으며 '봤다'는 부분을 부정했다.

'눈이나 감각 보다는….'

루드말의 눈이 얇아졌다.

'알고?'

웃기는 소리처럼 들리겠으나, 마치 그가 어디를 어떻게 공격할 거란 걸 알고서 '먼저' 움직였다는 느낌이 강했다.

'마치….'

예지라도 하는 것처럼,

"…미스터리란 말이지."

때문에 더욱 흥겨운 것이기도 했다.

등허리가 쪼개질 것 같은 통증이 뇌리를 파고들었다. 하지만 에던의 신경은 그쪽이 아닌 다른 방향을 주시하고 있었다.

'이건….'

휘청거리는 육신을 바로잡으며 자신을 내려다본다. 그러며 떠올렸다. 루드말의 검격을 피하고 뒤이어 떨어지던 권격을 막아내던 순간, 그는 분명 죽음의 문턱에 한 발을 걸치고 있었다.

하지만 결국 그 문을 넘지 않았다. 그가 깨닫는 것보다 먼저 몸이 느끼고 움직였기 때문이다.

'어쩌면….'

두발 모두 넘어갔다 돌아왔을지도 모른다.

워낙 오랜만이라 잠시 이해하는 시간이 필요하기는 했다. 하지만 과거에도 이와 비슷한 경험을 한 적이 있기에 금세 이해하고 받아들였다.

언제였을까?

분명한 건, 생사를 넘나들던 전쟁터를 전전하던 당시라는 것뿐이었다.

10번? 20번? 50번? 100번?

무수히 많은 생사의 고비를 넘겼었다. 이는 실제로 사경을 헤맬 정도로 치명적인 부상을 입은 경우들만을 헤아린 숫자였다.

겨우 눈을 뜨면, 비척거리는 몸짓으로 다시 전장에 내보내지고, 그렇게 또 다시 사경을 헤매는 경험들이 무수히 많았다. 한 전투에서만 열 번이 넘게 죽음의 경계선을 보고 왔던 경험도 있었다.

회피하고 싶은 전장이었으나, 밑바닥을 구르는 '오러가 없는' 3급 용병의 전장은 한정적이었다.

카마산이 즐겨하던 싸고 쉬운 일자리나, 뒷 세계라는 암전의 일자리도 있긴 하지만, 그로써는 둘 다 성격상 맞지가 않았다.

그러다 보니 자연스레 전장을 찾게 되었고, 어설픈 위치 덕분에 밑바닥으로 떨어질 수밖에 없었다.

'지랄 같은 일이지. 쯧!'

그렇게 헤아릴 수 없을 정도로 많은 생사의 경계 속에서, 그는 '각성' 했다.

그로써도 마땅히 정의내릴 단어가 없기에 이처럼 표현하고는 했으나, 실제로 그건 '신세계' 라는 소리가 아깝지 않은 급작스런 성장과도 같아서, 각성이란 표현이 어색하질 않았다.

게다가 '특수'한 상황에서만 발현되는 것이기에 별도로 '각성'이라 표현하는 오히려 어울린다고도 여겼다.

그 상황이라는 건 아주 간단했다.

생사의 경계!

말 그대로 죽음의 문턱에 한 다리를 걸치고, 나머지 한 발마저 넘어가려는 위기의 순간을 의미했다.

가장 최근에 이와 비슷한 경우를 들어보라면, 라논과 엮여 추격자들에게 치명상을 입었던 당시겠으나, 안타깝게도 당시에는 각성상태까지는 이르지 않았었다.

말인 즉,

'그때는 그래도 살만했다는 거겠지.'

하지만 오늘, 지금 이 순간,

'…정말로 죽이려고 했어.'

루드말에 의해서 오랜만에 각성 상태에 빠져들었다. 만약 검격을 못 피했다면, 정말로 죽었을지도 모른다.

지금의 '각성' 상태는 그럴 확률이 높았다는 증거와도 같았다. 그 이후의 권격을 막은 건 각성의 연장선일 뿐이었다.

"후우우우…."

차분히 호흡을 고르며 상태를 점검했다.

등허리의 쪼개질듯 한 고통과 내부에서 올라오는 통증이 몸 상태가 정상이 아니라고 외쳐댔으나, 전쟁터에서는 이 정도는 가벼운 찰과상 정도로만 분류될 뿐이었다.

이미 각성상태까지 도달한 이상, 이곳은 '전장'이었다.

각성!

그것은 '생사의 경계'를 '보게'하고 '느끼게'한다.

무수히 많은 삶과 죽음을 거쳐 오면서, 그의 '본능'이 그 아찔한 영역을 몸에 새긴 것이다.

'…육감.'

여섯 번째 감각이라고 했던가?

그것은 마치, 짐승들이 자연적 재해가 발생하기 전, 일찌 감치 그 죽음의 그늘을 벗어나고자 질주하는 것과 같았다. 어쩌면, 그보다도 앞서는 것일지도 몰랐다.

보통, 감당할 수 없는 실력자를 상대할 때, 그는 '눈'으로 감당한다. 하지만 육체적 능력이 이를 따르지 못하기에, 결국 승부의 끝에는 항상 만신창이가 되기 일쑤였다.

'하지만….'

각성을 하고 난 뒤에는 '본능'이 먼저 앞선다.

눈은 그 다음이었다. 시선이 쫓을 때는 이미 몸도 움직이고 있기에, 육체적인 한계가 있음에도 평상시보다 한 박자 혹은 반 박자 빠른 움직임이 가능했다.

그리고 이를 통해서 작게나마 좀 더 '생각'할 수 있는 여유도 생길 때가 있었다.

'상대가 상대니, 거기까지 바라는 건 무리겠지.'

무려 별의 영역에 이른 절대자 루드말 드라필만을 상대로 하고 있는 것이다. 생각이 제대로 이어질지도 문제였다.

오싹!

아니나 다를까. 생각을 채 마치기도 전에 섬뜩한 감각이 일어나고 이를 인지할 즈음, 이미 몸이 움직이고 있었다.

흐릿하게 스쳐가는 잔상이 있었다.

피춧!

뒤이어 불에 덴 듯 화끈한 통증이 이마 위에서 터져 나왔다.

'피했어?'

루드말의 눈이 살짝 커졌다.

앞서와 달리 아슬아슬 하게 죽음에 이르는 검격이 아닌, 확실하게 죽음에 이를 수 있도록 '깊게' 검을 휘둘렀다.

그러다 상대가 죽는다면?

'뭐, 그 정도야.'

나름대로 대비책이 있었다.

죽음의 경계를 넘는 그 마지막 순간에 거둬들일 수 있는 능력이 있었고, 거기에 더해 이곳 연무장 외부에서 가문의 지원을 받는 사제와 치료사가 대기 중이기도 했다.

사제는 무려 '대' 신관이라 불리는 존재였고, 치료사 역시 이 근방에서 최고라 불리는 치료사였기에, 한 줌 숨만 붙어있다면 어떻게든 해결이 가능할 터였다.

때문에 더욱 가차 없이 검격을 뻗었다. 앞서 두 번의 경우를 생각해 아주 깊이 휘둘렀다.

'그런데도 피했단 말이지.'

눈이 반짝였다.

'어디 이것도?'

재차 검을 휘둘렀다. 앞서보다 좀 더 깊었다. 또 다시 핏방울이 솟구쳤다.

'피해?'

하지만 이번에도 치명상은 아니었다.

'어쭈? 그럼, 이건 어떠려나?'

약간의 여유가 담겨있던 검격이 조금씩 그 틈을 버려갔다. 그리고 점차 검격은 연격이 되어가기 시작했다.

파파파파파팍…

그로 인해 허공이 갈라지고 찢겨져 나가고, 그 너머로 핏물이 가득 솟구쳐 올랐다.

순식간에 전신을 붉게 물들여가는 에던의 모습이 보였다. 하지만 여전히 그는 '서' 있었다. 말인 즉,

'그걸 다 피했어?'

루드말의 눈가에 옅은 흔들림이 일었다.

물론, 온전히 피한 건 아니었다. 하나 같이 범상찮은 상처들이 에던을 뒤덮은 게 그 증거였다. 그럼에도 불구하고 서 있었다. 치명상은 피했다는 뜻이었다.

여기까지 오니 이제는 그 스스로도 여유가 사라지며, 다른 의미로써 심장이 두근거리기 시작했다.

말이 대련이고 내기지, 지금까지 상대를 시험하는 기분으로 상당부분 얕보는 마음으로 검을 휘둘렀다. 하지만

지금 이 순간, 그는 눈앞의 상대를 '인정' 했다.

때문에 검을 놓았다.

이 갑작스런 태도에 모두가 눈을 동그랗게 뜨고 있을 때, 루드말이 자세를 잡으며 말했다.

"살아남아라."

맨 주먹, 이것이 그가 줄 수 있는 마지막 배려였다.

눈앞의 상대는 적!

'철저히 분쇄한다!'

두 눈 가득 시퍼런 안광을 뿜어내며 초인이 움직였다.

❖ ✥ ❖

어떻게 피하고 있는 건지도 모른다. 그냥 몸이 움직이고 뒤이어 상황이 눈에 들어왔다. 머리는 아찔한 충격 속에서 그 모든 현상을 받아들이려 '노력' 할 뿐이었다.

맞는다. 피한다. 맞고 나서야 피한다. 상처가 늘어난다. 하지만 치명상은 아니다. 그럼에도 하나 같이 깊다. 숨이 턱 막힐 성노의 통승이 쉴 새 없이 쏟아졌다.

생사의 경계 속에서 위태로운 외줄타기를 하는 기분이었다.

한 순간에 너무도 많은 죽음을 '목격' 했다.

그래서일까?

전에 없는 극한의 감각 속에서 머리가 '맑아' 졌다.

처음이었다.

눈이 뜨고 본능이 각성하며 감각이 열린 적은 있다. 하지만 머리가 '깬' 적은 없었다.

일시지간 세상이 느려진 듯 한 착각 속에서, 루드말이 검을 놓는 게 눈에 들어왔다. 그의 입술이 열리며 무어라고 말하는 것도 보였다.

'살아…남아라?'

느릿하니 날아드는 음성을 되새기는 찰나, 루드말이 불끈 쥔 주먹을 앞세우며 '전진' 해왔다.

찰나의 순간,

느릿하니 왜곡되어 버린 시간의 틈새 속에서 루드말은 여전한 모습으로 다가오고 있었다. 짜릿한 전율이 목 뒤를 스치고, 일시지간 머리가 번뜩이며 눈앞에 '길' 이 열렸다.

본능이 그곳을 쑤신다. 감각이 따른다.

그리고,

화끈한 불길이 머리를 뒤덮었다.

'아…'

정신이 아득해졌다.

❖ ✛ ❖

루드말은 그의 일격에 휙휙 날아가는 에던을 바라봤다. 그러다 슬쩍 자신의 턱을 쓸었다.

얼얼한 통증이 왼 가슴에서 느껴졌다.

마지막 순간, 그의 주먹과 동시에 에던의 권격이 심장어림을 찔렀다. 입가에 미소가 올라왔다.

"큭… 크큭… 크하하하하하!"

지금 이 순간, 그는 '만족' 했다.

❖ ✛ ❖

그건 실로 믿기지 않는, 믿을 수 없는 광경이었다.

'어떻게….'

겨우, 3급 용병이 무려 별의 영역에 오른 절대자를 상대하고 있었다.

그저 버텨내는 수준뿐이었으나, 이 마저도 기적과도 같은 일이었다. 상대는 무려 대륙의 초인이라 불리는 루드말 드라필만 공작이었다.

일개 3급 용병이 버텨낸다?

'특급 용병이라면 모를까.'

불가능한 이야기였다. 헌데, 그 말도 안 되는 상황이 펼쳐지고 있었다.

뿐만 아니라 무려 루드말로 하여금 상처를 보게도 했다. 턱수염을 타고 흐르던 핏물은 다시 생각해도 거짓 같았다. 너무도 순식간에 그 상처가 닫히고 핏물이 사라져버려, 마치 환상마법에라도 걸렸던 건 아닐까 하는 착각마저 들 정도였다.

'넌 대체….'

라논은 한껏 경직된 얼굴로 기절해 실려 나가는 에던을 바라봤다.

"연인이 실려 가는 걸 보니 가슴이라도 찢어지나?"

언제 온 것일까? 어느새 곁에 선 루드말이 말을 건네 오고 있었다. 그 기척 없는 접근에 화들짝 놀랐던 라논이었으나 애써 표정을 다잡으며 입을 열었다.

"공작 각하께서 잘 못 알고…."

연인이 아니라는 점을 설명해주려는 찰나였다.

"내기 결과에 따라서, 난 자네의 편의를 최대한 봐줄 거야."

루드말이 대뜸 라논의 말을 자르며 끼어들었다.

"자네가 저 친구의 '연인'이니까."

그러면서 굳이 거짓된 관계를 강조했다.

말인 즉, 그와 그녀의 관계가 별 볼일 없다면, 그들의 내기는 무효가 될 수도 있다는 의미였다.

거기에 더해 '거래'에 대한 편의도 사라진다는 뜻이기도 했다.

"…감사…합니다."

결국, 라논은 본심을 삼키며 에던과의 거짓된 관계를 받아들였다. 어쩔 수 없었다. 바로 곁에서 울상을 짓고 있는 데피안의 모습을 봐 버린 까닭이었다.

표현과 달리 데피안의 표정이 눈에 띄게 변했던 건 아니었다. 하지만 오랜 세월을 함께 해 온 덕분인지, 미세한 변화만으로도 그의 감정을 읽을 수가 있었다. 뿐만 아니라 다른 호위들의 얼굴 역시도 적잖게 어두운 걸 봤다.

선택의 여지는 없었다.

어찌 되었건 그녀는 말룬 자작가의 '후계자'로써 평생을 살아오지 않았던가.

가문에 찾아든 마지막 기회를 발로 차 버린다?

'하아…'

그녀로써는 너무 어려운 일이었다.

가까스로 가슴을 진정시킬 즈음, 루드말이 재차 말을 건네 왔다.

"어떤가? 약혼자가 깨어날 때까지. 간단히 이야기나 나누는 게."

"약…."

'약혼자라뇨?'

진정되던 심장이 다시금 펄떡이며, 한 단계 상승한 거짓 관계에 버럭 목소리를 높일 뻔 봤다. 가까스로 이를 삼켜내는 그녀에게 루드말이 웃으며 손을 내밀었다.

"접대실까지 에스코트는 맡겨 주게나."

그러며 윙크 한 방.

전투의 흥분감이 아직 남았던 것일까? 젊을 적, 못된 버릇이 살짝 나오고 있었다.

상상도 못 했던 장면이었다.

'설마, 아버님이…'

크라우말의 시선이 부친의 가슴으로 향했다. 심장어림에
피어난 붉은 꽃이 보였다.

'…당할 줄이야.'

앞서, 에던의 주먹이 닿았던 자리였다. 당연하게도 부친
의 것은 아니었다. 에던이 흘렸던 핏물이 주먹을 타고 건너
가 심장어림에 묻은 것이다.

'뭔가가 있을 거라고는 생각했지만… 그게, 이 정도일
줄이야.'

이해할 수 없는 결과였다. 너무도 충격적인 장면이었다.
그래서인지 마치 잔상처럼 그 광경들이 머릿속을 연신 맴
돌았다.

특히, 마지막 일격이 닿던 순간은 다시금 되새겨도 '미
스터리'라는 결론으로 이어졌다.

'눈에 뻔히 보였는데.'

그 뻔한 주먹질에 부친이 왼쪽 가슴을, 심장 부근을 내어
줬다. 마치, 부친이 직접 에던의 주먹에 왼 가슴을 가져다
대는 것 같은 움직임이었다.

'대체, 그건 뭐였지?'

꿈이었을까?

잠시 그런 생각마저 했을 정도로 기이한 장면이었다.

지금으로써는 도저히 알 수 없는 그 잔상 혹은 환상을 머릿속에 품었다.

'왠지….'

그래야만 할 것 같았다.

❖ ✛ ❖

눈을 떴을 때, 가장 먼저 시야에 들어온 건 새하얀 천장이었고, 뒤이어 담긴 건 살벌한 날붙이들이었다.

"시벌! 깜짝이야."

어찌나 놀랐던지 욕지거리가 즉각 튀어나왔다. 그도 그럴게 날붙이들이 누운 자리 바로 옆에 늘어서 있던 까닭이었다.

버럭 외치며 자리에서 일어났다. 그러다 또 한 번 경악해야만 했다.

"멀쩡…하네?"

자신의 몸 상태를 납득하지 못한 까닭이었다. 분명, 그의 마지막 기억에는, 전신을 핏물에 절여놓은 모양새였다.

'게다가… 턱주가리도 한 방 먹었는데.'

그 일격에 정신이 날아갔을 정도니 더 말해 무엇하랴. 못해도 주둥이까지는 박살이 났어야 정상이었다.

하지만 턱과 입은 문제없이 붙어있었다. 잠시 눈을 감고서 머릿속으로 마지막을 재현해봤다. 그리고 이내 고개를 끄덕이며 눈을 떴다.

"피한 건가?"

의문과 함께 고개를 저었다.

'흘렸다고 표현해야지 맞겠네.'

물론, 워낙에 어마어마한 '괴력'이 담겨있어서 결국 한 방에 정신을 잃은 채 공중을 유영하기는 했지만, 어쨌든 정통으로 맞은 건 아니었다.

만약에 제대로 맞았다면 어떻게 됐을까?

"아주 골로 갔으려나."

가볍게 몸서리를 친 그가 슬쩍 주변을 돌아봤다. 그렇게 한 바퀴 쭈욱 방 안을 살피고 난 뒤, 나직하니 결론을 입에 담았다.

"회복…실?"

의문이 섞인 미지근한 결론이었다. 분명, 전체적인 분위기는 치료사들이 환자를 살피는 회복실과 닮아 있었다. 하지만 그 공간에 어울리지 않는 것들이 있었다.

침상 바로 옆으로 조금 전 그를 놀라게 했던 날붙이들이 보였다. 마치 병기 거치대가 연상될 만큼, 다양한 병장기들이 거기에 나열되어 있었다.

회복실에 병기?

실로 기이한 조합이었다. 때문에 결론에 확신을 갖지

못하는 것이기도 했다. 의문은 잠시 미뤄둔 채, 몸 상태를 점검하고자 침상에서 나와 가볍게 몸을 풀기 시작했다.

그리고 이내 별 다른 문제가 없음을 알고는 또 다시 놀라야만 했다. 결코 가볍지 않은 부상이었다. 오히려 죽음의 문턱 너머를 구경할 정도의 몸 상태였다.

헌데, 깔끔하게 치료가 되어 있었다. 몇 가지 짐작 가는 게 있기는 했다.

신관과 치료사!

그 둘의 조합이라면, 충분히 가능할 법한 현상이었다. 물론, 그의 부상정도와 이 정도로 말끔한 치유를 가능케 하려면, 그 두 조합을 최상까지 끌어올려야 할 터였다.

'대신관에 상급 치료사라…'

그 정도의 수고를 들인 이유가 무엇일까? 잠시 고민을 하고 있을 즈음, 회복실의 문이 열리는 소리가 들렸다.

"생각보다 일찍 깨어났군."

반갑지 않은 얼굴이었다.

'루드말 드라필만…'

이 침상에 누워야만 했던 이유가 눈앞에 있었다.

'으음…'

신음성이 새나오려는 걸 겨우 참았다. 그러며 정중히 허리를 숙여보였다. 상대는 드라필만의 주인이었다. 앞선 전투의 여운으로 적개심을 드러냈다가는 재미없는 사태가 벌어질 확률이 높았다.

"제법 참을 줄 아는군. 하긴 그래야지. 괜히 까불다 이번에는 정말 골로 갈 수 있으니까. 큭!"

와락! 표정이 구겨졌다. 겨우 눌러 삼킨 욕지거리가 솟구쳐 당장이라도 튀어나올 듯 혓바닥을 맴돌았다. 이런 그의 반응에 한 차례 웃어 보인 루드말이 말했다.

"너, 나한테 검 좀 배워라."

갑작스런 제안,

"염병!"

그 뜬금없는 내용에 혓바닥을 맴돌던 단어가 불쑥 튀어나와 버렸다. 황급히 실수를 깨닫고 입을 가려봤으나,

이미 회복실의 공기는 차갑게 식어있었다.

7. 배움

7. 배움

　평생을 '그'로써 살아왔기에, '그녀'가 되라는 부친의 '명령'은 너무나도 잔혹할 수밖에 없었다.

　하지만 결심을 굳힌 채, 자신의 모든 것을 부정했다. 그것이 부친이 바라던 것이었기에, 스스로의 존재의미를 지웠다.

　'지웠다…고 생각했는데.'

　마지막 순긴,

　'그'가 깨어나 버렸다.

　이내 당돌하다고까지 할 수 있는 제안을 했다.

　[저에게 말룬 영지를 주십시오.]

　스스로도 깜짝 놀랐던 순간이었다. 뱉고 난 뒤에야 자신이 무슨 말을 했는지 깨달았을 정도였으니, 더 말해 무엇하랴.

뒤이어 깨달았다.

'나는….'

그는,

후계자로써 키워졌다.

'내 삶을 부정하기 싫어!'

부친의 뜻에 따라 '말룬' 가문은 유지할 것이다. 단, 그
자리에 있는 건 새로이 태어날 남동생이 아니었다.

'내가!'

그녀가!

라논은 입술을 잘근 깨물며 각오를 다졌다.

생각해보면 지금 상황은 '기적'과도 같았다. 영지를 떠
나오던 당시만 해도, 평생 걸어왔던 삶을 버리고 새로운 인
생을 살아가야 할 거라고 여겼건만, 다시금 본래의 자리로
되돌아갈 기회를 얻었다.

'에던….'

그다. 그가 있었기에 가능한 일이었다.

[좋아! 드라필만의 이름으로 맹세하지. 말룬 자작가의 새
주인으로 만들어주마. 크하하하!]

루드말의 호쾌한 웃음과 약속이 떠올랐다. 상당히 억지
스런 거래였다. 일방적으로 공작가의 손해가 큰 거래일지
도 모른다. 그럼에도 불구하고 거래는 성사되었다.

이유?

[내기는 내기니까!]

루드말은 그리 외치며 자신은 분명 '만족' 했다며, 그녀의 억지스런 조건을 수락한다고 했다.

[게다가 아주 손해만 보는 건 아니지.]

그는 말룬 자작가와 에몰란 남작가 사이에 존재하는 '비밀'의 존재도 알고 있었다.

[광산. 맞지?]

일순간 말문이 막혀버렸다. 설마, 알고 있었을 줄이야. 하지만 이내 납득했다.

'영원한 비밀이란 없는 거니까.'

라발던 백작가에서 영지전에 끼어든 순간, 이미 어느 정도는 예상했어야 할 부분이었다.

[자네를 노리는 귀족들 대부분이 아마 그 정보를 입수했을 거야. 뭐… 순수하게 자네 재능을 높이 산 이들도 있겠지만.]

결국, 혈연으로 그녀를 엮어 말룬 자작가의 광산을 노리고자 한 것이다.

좀 더 정확히는 밀룬 자작가와 에몰란 남작가의 공동 소유였다. 그들 영지의 접경지대인 까닭이었다. 때문에 말룬 자작이 영지전을 일으킨 것이기도 했다.

새로이 태어날 아들을 위해, 가문의 성세를 더욱 키우고자 한 것이다.

[다 늦어서 애를 보더니. 너무 욕심이 과했어.]

고개를 절레절레 흔들던 루드말의 모습에 라논 역시도 동의했다. 욕심이 컸다. 좀 더 차분히 시간을 들여 광산구역을 잠식했어야 했건만, 시간을 아끼고자 영지전을 꾸미고자 에몰란 남작가에 수작을 부렸다.

덕분에 정보가 유출되어 버린 것이다. 라발던 백작가를 비롯하여 고위 귀족들과 정보길드는 이 같은 정보를 입수하여, 이미 조사에 착수 중이었다.

루드말은 그 광산을 거래 대상으로 삼았다. 하지만 이 부분도 생각해보면, 결국 라논에게 유리한 거래였다.

[광산조사가 끝나는 대로, 그 급수에 따라 공작가의 무기 제작을 한 번 맡겨볼까 하는데. 어때?]

당연히 감사한 제안이었다. 물론, 라논의 후견인으로써 그녀가 자작가의 주인이 된다면, 당연하게도 무구의 제작 비용과 거래가격은 최소한으로 책정하여 거래가 이뤄질 것이다.

그럼에도 불구하고 분명한 건, 그녀에게 득이 되는 거래라는 점이었다.

어째서 그렇게까지 편의를 봐 주는 것일까? 의문에 대한 답은 역시 하나 뿐이었다.

'에던!'

드라필만의 주인은 생각 이상으로 그가 마음에 든 모양이었다.

'괜찮은 거겠지?'

깨어났다는 소식을 듣고 회복실로 찾아갔으나, 루드말과 나갔다는 치료사의 보고에 허탈하니 발길을 돌려 방으로 돌아와야만 했다.

'몸도 아픈 애를 데리고, 어딜 간 거야?'

분명, 감사인사를 해도 모자라건만, 어째서일까? 짜증이 솟구치며 가슴이 답답해졌다.

❖ ✢ ❖

내가 지금 전쟁터에 있는 거였나? 그런 의문이 들 정도로 골 때리는 상황이 펼쳐졌다.

사경을 헤매다 눈을 떴더니, 말 한마디 잘못했다가 이번에는 관 뚜껑을 덮을 뻔 봤다. 덕분에 연달아 '각성'을 할 수 있다는 걸 알게 되었다는 게 그나마 수확이라면 수확이었다.

'끄응….'

그러면 뭐하나, 결국 눈탱이는 꺼멓게 물들었고, 주둥이는 퍼렇게 화장을 해 버린 것을, 더부룩한 속사정은 굳이 설명할 필요도 없었다.

게다가 이번에는 사제도 치료사도 부르지 않았다.

"아니. 이게 부탁하는 사람 태노입니까?"

퉁명스런 그의 불만에 앞에서 느긋이 찻잔을 기울이던 루드말이 히죽 웃어보였다.

"살려준 걸 감사해야지."

그 말에 에던의 입술이 삐쭉 나왔다.

'지랄! 입은 삐뚤어졌어도 말은 바로 하랬다고, 살려주기는 누가 살려줘? 내가 살아남은 거지.'

실제로 조금만 잘 못 피했어도 정말로 관을 짰을 터였다.

'크… 고놈 표정 하고는.'

에던의 불퉁한 얼굴에 작게 실소한 루드말이 회복실에서의 전투를 떠올렸다.

그 능력을 이미 '인정'하고 있었기에, 한 점 자비도 없이 손을 썼다. 그리고 당연하다는 듯이 에던은 그의 주먹을 피해냈다.

물론, 완벽히 피한 아닌지라 그 여파로 얼굴과 속이 '조금' 상했지만, 어쨌든 중요한 건 이번에도 에던은 '멀쩡'했다는 것이다.

당연하게도 에던이 들었다면, 열불이 뻗쳐 뒷목을 잡고 쓰러질 내용이었지만, 어쨌든 루드말이 생각하기에는 그러했다.

'신기하단 말이야.'

분명, 대신관과 상급치료사가 손을 쓴 덕분에 그 회복속도가 남다르기는 했다. 하지만 겨우 하루만에 깨어날 정도는 아니었다.

적어도 이틀은 죽은 듯 누워있을 거라고 들었건만, 이게 웬일? 하루? 아니, 반나절 만에 눈을 뜬 것이 아닌가.

아무리 대신관과 상급치료사라고 해도, 죽음의 문턱에 있는 환자를 반나절만에 깔끔히 치유한다는 건 말도 안 됐다.

그것이 뜻하는 건 결국 하나였다.

'저놈 자체의 치유력이란 말이지.'

에던을 향한 호기심은 매 순간 커져가고 있었다.

[나한테 검 좀 배워라.]

앞서, 루드말이 했던 제안도 이 같은 호기심의 연장선상이었다.

'좀 더 자세히 관찰하고 싶으니까!'

때문에 '검'이라는 미끼로 곁에 두고자 하는 것이다. 마치 먹이를 노리는 맹수의 그것마냥, 에던을 향한 루드말의 눈빛이 매섭게 빛을 발하고 있었다.

왠지 번뜩이는 루드말의 시선을 피해, 이리저리 주변을 돌아보던 에던은 회복실과 마찬가지로, 이번에도 장소에 대한 정의를 내리는데 어려움을 느껴야만 했다.

'응접실인가?'

분명, 전체적인 분위기는 그의 생각이 맞는 것 같았다. 하지만 저 한편에 세워진 건 또 어떻게 설명을 해야 할까?

'여기에도 거치대가 있다고?'

이런 그의 의문을 읽은 듯, 루드말 역시 병기 거치대 방향으로 시선을 보냈다.

"보여주기지. 집안 곳곳에 거치대를 세워놔서, 여기가 명문 검가 드라필만이다. 뭐, 이런 식으로."

그러며 어깨를 으쓱이는 루드말의 모습에 에던이 슬쩍 시선을 맞추며 물었다.

"그럼, 그… 회복실에 있던 것들도…."

"아니. 그건 좀 달라. 그래도 명색이 검가의 일원이라고, 이놈들이 부상 중에도 가만히 못 누워있어서. 옆에 날붙이 한 두어 개는 붙여놔야 조용하더라고."

침상 바로 옆에 세워놓은 것도 그런 이유에서였다. 고개를 끄덕이던 에던이 슬쩍 본론을 꺼내들었다.

"이유가 뭡니까?"

"무슨 이유?"

"알잖습니까."

조금은 신경질적인 에던의 반응에 루드말이 히쭉 웃었다.

[나한테 검 좀 배워라.]

그가 했던 제안으로 지금 이 자리가 마련된 것이다. 어찌 모르겠는가.

허나 선뜻 대답해 줄 생각이 없는 듯, 우선은 한 번 샛길로 빠져본다.

"말투가 어째 거슬린다."

"왜요? 또 줘 패실렵니까?"

거기에서 에던의 반응이 또 의외였다. 수그릴 줄 알았건만 대뜸 고개를 빳빳이 세워오는 것이 아닌가. 이 모습에 루드말이 돌연 웃음을 터트렸다.

"큭… 크하하하!"

이런 그의 반응에 에던은 내심 '역시'라고 생각했다. 만약 고개를 숙였더라면 루드말에게 짓밟혔을 것이다. 잠시지만 그가 느낀 루드말의 성향은 너무 비굴하게 구는 걸 싫어했다. 그렇다고 너무 빳빳하면 부러질 수 있으니, 적당히 수그리는 게 중요했다.

'적당히라….'

너무도 어려운 단어였다.

"왜? 나한테 배우는 게 싫냐?"

루드말이 웃음의 끝에서 그리 물어왔다. 싫을 리가 있겠는가. 무려 별의 영역에 든 절대자의 가르침이었다.

"당연히 환영입니다."

"그럼 좋다고 받아들이면 될 걸, 뭘 그렇게 재고 있어."

"하지만… 이 바닥에서 좀 지내보니까. 세상에 공짜라는 건 없더라구요."

"그래서? 내가? 대륙의 질내사로써 초인이라고까지 불리는 내가 너에게 뭔가를 바란다? 겨우 일개 3급 용병인 너한테? 여기서는 배꼽 잡고 웃으면 되는 거지?"

'끄응….'

틀린 말이 아니기에 뭐라 반박하기가 어려웠다.

뭐가 아쉬워서?

초인이 일개 3급 용병에게 바랄 게 뭐가 있겠는가.

"초인이라고 불리는 위치에 오르면 세속의 일에 초탈해 진다고들 하지."

말인 즉,

"순수한 호의라는 겁니까?"

그리 묻는 에던의 음성 가득 의심이 묻어나왔다. 이에 루드말이 또 다시 히쭉거리며 웃었다.

'초탈? 웃기는 소리지.'

세상에서 초인이라는 둥, 별의 영역에 올랐다는 둥, 이런 저런 식으로 세속에서 벗어난 존재인 것 마냥 높여준다고 는 하나, 결국 그들도 '사람'이었다.

초월적인 존재라고 해서 욕망이 사라지는 건 아니었다.

'오히려 더하지.'

그 대표적인 존재가 바로 '대마도사 브렘'이었다. 7서클 에 올라 현자니 뭐니 하며 높여지고 칭송받고 있으나, 그는 오히려 대마도의 영역에 오른 뒤, 더더욱 탐욕적으로 변했 다.

물론, 세속적인 것과는 전혀 다른 것, 마도적인 호기심에 대한 탐욕이기는 했으나, 어쨌든 그들은 개개인의 욕망을 결코 버리지 않았다.

'그런 의미에서 보자면….'

루드말이 두 눈을 얇게 뜨며 에던을 바라봤다.

'저놈 육신은 그 영감도 눈독들일 만하겠네.'

치유력만 봐도 군침을 흘릴 게 분명했다. 이 같은 루드말의 시선에 에던이 눈살을 찌푸리며 물었다.

"갑자기 그 시선은 또 뭡니까?"

"별 거 아니다.. 그보다 순수한 호의냐고 물었지? 당연히… 아니다."

이번에는 에던이 두 눈이 얇아졌다. 뜻밖의 대답이 나온 까닭이었다.

'당연히 맞다고 할 줄 알았는데.'

헌데, 설마 그의 예상과는 다르게 부정을 하고 있었다. 루드말의 의외성 짙은 대답은 거기서 끝이 아니었다.

"그래서 그게, 뭐?"

당당한 태도를 내세우며 오히려 묻고 있었다.

"순수한 호의가 아니라서, 싫냐? 네 말처럼 요놈의 세상 공짜라는 게 없지. 그래도 네놈 재간에 어디 나 정도 되는 실력자에게 배울 기회가 있을 것 같냐?"

일순 말문이 막힌 듯 에던이 벙벙한 표정으로 그를 바라봤다. 이런 에던의 모습을 향해 루드말이 대뜸 손을 내밀며 말했다.

"잡아라. 기회가 왔을 때는 바짓가랑이에 매달려서라도 움켜쥐는 거다."

그 말에 이끌리기라도 한 것일까?

에던은 마치 거짓말처럼 루드말의 손을 잡고 있었다. 그 순수한 온기를 느끼며 루드말이 히쭉 웃었다. 그리고 말했다.

"후회는 안 할 거다."

뭘까?

'실수한 것 같은데….'

하얀 미소 너머로 번뜩이는 루드말의 눈빛이 보였다. 이 순간, 에던은 왠지 손을 놓고 싶어졌다.

❖ ✛ ❖

배움!

그것은 에던에게 있어서는 가장 멀고도 먼 단어였다. 때문에 항시 갈망하는 단어이기도 했다.

물론, 하루하루 먹고 사는 것도 빠듯하던 초보 용병 시절과 달리, 어느 정도 경력이 쌓이고 돈 좀 되는 의뢰를 골라 잡을 만한 위치에 선 뒤에는 나름대로 '공부'라 할 만한 걸 하기는 했다.

돈으로 배움을 사고파는 곳들이 존재하는 까닭이었다. 그럼에도 불구하고 제대로 된 가르침을 얻기는 어려웠다.

결국, 금전적으로 이뤄진 관계다 보니, 그 깊이는 너무도 얕았고, 핵심이라 할 만한 부분은 항시 베일에 쌓여있고는 했다.

더 많은 돈을 들인다면 그마저도 훔쳐보고 넘볼 수 있었겠으나, 그에게는 쉽지 않은 일이었다.

경력이 쌓이며 제법 돈 좀 만지는 의뢰를 잡을 수 있다고 는 하나,

'그래봤자 3급 용병이지.'

에던은 자신의 위치를 떠올리며 자조했다.

오러!

너무도 간절하게 바라던 그 신비의 기운에 허락받지 못 했기 때문에, 평생 '3급'이라는 수식어를 벗을 수가 없었 다.

벗고 싶어도 불가능했다.

[오러 홀이 파괴되었네. 선배.]

언제고 크라우말과 함께하던 당시, 그에게 들었던 충격 적인 이야기였다.

업계에서는 사형선고와 같은 내용으로써, 대개 이 같은 상황이 되면 은퇴로 이어지는 게 업계의 수순이었다. 때문 에 한동안 술에 미쳐서 지내기도 했었다.

그 와중에도 크라우말의 이야기를 일부 부정하고자 했던 것일까? 전문 치료사를 찾아 확인을 하지는 않았다. 오러 홀이 파괴되었다는 사실을 외면하고자 한 것이다.

그렇게 술에 취해 때론 여자에 빠져, 잠시간 현실을 부정 하고 진실을 덮어버렸다. 잊어버렸다.

'버는 건 어렵지만 쓰는 선 쉬웠지. 쯧!'

결국, 돈이 없어서 다시 업계에 뛰어들었던 것이 우스운 부분이었다.

그리고 어찌어찌 3급 용병으로써는 지낼 수 있겠다는 결론을 얻었다.

용병!

비참하지만 그 진창을 걷기로 결심한 것이다. 아마도 이 결심을 하던 당시에 결국 '진실'을 인정했던 걸지도 몰랐다.

'배움이라….'

충격적 '진실'을 듣게 된 뒤, 더 이상 인연이 없다 여기며 등을 돌렸던 단어였다.

헌데,

'루드말 드라필만….'

무려, 대륙의 별이라 불리는 절대자가 그를 향해 손을 내밀고 있었다.

잡았다.

그로써는 거부할 수 없는 손길이었다.

❖ ❖ ❖

배움은 갑작스럽게 시작되었다.

빠악!

호쾌한 타격음과 함께 에던의 신형이 허공을 날아 요란하게 응접실 구석으로 떨어졌다.

콰당탕탕…

그리고 이어진 정적,

"무슨 짓입니까!"

찰나 간에 정신을 놓기라도 했던 것인지, 아니면 지금 놓은 것인지. 에던이 뒤늦게 버럭 목소리를 높이며 사납게 외쳤다.

"뭐긴, 수업 시작하는 거지."

뜬금없는 내용에 에던이 멍청한 표정으로 그를 바라보는데, 이런 그의 모습이 우스운 듯 히쭉 웃은 루드말이 자신의 주먹을 한 차례 내려다 본 뒤 이야기를 이었다.

"나는 분명히 너를 '죽일' 생각으로 쳤다."

그제야 정신을 차린 듯, 에던이 빠드득 이를 갈며 루드말을 노려봤다.

조금 전 상황을 통해, 루드말이 어떤 의도로 주먹을 뻗은 것인지 잘 알기 때문이었다. 그의 말처럼 루드말은 그를 죽이려 했다.

각성!

회복실에서 이어 또 다시 극한의 상태에 돌입한 까닭에 모를 수가 없었다. 그럼에도 불구하고 어찌나 빨랐던지 제대로 피하지 못했다. 흘린다고 흘렸건만 타격이 제법 있었던지, 바닥을 뒹굴 때는 잠시 기절한 상태이기도 했다.

금세 눈을 뜨기는 했지만, 분명 정신을 잃고 있었다. 때문에 분노하며 열을 내는 것이다. 자칫 잘못했으면 정말 목숨이 날아갈 수도 있었던 까닭이었다.

회복실에서야 그의 실수가 분명 존재했다지만, 이번에는 그런 이유도 아니었다. 게다가 너무도 뜬금없던 까닭에 더욱 화가 나는 것이다.

성난 얼굴로 바라보는 에던의 모습에 루드말이 여전한 모습으로 입을 열었다.

"나는 진심으로 쳤다. 하지만 결과는 어떠냐?"

에던은 대답 대신 매서운 눈빛만 보낼 뿐이었다. 그 모습에 히쭉 웃은 루드말이 재차 이야기를 이었다.

"멀쩡해. 겨우, 일개 3급 용병이라는 놈이 멀쩡하게 일어나서, 건방지게 노려보기까지 하고 있어. 어떠냐? 신기하지 않냐?"

그러더니 또 다시 주먹을 뻗어온다.

빠악!

이번에도 호쾌한 타격음과 함께 에던이 뒤로 날았다. 어느 정도 대비를 하고 있었음에도 완전한 회피는 무리였다. 응접실을 또 다시 어지르며 구르는 에던을 향해 루드말이 물었다.

"너는 왜 3급 용병이냐?"

"끄응⋯."

대답 대신 앓는 소리가 흘러나왔다. 애초에 무어라 말을 늘어놓을 정신이 아니었다. 루드말 역시도 답을 바란 건 아니었던 듯, 바로 이야기를 이어가고 있었다.

"당연히 '오러' 가 없기 때문이겠지."

외면하고 싶은 '현실'과 '진실'의 갑작스런 등장에 에던의 눈이 부릅떠졌다. 고통이 아닌 철저한 분노에 의한 반응이었다.

거기에서 루드말의 사형선고가 떨어졌다.

"오러 홀이 파괴되었으니, 평생 3급 용병을 못 벗어나겠군. 낙인처럼 3급 딱지를 붙이고 살아야 할 거야."

입술을 잘근 깨물며 에던이 자리에서 일어났다. 과거, 크라우말이 했던 '선고'와는 무게감이 달랐다. 무려 드라필만의 주인이 내린 사형선고였다.

오러 분야에 있어서는 전문 치료사들보다 더 나으면 나았지, 결코 부족하지 않을 위치에 있는 존재였다.

'…사형 확정인가.'

깨문 입술 사이로 핏물이 배어나왔다. 결국 마주해 버린 진실의 통증이리라. 핏물은 흘러 가슴을 적셨다.

"하지만 이해가 안 된단 말이야."

루드말의 이야기는 아직 끝난 게 아니었다.

"3급 용병이 어떻게 내 공격을 피하는 거지?"

앞서 내뱉었던 의문이 골격만 비꿔서 나시 튀어나왔다.

"내 입으로 자꾸 이런 소리를 하려니 슬슬 민망한데. 대륙에 일곱 밖에 없는 초월자 중 한명이 나야. 그런데 겨우 3급 용병이 피한다고? 특급 용병도 어려울 걸."

그러며 에던을 가만히 응시한다.

이미 예상하고 있던 '선고'였기에, 그 절망의 늪에 깊숙이 빠져들지는 않은 듯, 에던은 뜨거운 열기를 담은 눈빛으로 그의 시선을 마주했다.

잠시 무거운 침묵이 그들 사이를 맴돌았다.

"사람들이 초월자를 경외의 대상으로 삼은 결정적 사건이 있지."

답답한 공기를 환기시키듯, 루드말이 정적을 깨며 다시금 말문을 열었다.

"400년 전, 홀로 일천의 기사단을 막아냈던 '바르마스' 검공."

에던도 잘 알고 있는 이야기였다.

별의 영역!

그 명칭의 시작이 검공 바르마스로 인해 탄생한 까닭이었다.

"이전까지만 해도 초월자들은 그저 '마스터'라고 불리며, 검이나 창을 비롯한 각종 병장기를 극한까지 익힌, 남들보다 조금 더 강한 존재일 뿐이었지."

물론, 마스터라 불리는 것으로도 이미 '특별'하게 여겨지기는 했다.

"하지만 바르마스 검공이 홀로 일천의 기사단을 막아냈을 때. 마스터들은 특별함의 영역을 넘어, 세상 밖의 존재로 여겨지며 '별의 영역'에 닿은 초월자로써 불리게 되었다."

일천의 기사단!

"너도 이 싸움판에서 제법 버텨왔으니 잘 알겠지만, 기사 한명의 전력은 정예 병사 열 명과도 맞먹는다."

뛰어난 기사들은 그 배는 되는 '정예 병사'들로도 막기가 어려웠으나, 최소한의 기준점을 잡고자 이 부분을 제외한 상황에서 바르마스 검공에 대한 가치를 평가했다.

"결국, 당시의 사건으로 마스터는 일만의 병사와 같은 전력을 지니고 있다는 결론이 내려졌지."

그야말로 일인군단이었다.

"뭐, 바르마스 검공이 벌인 전장이 산 속이었고, 제법 전략적인 공략도 잘 했다는 평이 있기는 했지만, 어쨌든 대외적인 초월자의 평가는 걸어 다니는 '전략병기' 수준이지."

이토록 장황하게 이야기를 늘어놓는 이유가 무엇일까? 에던이 의문스런 얼굴로 루드말을 바라봤다.

"나 역시 그런 전략병기의 일인으로써, 가끔씩 생각을 하고는 하지. 일천의 기사를 베려면 어떻게 해야 할까?"

의문이 자꾸만 입술을 들썩거리게 했으나, 에던은 애써 삼키며 루드말의 이야기에 귀를 기울였다. 그 역시 궁금한 내용들이 쏟아지는 까닭이었다.

"아무리 초월자라 불린다지만, 이놈의 육신은 결국 사람의 것이고, 그 틀을 벗어나지 못해. 별의 영역이니 뭐니 하면서, 특별하게 불리는 건, 전부 '오러'라는 보조가 있기 때문이지."

그럼에도 불구하고 결국 그들은 '인간'이었다.

"뭐, 마스터에 이른 오러의 능력에 따라서, 이를 좀 더 잘 활용하려고 육체적인 개발이 좀 있기는 하는데, 그걸 겪어 본 경험자로써 냉정하게 평가하자면 초월자도 결국 '인간'의 틀을 벗어나지 못하는 존재라는 거다."

때문에 생각했다.

"기사 일천? 베다가 보면 손목이 제법 아플 거야. 허수아비 천개만 베도 땀이 나는데, 사람을 베는 거다. 그것도 완전 무장을 하는 기사를! 재수 없으면 손목이 나갈 수도 있지. 체력도 딸릴 거야. 게다가 모르긴 몰라도 오러는 바닥을 칠 게 분명하단 말이지."

그럼에도 불구하고 굳이 일천의 기사를 베어야 한다면?

"일인당 한 칼씩."

루드말이 검지를 세우며 말했다.

"딱 한방에 한 놈씩 죽여야 돼. 그게 아니면, 솔직히… 어렵지. 그래. 어려워… 그런 의미로 보자면 확실히 바르마스 검공이 대단하긴 대단해. 결국 일천을 산 속에 매장시켰으니."

드디어 본론이었다.

"무려 기사 일천이야. 그 많은 기사들 중에, 겨우 병사 열 명 수준만 있었을까? 아니지. 분명, 난다 긴다 하는 놈들이 가득 했을 거야."

하지만 바르마스 검공은 그들을 베었다.

"더도 말고 덜도 말고, 딱 한 번이야. 칼질이 두 번으로 넘어가면, 그 때부터는 피로감도 배가 되는 거야."

상대는 무려 기사 일천이었다.

"피로 따위에 덜미를 잡히는 순간, 모가지 내놔야지."

그러더니 에던을 향해 묻는다.

"넌 그걸 어떻게 피한 거냐?"

루드말 드라필만의 진심이 담긴 주먹질 중에서, 제대로 들어간 건 아직까지 한 방도 없었다.

이 같은 의문은 에던 역시도 항시 가져왔었던 부분이었다.

'내가 어떻게?'

상급의 용병들과의 전투에서도 이길 자신이 있었다. 전쟁 중에 간혹 기사라 불리는 이들과도 혈전을 치르며 살아남기도 했다.

겨우 3급 용병이? 어떻게? 그런 일들이 가능했을까? 궁금하긴 했으나, 안타깝게도 제대로 된 배움을 받지 못했고, 밑바닥을 구르는 신세다 보니, 이 같은 부분에 대해 세세히 파고들만한 시간적 여유도 없었다.

게다가 '각성'에 관해서는 워낙 한정적으로 발현되는 까닭에, 여건도 좋질 못했나.

"표정을 보아 하니, 네놈도 모르는 모양이군."

루드말이 고개를 끄덕이며 에던에게 다가왔다. 또 다시 주먹이 뻗어올까 경계를 했다.

"짜식. 쫄기는. 이번에는 그냥 한 번 보려는 거니까. 그렇게 경계할 필요 없어."

그러더니 대뜸 에던의 어깨를 잡는다. 그리고 팔을 가슴을 허벅지를 한 차례씩 주물러대는데, 이 뜬금없는 손길에 에던이 몸서리를 치며 뒤로 물러났으나, 그 때에는 이미 루드말의 손이 그의 전신을 훑고 난 뒤였다.

루드말은 한층 경계심이 짙어진 에던의 눈빛에 손을 휘휘 털며 말했다.

"나도 냄새나는 사내 놈 따위는 싫으니까. 이상한 오해 마라."

그럼에도 에던의 눈빛을 풀리지 않았다.

"눈깔에 힘 안 빼냐."

뒤이어 일어나는 기세에 에던이 슬쩍 시선을 피했다. 그 모습에 짧게 실소한 루드말이 자신의 손과 에던을 번갈아 보며 고개를 끄덕였다.

"확실히 좀 다르네."

무슨 의미로 하는 소리일까? 에던의 고개가 제자리로 돌아왔다.

"일반적인 근육보다 더 탄력이 있어. 하지만 부드럽지. 거기에 적당한 딱딱함까지. 그래. 달라."

이해할 수 없는 이야기에 눈살을 찌푸리며 바라보는데, 루드말이 대뜸 주먹을 뻗어왔다.

"눈깔에 힘 빼라고 했잖냐."

정말 그런 이유로 내지른 것일까? 오싹한 소름이 왼 볼을 스쳐갔다. 다행스럽게도 이번에는 피해낼 수 있었다.

마른 침을 꼴깍 삼키는 에던을 향해 루드말이 말했다.

"반응 속도는… 뭐, 그럭저럭이야. 하지만 내가 헛손질을 했단 말이지."

고개를 끄덕이던 루드말이 좀 전의 살벌한 분위기는 어디다 내버렸는지, 히죽 웃으며 물어왔다.

"우선, 가장 기본적인 것부터 시작해 보자. 너 익힌 연공법이 뭐냐?"

"그건…."

"어차피 값싼 것들로만 사다가 익혔을 거 아니까. 숨길 필요 없다."

거기에 더해 탐낼 가치가 있는 것도 아니기도 했다. 때문에 잠시 주저하는 듯싶던 에던이 그간 익혀온 연공법들을 하나하나 나열하기 시작했다.

가만히 귀를 기울이던 루드말이 그 끝에서 짧게 탄성을 내질렀다.

"하! 파에드말린, 브루클, 라단, 스픽… 와, 잡식도 이런 잡식이 없네. 너 정말 막장이었구나."

"끄응…."

가차 없는 루드말의 평가에 에던이 앓는 소리를 내며 머리를 긁적였다.

"중심은 베르말식 연공법으로 잡은 건가. 괜찮네. 알고 한 거냐?"

에던은 그 시선을 피하는 것으로 대답을 대신했다.

"순전히 운이었나. 쭛! 하긴 그 바닥이 원래 그렇지. 베르말식 연공법이 삼류라고는 해도, 안정감에서는 그만한 걸 찾기도 어렵지. 뼈대는 베르말식으로 잡고 이것저것 돈 되는 대로 건드렸다는 건데."

거기에서 루드말이 에던의 전신을 한 차례 훑었다.

"오러 홀이 부서진 게 오히려 운이 좋았네."

아무리 안정감에서 최고라고 불리는 연공법이라고 하나, 전혀 다른 종류의 흐름을 가진 연공법에 손을 댄다는 건, 결코 가볍지 않은 일이었다. 에던이 나열해 놓은 연공법을 들어보면, 불에 물을 끼얹는 것 같은 흐름들이 그득했다.

그의 말처럼 오러 홀의 파괴가 오히려 행운이었다.

"이쪽으로 제법 지식이 있는 놈들도 여러 연공법에 손을 대도 기껏해야 3개 까지가 평균이다. 그런데 네놈은 무려 두 자릿수까지 손댔어. 만약, 정상으로 오러를 쌓고 있는 몸뚱이였으면, 어디 한 군데 틀어져도 제대로 틀어졌을 걸."

이 말에 에던은 그저 머리만 긁적일 뿐이었다.

"그놈 반응 참… 쭛! 제대로 배운 게 없으니 당연한 건가."

그 말에 에던이 살짝 발끈했다. 나름 있는 돈 없는 돈 투자해가며 배움을 청했던 시절도 있었기 때문이다.

당연하게도 루드말 역시 이 같은 사정을 짐작하고 있었다. 그 역시 젊은 시절이 있었고, 생존훈련을 통해 용병계를 떠돌던 시기가 존재하는 까닭이었다.

그럼에도 평가는 가차 없었다.

"뭐, 네놈 표정이 억울해 보이지만, 어쩌겠냐. 결국 그 바닥에서 제대로 된 배움을 얻는 건 어려운 게 사실이니. 이 정도는 너도 알잖아."

그 말에 수긍하는 듯, 에딘의 미간에 옅은 주름이 잡혔다.

"말 나온 김에 한 번 해 봐라."

워낙에 많은 연공법이 버무려진 까닭에, 상상만으로는 정확히 그 흐름을 정의하기가 어려웠다. 때문에 직접 눈으로 보고자 하는 것이다.

이에 또 한 차례 주저하는가 싶던 에딘이 루드말의 매서운 눈빛에 할 수 없다는 듯, 응접실 한 가운데로 향했다.

그리고 시작되는 연무!

예상했던 그대로라고 해야 할까?

'뭐… 미묘한 차이가 있긴 한데.'

고개를 끄덕이는 한편 루드말의 두 눈은 연무의 이상점을 찾고자 날카롭게 빛을 받하고 있었다.

그렇게 얼마나 지켜봤을까. 문득, 루드말의 눈가에 이채가 어렸다.

'호오! 이건… 오러인가?'

신기한 일이었다.

'오러 홀도 없는 녀석이 오러를 끌어 들인다라…'

희미하니 에던 주변에 흔들리는 기류의 움직임이 보였다. 정상적인 대기의 움직임이 아니었다. 에던의 손짓과 발짓에 따라 요동치고 있음을 알았고, 이내 그것이 오러의 흐름이라는 걸 눈치 챘다.

다른 누구도 아닌 대륙의 별이라 불리는 루드말의 감각이 알려오는 '정보'였다.

그 뼈대가 초급이라 불리는 것들인지라, 흐름은 극히 미미했지만, 루드말의 감각을 피할 정도는 아니었다.

잠시간 그 흐름을 읽어나가던 루드말의 동공에 옅은 흔들림이 비쳤다.

'어디로 가는 거지?'

오러 홀도 없이, 다양한 연공법들이 엉망으로 섞인 상황에서, 저 같은 흐름을 일으키는 것 자체만으로도 이미 놀라운 부분이었건만, 놀라운 광경은 거기에서 그치지 않았다.

분명, 오러는 에던에게 끌려가고 있었다. 일반적인 연공법의 현상과 다를 게 없었다. 하지만 그에게는 오러 홀이 존재치 않기에, 결국 다시금 흩어져버려야 정상이었다.

'오러가 사라지고 있어?'

눈이 동그래졌다. 흩어지는 오러의 흐름도 분명 존재하기는 했다. 하지만 그의 감각은 흩어지는 양이 너무 적다고 알려오고 있었다.

'이건, 마치…'

연공이 이뤄지는 느낌이었다. 그로써도 생경한 상황인지라 그 놀라움은 이루 말할 수가 없었다.

자연스레 감각이 극한까지 개방되었다. 그 상태로 에던의 모든 걸 주시했다. 그리고 또 한 번 경악해야만 했다.

'근육의 움직임이….'

기이했다. 마치 숨을 쉬는 듯, 에던의 육체가 개별적으로 살아 숨 쉬는 듯 느껴졌다.

'하!'

웃음이 나왔다. 작게나마 비밀의 편린을 엿본 느낌이었다.

'오러 홀에 '쌓는' 게 아니라 육체가 '먹고' 있다고?'

또 다시 웃음이 나왔다.

❖ ❖ ❖

약혼자!

본의 아니게 '설정' 된 관계였다. 하지만 그로 인해서 분명 '득'을 본 것은 사실이었다.

때문에 지금 자신의 행동이 당연한 것이라며, 연신 스스로를 다독였다.

'약혼자의 건강을 챙기는 거니까.'

그의 방 앞을 서성이는 게 결코 이상한 게 아니다. 민망할 이유 따위는 없다. 이렇게 연신 자신을 세뇌시켜 보지만,

아무래도 평생 '사내'로써 살아왔던 까닭일까? 어색하고 부끄러운 감정을 감추기가 어려웠다.

무시하고 지나쳐도 될 것이건만 어째서인지 그게 쉽지가 않았다.

미안하고 고마운 마음 때문이다. 그런 것이다.

'게다가… 어쨌든 약혼자니까. 연기를 할 거면 제대로 해야 하잖아.'

그렇게 스스로에게 쉴 새 없이 속삭였다.

최초 '연인'이던 관계가 어쩌다 '약혼자'까지 이르고 굳혀졌는지는 더 이상 생각할 겨를도 없었다.

게다가 그 거짓 역할에 충실하려는 듯, 그의 방은 바로 옆이었기에, 잠깐 바람을 쐰다는 생각으로 나오기만 해도 충분히 방 앞을 확인할 수가 있었다.

그렇게 얼마나 바람은 쐰다며 들락거렸을까? 슬슬 창밖의 풍경에 거뭇한 그림자가 끼어들고, 어느새 달이 그 밝기를 드러냈을 즈음, 복도 한편으로 기다리던 '약혼자'가 모습을 드러냈다.

'에던!'

라논은 그를 발견하자마자 깜짝 놀라서는 달려갔다.

'맙소사!'

엉망이어도 너무 엉망이었다. 정상도 아닌 이런 몸으로 어딜 돌아다니다 왔단 말인가.

전부 치유가 되었다는 말로 그녀의 회복실 출입을 막아

섰던 검가의 가신들이 떠올랐다. 새삼 그들에 대한 불만이
일었다.

게다가 그가 드라필만 공작과 함께 나갔다는 부분이 떠
올라 더욱 머리가 뜨거워졌다.

"대체 그런 몸으로 어디를 돌아다닌 거야!"

하지만 상대는 드라필만이었다. 그 뜨거운 열기가 목적
지를 헤매다 결국 에던에게 쏟아져버렸다.

"몸이 안 좋으면 회복실에서 더 쉬어야지. 벌써부터 돌
아다니면 어떻게 해!"

갑작스런 그녀의 타박에 에던이 벙찐 표정이 되었다가,
이내 억울하다는 얼굴로 변했다.

그도 그렇게 지금의 몸 상태는 순전히 루드말에 의한 것
이기 때문이었다. 회복실에서 나설 당시만 해도 멀쩡했었
다. 그곳에서 루드말에게 또 당하기는 했지만, 그래도 분명
회복실을 나설 즈음까지는 멀쩡하다고 할 만한 수준이었
다.

하지만 응접실에서 이뤄졌던 짧은 가르침이 그를 다시
넝마로 만들어버렸다.

[원래 그 바닥이 몸으로 배우는 게 익숙하잖아. 너를 위
한 맞춤식 교육이다. 즐겨라!]

그러면서 공부라는 이름의 구타 및 가혹행위가 실시되었
다.

'변태 영감 같으니.'

구타의 정도가 짙어질수록 진해지던 미소가 떠올랐다. 고개를 절레절레 흔들며 그 섬뜩한 순간을 털어내는 그의 귓속으로, 여전한 타박소리가 들려왔다.

"몸이 안 좋으면 다시 회복실로 가야지 왜 여기로 온 거야!"

그녀의 끝없는 타박이 잔소리로 느껴질 즈음, 에던이 입을 열어 물었다.

"그런데… 누구냐, 너?"

이어지는 짙은 침묵.

라논의 얼굴이 붉게 물들어갔다. 자신의 몰골을 떠올린 까닭이었다. 공작과의 면담 이후, 이곳 공작가의 가신들이 별도로 꾸며 준 상태였다.

앞서와 달리 변장을 위해 입고 있던 용병의 복장을 벗었다. 거기에 더해 화장이란 것도 했고, 머리도 꾸몄으며 장식이란 것도 곁들여봤다.

치장이란 것을 한 것이다.

'처음…인가.'

유모의 고집에도 결코 굴하지 않으며 남자로써의 모습을, 기사이자 후계자로써의 각오를 다졌었다.

그러던 게 본의 아닌 상황으로 인해 깨져버리더니, 이젠 이렇게 생각지도 않았던 복장까지 하게 되어버렸다.

'생각… 못한 건 아닌가.'

애초에 이곳으로 오며 '계획' 대로 이어졌다면, 이 정도

복장은 자연스런 흐름이었을 것이다. 조금쯤은 염두에 두고 있었을지도 몰랐다.

게다가,

[내 호의일세.]

드라필만의 주인이 직접 지시하고 이뤄진 치장이었다. 그녀로써도 거부할 수 없는 상황이기도 했다.

그래서라고 해야 할까? 지금 그녀의 모습은 함께 하던 호위들을 비롯하여, 오랜 세월을 알아왔던 데피안 마저도 눈을 동그랗게 뜰 정도로 낯설었다.

어찌 보면 에던이 반응이 당연하다는 생각도 들었다.

'그렇지만…'

왜 이렇게 화가 나는 걸까?

'몰라볼 정도는 아니잖아!'

어째서 이리도 저 사내가 괘씸하게 느껴지는 걸까?

"이잇…."

답지 않다고 느낄 수도 있었다. 하지만 어째서인지 이 열기를 분출하고 싶었고, 그렇게 해 버렸다.

빠악!

"컥!"

호쾌한 타격음과 함께 에던이 정강이를 잡고 고꾸라졌다.

"이… 무슨…."

생각 이상으로 진득한 통증에 말문이 막힌 듯, 버벅이며 무어라 입을 열어보려 했으나, 어째서인지 라논과 시선을 마주한 순간 목구멍만 맴돌 뿐, 제대로 나오질 않았다.

"죽어버려!"

그 말과 함께 라논은 자신의 방으로 들어갔다. 멍청하니 그녀의 뒷모습을 보고 있던 에던은 황당하다는 얼굴로 중얼거렸다.

"농담도 못 하냐…."

분명, 눈이 돌아갈 정도로 변해버린 모습은 의외였다. 그렇지만 이미 한 번 '여인'으로써의 라논을 봤기에, 거기에서 치장 좀 했다고 못 알아볼 정도는 아니었다.

업계 생활 덕분에 눈썰미는 제법 남다른 까닭이었다. 그저 가벼운 장난으로 던진 한마디였을 뿐이다. 헌데, 이 격한 반응은 무어란 말인가.

"끄응…."

알 수 없는 억울함에 앓는 소리만 쌓여갔다.

겨우겨우 방으로 들어서고, 쓰러지듯 그대로 침대에 드러누웠다. 어쩔 수 없었다.

대신관과 상급치료사를 통해 회복되었다고는 하나, 그 충격이 은연중에 남아있는 건 사실이었다. 신의 기적과 인간의 정성이 더해졌다지만, 어쨌든 사신의 방문을 받아야만 했던 부상이 아니던가.

그 상태에서 다시금 '배움'이라는 명목 아래, 루드말의 철권에 처절하게 당해버렸다.

돌아오기 전 치료사와 사제를 만나 간단히 회복을 받고 옷도 새걸로 갈아입기는 했으나, 라논이 눈살을 찌푸렸을 만큼 그 여운이 전신 가득 진하게 남아있었다.

당장 기절해도 이상하지 않을 상태였다.

'그래도….'

어째서인지 웃음이 나왔다.

거칠다는 표현으로도 부족할 만큼 가혹한 시간이었으나, 분명 그는 '배움'을 전해 받고 있었다. 구타 너머로 들려오던 가르침을 분명 들었다.

생전 받아본 적 없던 까닭일까? 기이한 충족감이 가슴 한편을 채우는 건 어쩔 수 없었다.

'그나저나….'

마지막 남은 체력과 정신력을 한 방에 쏘옥 뽑아냈던 라논의 태도가 떠올랐다.

'대체, 뭐야?'

이해할 수 없는 의문 속에서, 수면이 밀려들었다.

'과연….'

귀족가의 침대는 다르구나, 라는 생각과 함께 두 눈이 스르륵 감겼다.

유난스레 힘겨웠던 하루가 끝나가고 있었다.

그 끝을 알리듯 어둠의 경계선을 향하는 달의 걸음걸음
이 심장 박동마냥 쿵덕거리는 기분이었다.

실로 재미있는 하루였다.

"에던 운트."

루드말은 호기심의 주체를 떠올리며 입 꼬리를 말아 올
렸다.

"오러 홀이라…."

기존의 상식이 파괴되었다는 부분에서부터 이미 흥미진
진한 시작이었다.

'그러고 보니….'

생각나는 것이 있었던지 서재를 뒤적이는 그의 손길에
몇 권의 책이 들려나왔다. 차분히 이를 뒤적이던 루드말의
고개가 끄덕여졌다.

'육체를 단련하는 공부라.'

저 멀리 동방의 라만대륙에는 다양한 연공의 방식들이 존
재했는데, 그 중에는 분명 오러 홀이라는 관념에서 일부 벗
어나, 육체를 극한까지 강화하는 수련들도 여럿 존재했다.

그가 꺼내든 것들은 그와 관련된 내용들이 적힌 서적으
로써, 과거에도 몇 차례 주의 깊게 읽었던 서적들이었다.

이를 다시금 읽어 내리는 그의 입 꼬리가 또 다시 위로
향했다. 에던의 것과 닮아있으면서도 다르다는 걸 깨달은

까닭이었다.

서적에는 가혹하다 싶을 정도로 다양한 고통 속에서 육체를 단련하는 내용들이 적혀있었다. 하지만 결국, 이들의 단련법에도 오러 홀이라는 개념이 걸쳐있음을 알았다.

육체를 한계까지 몰아붙이고, 연공을 통해 육체 전신에 걸쳐 오러 마사지를 하며, 육신의 강도를 끌어올리는 것이다.

거기에 사용되는 오러는 연공을 통해 쌓인 오러 홀의 오러들이었다.

게다가 신전의 포션과 버금가는 다양한 약물들도 투입된다고 적혀있었다.

"그렇게 강화된 육신은 '강철'과 같다라…"

서적을 덮은 루드말은 자신의 손을 바라봤다. 그리고 이내 내기를 하던 중 에던을 베던 감각을 떠올렸다.

'강철이라…'

그것과 비교하자니 절로 고개가 저어졌다.

'굳이 비교를 하자면… 트롤?'

뜬금없다고 할 수도 있겠으나, 언제고 숲 속에서 베었던 트롤이 떠올랐다. 비슷한 종류의 몬스터라면 오우거도 있었으나, 굳이 트롤을 연상한 이유는 간단했다.

'상당히 질겼지.'

오우거의 육체가 오히려 동방의 수련법과 어울리는 '강철' 같은 의미가 컸다. 하지만 에던은 '질긴' 피부는 트롤의 것과 닮아있었다.

"큭! 그 회복력은 확실히 트롤 급이긴 하지."

실소와 함께 그리 중얼거린 루드말은 에던을 베던 느낌을 더욱 생생히 떠올려봤다.

놓친 검격도 많았으나, 분명히 베었다고 생각했던 검격도 여럿 있었다. 검격을 타고 손끝에 전해지던 그 감각은 분명 베었다는 정보를 전해왔다.

눈으로도 그 상처를 확인했다. 하지만 에던은 여전히 서 있었고, 반격을 꾀하는 눈빛마저 내보였다.

각오? 결심? 근성? 혹은 인내와 같은 부분과는 달랐다. 말 그대로 상처가 생각보다 깊지 않았기에 서 있을 수 있던 것이다.

그 같은 경험은 오래 전, 트롤을 상대할 때와 닮아있었다. 분명 10정도의 깊이를 생각하며 검을 휘둘렀다. 하지만 정작 상처는 7~8정도밖에 되질 않았다.

검 끝에 닿은 피부와 근육의 끈기가 다른 것이다. 검에 말려드는 무게감이 거짓된 정보를 전달시키는 것이다. 착각하게 만드는 것이다.

분명, 흥미진진한 부분이었다. 하지만 여기까지는 그로써도 감당 가능한 영역이었다. 이종의 존재들을 비롯하여 다양한 강자들과 싸워온 경험은 그로 하여금 이 같은 상황에서도 필요한 요소를 깨닫게 해 주는 것이다.

하지만 그로써도 '생경한 부분'이 있었다. 그것이 결국 상대를 놓치게 만들었다.

'분명… 특별한 건 없었지.'

그럼에도 불구하고 에던은 그의 검을 피했다. 그 장면을 연신 머릿속으로 그리고 되새겼다.

'마치 어디로 어떻게 검이 뻗어올지 알기라도 하는 것 같았지.'

굳이 거기에 이름을 붙인다면,

'예측….'

하지만 이내 자신의 생각을 부정했다. 그것은 이미 예측의 영역을 넘어서고 있었다.

'예지!'

에던과의 '내기' 중에 몇 번이 진심이 되어 검을 휘둘렀다. 하지만 그럼에도 불구하고 에던은 이를 피했다. 거기에서 한 차례 '예측'의 영역을 떠올렸다.

과거, 유난스레 그 감각이 뛰어난 이들의 경우, 몇몇은 전투 중에 상대의 정보를 수집하는 자들도 있었다. 그 수준이 얼마나 높았던지, 격전을 통해 사소한 습관까지 파악해낼 정도였다.

그들은 가히 예지에 가까운 예측으로 검의 흐름을 비틀어버리고는 했다.

'처음에는 그 녀석도 그런 종류라고 생각했었지.'

그렇게 여기며 검을 휘둘렀다. 하지만 그의 생각이 착각이라는 건 금세 알 수 있었다.

"예지란 말이지."

간혹, 성국에 탄생한다는 성녀들의 예지와는 다른 종류의 것이었다. 그것이 먼 미래를 '예언' 하는 것이라면, 에던이 보여줬던 건, 가까운, 그것도 바로 앞의 '찰나의 순간'을 예측에 가깝게 예지하는 것이다.

'하지만….'

그 모든 것들을 온전히 활용할 수 있었던 결정적인 건 따로 있었다.

"눈!"

그마저도 일시지간 소름이 끼치게 만들던 그 눈은 분명 특별했다.

검격이 뻗어지는 순간, 빠르게 흔들리던 눈빛을 기억한다. 두려움에? 아니다 그건 무언가를 쫓는 눈이었다.

"뭘 보고 있었으려나…."

그야말로 호기심 덩어리였다.

배움!

분명히 그는 에던에게 가르침을 내릴 것이다. 하지만 에던의 의심처럼 '공짜' 는 아니었다.

'그 특이한 체질.'

마주하고 검을 나누며 그의 본능이 외쳤다. 저 비밀을 파헤친다면 분명 가문에 큰 힘이 될 것이다.

말인 즉, 그 역시 배우는 게 있다는 의미였다. 그것도 '개인' 의 것이 아니라, 가문을 위한 '집단' 의 배움이 될 가능성이 컸다.

게다가 그것 하나만으로도 매력적이건만, 에던이 지닌 비밀은 한두 가지가 아니었다.

"뭐… 그게 아니더라도 순수한 호기심도 있지."

얼마나 클 수 있을까? 에던 운트가 자신의 모든 능력들을 전부 깨우친다면 어떻게 될까?

"그 땐, 정말 한 판 해 볼만 하려나."

상상만으로도 군침이 돌 정도였다.

'그나저나….'

잠시 개인적인 즐거움에서 벗어나, 집단을 위한, 가문을 위한 호기심에 집중해야 할 시간이 찾아왔다.

어둠이 깊을 무렵 날아든 따끈따끈한 보고서가 손에 잡혔다.

"말룬 자작과 에몰란 남작의 공동 소유 광산이라."

그 실체를 파악하고자 요원을 보냈고, 지금 막 그와 관련된 통신이 날아왔다. 입 꼬리가 절로 올라갔다.

"마정석이란 말이지."

앞서 와는 다른 의미로써 입 안 가득 군침이 돌기 시작했다.

꼬르르륵…

실제로 배도 고파왔다.

저녁을 걸렀다는 게 그제야 생각났다.

8. 바람

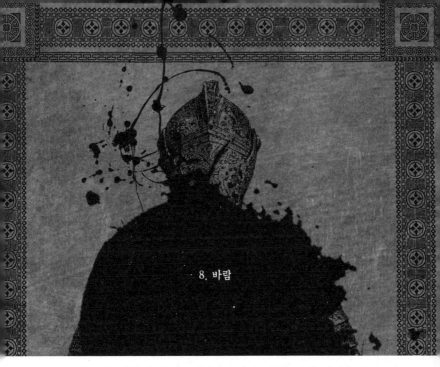

8. 바람

변화란 언제나 갑작스럽다. 하지만 사실 전혀 갑작스럽지 않다는 게 반전이다.

실상은 겉으로 드러난 부분이 갑작스러울 뿐, 그 안으로 파고들면 이미 오래전부터 변화의 바람을 불고 있었기 때문이다.

'이게 그 시작이겠지.'

새로운 바람의 시작점이 될 사건이 손 안에 담겨있었다.

굉산!

아직까지는 소수의 인원만이 아는 정보일 것이다. 하지만 오래지 않아 많은 이들의 귀에 들어갈 것이고, 머지않아

거대한 폭풍이 되어 갑작스럽게 세상을 향해 터져나가게
될 것이다.

루드말은 보고서를 내려놓으며 찬찬히 생각을 거듭했다.

'이미 움직이고 있겠지.'

드라필만의 그림자들 역시도 그의 지시에 따라 물밑 작업
을 진행중이었다. 당연하게도 그들 못지않은 정보력을 지닌
단체라면, 충분해 행동을 개시했어도 이상하지 않았다.

그도 그럴게 무려 '마정석 광산'이었다. 그 매장량이 많
지는 않을 것이다. 지금껏 발견된 광산들이 대부분 그러했
기 때문이다.

때문에 더욱 눈에 불을 키면서 달려들 거라 여겼다. 소량
일지언정 충분히 값어치가 있는 것이 바로 마정석인 까닭
이었다.

사용하기에 따라서는 마법사들의 마법을 영구적으로 유
지시켜줄 수 있는 재료인 만큼, 그 값어치는 가히 헤아릴
수 없을 정도로 어마어마할 터였다.

'우선은 판을 깨야겠지.'

말룬 자작과 에몰란 남작 사이에 벌어졌던 영지전의 결
과를 뒤집어야했다.

다행스럽게도 그럴싸한 '조건'이 깔려있었다.

'라발던 백작.'

그의 개입이 알려진다면, 이번 영지전은 무효처리가 될
수 있었다. 물론, 어쨌건 영지전은 치러졌고, 결과가 나온

일이니 만큼 어느 정도는 보상을 해야 하겠으나, 정당하지 못한 외부세력의 개입이 있었던 만큼, 얼마든지 판을 뒤집는 게 가능했다.

에몰란 남작가와 혈족관계를 맺는다고는 하나, 아직 그 관계가 성립된 것이 아닌 만큼, 엄연히 라발던 백작과 에몰란 남작은 '남남'이었다. 당연히 그들의 개입은 정당하지 못한 것이었다.

상대가 라발던 백작이니 만큼 쉽지는 않을 것이다. 분명, '대' 귀족이라 불리는 이들도 끼어들기 어려운 판일 터였다.

'하지만 우린 다르지.'

검가!

드라필만의 이름을 내세울 것이다.

초인!

루드말의 존재가 그 최전방에서 별처럼 빛날 것이다.

'판을 뒤집는 것 정도야.'

게다가 훌륭한 '명분'도 품고 있었다.

라논!

거짓으로 꾸며진 존재라고는 하나, 분명 그녀는 말룬 자작가의 '후계자'였다.

그런 그녀가 직접 드라필만을 찾아왔다. 이로써 그들 드라필만은 정식으로 '개입'할 수 있는 자격을 얻은 것이다.

아마도 제법 많은 정보단체와 세력들이 움직이기 시작했을 것이다. 광산이라는 정보만으로도 충분히 그들의 관심이

쏠리기에 충분했다.

머지않아 마정석에 대한 정보가 퍼질 것이고, 보이지 않는 전쟁이 시작될 터였다. 그리고 전쟁의 틀이 갖춰졌을 즈음, 그 모든 상황이 수면 위로 부상할 터였다.

갑작스러운 변화의 바람이 부는 순간이리라.

"우선은… 마탑도 염두에 둬야겠군."

이런저런 상황들을 머릿속으로 분석 분류하며, 앞으로 펼쳐질 상황들을 하나하나 '예측'해갔다.

문득, 에던의 얼굴이 떠올랐다.

"예측이라…."

가벼운 실소와 함께 창밖을 바라보니 어느새 날이 밝아오고 있었다.

"훈련은 뭐니뭐니 해도 새벽훈련이지."

루드말은 피로 회복이니 어쩌니 중얼거리며 거처를 나섰다.

"ㅎㅎㅎㅎ…."

목적지는 에던의 방이었다.

❀ ✛ ❀

빛이 있으면 어둠이 있듯, 세상은 밝은 양지와 음지의 터전이 나뉘어져 있다.

레드문!

음지에서도 그 깊이를 헤아리기 어려운 역사를 자랑하고 있는 장소로써, 굳이 그곳을 정의하라고 한다면, 유흥가 혹은 윤락가라고 할 수 있었다.

그들은 말 그대로 오랜 역사를 자랑해왔다.

가장 낮은 곳에서 가장 험한 배척을 받던 존재들이건만, 그럼에도 이들에게는 말할 수 없을 정도로 긴 역사가 있었다.

그 역사의 중심,

레드문의 정점!

거기에는 그야말로 전 대륙의 가장 깊고 탁한 대지를 지배하고 있다고 할 수 있는 존재가 있었다.

밤의 여왕!

그들의 역사가 언제부터 시작되었는지 알 수 없듯, 그녀의 탄생이 어느 순간부터였는지도 알려지지 않았다.

하지만 분명한 건, 레드문의 역사에는 밤의 여왕도 언제나 함께하고 있었다는 점이었다.

그녀의 정체에 대해서는 알려진 바가 없었다. 단지, 그 호칭을 통해 '여인'이라고 짐작만 하고 있을 뿐이었다.

짐작!

상상력은 언제나 사람의 호기심을 자극하고는 한다. 그 때문에 사람들은 더더욱 레드문 소속의 윤락가를 즐겨 찾고는 했다.

그곳을 찾다 보면, 언젠가는 레드문의 주인과 마주할 수 있을지도 모른다는 상상 때문이었다.

얼굴 없는 미녀!

혹은 추녀!

다양한 추측들이 넘쳐나지만, 대개의 남성은 욕망을 부풀리기 위해 대륙 제일의 미녀일 것이라는 쪽으로 상상의 나래를 펼치고는 했다.

레드문을 드나들다 보면, 우연찮게라도 그 여인과 잠자리를 가질 수 있다는 이상한 소문도 함께 퍼지며, 더더욱 많은 사내들이 레드문을 찾게 되는 것일지도 몰랐다.

"최고의 상품이라는 거지."

여인은 그리 중얼거리며 침상을 뒤척였다. 나른한 몸뚱이가 유난스레 베개를 놓기 어렵게 만들었다.

미녀!

그 단어가 이처럼 어울리는 여인이 또 있을까?

어렴풋이 비쳐드는 달그림자가 그녀의 전신을 속삭이듯 스치고 지나가며, 더더욱 아스라한 매력을 여인에게 선사해주고 있었다.

"하아… 이런 귀찮은 역할을 왜 맡아버린 건지."

나직하니 흘러나오는 한숨이 달빛과 함께 흩어지며, 부서질 듯 가련한 매력을 더욱 부각시켰다.

하지만 안타깝게도 그녀의 이 매력적인 모습은 누구에게도 허락되지 않았다.

밤의 여왕!

그녀가 바로 저 어둔 대지의 지배자, 레드문의 주인이기 때문이었다.

세간에 알려진 내용과 달리, 실제로 그녀는 레드문에 모습을 드러내거나 하지 않았다. 사내들에게 미소를 팔지 않았고, 육체적 대화를 통해 감정을 교류하지도 않았다.

"뭐… 미녀라는 부분은 틀리지 않지만. 홋!"

잠시 달빛이 튕겨나가는 것 같은 혼잣말이 이어지고, 그녀가 침상에서 몸을 일으켰다. 그리고는 바닥에 어지럽게 흩어진 서류를 몇 장 짚어들었다.

"드라필만 공작가라."

그녀의 입 꼬리가 슬쩍 올라갔다.

"그 영감이 움직였단 말이지."

사실, 말룬 자작가와 에몰란 남작가 사이에서 벌어진 영지전은 그리 특별한 것이 아니었다. 영지전이란 대륙 곳곳에서 빈번하게 일어나는 다툼의 한 형태일 뿐이기 때문이었다.

게다가 두 귀족 그 세력이 대단치 않은 까닭에, 그 집중도는 더더욱 적을 수밖에 없었다.

하지만 그럼에도 불구하고 제법 많은 눈과 귀가 그들에게로 향했으니, 그 이유는 아주 간단했다.

라발던 백작!

무려, '대' 귀족이라고 불리는 위치인 만큼, 기본적으로 따라붙는 눈과 귀가 있을 수밖에 없었다.

그러다가 알게 되었다.

"광산이란 말이지."

서류에는 상당히 매력적인 내용이 담겨 있었다.

"마정석이라면 확실히 그 영감이 눈독을 들일만도 하지."

입 꼬리를 말아 올리던 그녀의 시선이 다른 보고서로 향했다.

드라필만의 주인과 영지전의 비밀보다 더더욱 그녀의 관심을 사로잡는 것으로써, 그녀가 침상에게 일어나도록 만든 결정적인 내용이 적혀있었다.

"말룬 자작 영애의 일행이라."

거기에는 한 용병과 관련된 정보가 적혀있었다. 어디서나 흔히 볼 수 있는 3급 용병이었다.

"하지만… 정말 '그' 라면 흔한 3급 용병은 아니지."

저도 모르게 입맛을 다시는 그녀의 눈매가 요사스럽게 빛났다.

문득, 떠오르는 얼굴이 있었다.

그녀의 '처음' 을 가져갔던 사내의 거친 숨결이 환상마냥 귓가를 스쳐갔다.

"흐음…."

나직한 신음성과 함께 하복부가 뜨겁게 달아올랐다.

처음 그를 만났던 날이 생각났다.

'그날도 오늘처럼 달빛이 옅은 밤이었는데….'

아스라한 달빛 조각마저도 제대로 들어서지 못할 골목길이었다.

거사를 해결하기에 딱 좋은 환경이자 분위기였다. 당연히 볼 일을 봤다.

짜릿한 감각과 함께 솟구치는 핏물이 골목길을 적셨다.

죽음!

아찔하고도 싸늘한 망자의 향이 골목 가득 퍼져갈 즈음, 그 향기에 이끌리기라도 하듯,

'그가 깨어났지.'

망자의 기지개 마냥,

[끄으으으응!]

늘어지는 하품과 함께 그가 어둔 골목길 한편에서 몸을 일으켰다.

그 순간 어찌나 놀랐던지, 그녀는 저도 모르게 헛바람을 삼켰고, 그 짧막한 소음으로 인해 그의 신경을 끌어버렸다.

밤의 여왕으로써, 레드문의 주인이 된 이후, 처음으로 발생한 '실수'의 순간이었다.

의뢰 현장을 목격 당해버린 것이다. 미안힌 일이었으나, 그 즉시 목격자 처리를 위해 움직였다.

그리고,

'설마, 놓칠 줄이야.'

사신의 낫은 죽음을 뽑아내지 못했다. 그녀의 암격이 빗나간 것이다. 경악했다.

밤의 여왕!

그 칭호를 물려받으며, 절대적이라 할 법한 위치에 올랐다고 자부하는 까닭에, 더더욱 헛손질이 주는 의미가 컸다.

게다가 놀라운 건, 암격을 위해 접근하며 밀려들던 술 냄새였다. 그 불쾌한 향과 함께 암격을 날리던 순간 어렴풋이 비쳤던 눈빛에서, 상대가 만취한 상태라는 '정보'를 얻어 냈다.

때문에 그녀가 받은 충격은 클 수밖에 없었다. 믿기 어려운 현실을 부정하듯, 그녀는 또 다시 죽음의 손길을 뻗었고, 그렇게 두 번의 헛손질이 이어졌다. 이를 악 물고 한 번 더 낫을 들었지만, 그마저도 뜻한 바를 이루지 못했다.

실패의 연속!

의문의 목격자를 '인정' 할 수밖에 없는 순간이었다.

동급의 실력자라는 결론과 함께 몸을 뺐다. 어차피 달빛이 피로한 밤이었고, 그만큼 어둠이 깊은 골목길이었다. 게다가 얼굴마저 가린 상황이었으니, 그녀의 정체가 탄로날 이유도 없었다.

목격자가 있다는 부분이 일말의 찜찜함으로 남았으나, 그녀는 '암살자' 였고, 준비한 무대가 끝난 상황에서 동급의 실력자와 푸닥거리를 할 이유는 없었다.

괜한 오기로 '적' 을 늘려서 불편함을 키우고 싶지 않았다.

'그렇게 '그 날'은 물러났었지.'

어둠이 지나고 날이 밝았을 때, 혹시나 싶은 마음 혹은 일말의 정보라도 구하고자 하는 생각에, 지난 밤 거사의 현장을 지나쳤다.

그리고 볼 수 있었다.

'상처투성이로 잘도 자고 있었지.'

죽음의 손짓을 온전히 외면하지는 못했던지, 핏물 섞인 몰골로 다시금 바닥에 곯아떨어진 상태였다. 그만큼 만취했었다는 의미였다.

아마도 갑작스레 깨어났던 건, 죽음의 향을 맡았기 때문이라고 짐작할 뿐이었다.

사건 현장은 그의 바로 옆에서 싸늘한 피비린내를 풍기고 있었다.

'그냥 내버려 뒀더라면….'

분명, 머잖아 찾아왔을 경비대에 의해 범인으로 의심받은 채, 철창신세를 면치 못했을 것이다.

'나도… 참, 무슨 생각이었는지.'

생각해보면 당시에는 그가 '3급 용병'이라는 사실을 모른 채, 그저 '동급'의 실력자라 여기며, 만에 하나 있을지 모르는 불편함을 피하고자 행동했었다.

'내 방에 남을 들이는 날이 올 줄이야.'

그를 숨겨주는 게 최선의 선택지라도 여겨졌기 때문이다.

'그래도 확실히… 낯선 경험이었지.'

도시 곳곳에 배치되어있는 무수히 많은 '방'들 중 하나지만, 중요한 건 자신의 영역에 남을, 그것도 '사내'를 들이고 눕혀 재웠다는 점이었다.

그 때 눈치를 챘어야 했다. 왜, 그녀와 동급의 실력자가 제 몸에 타인의 손길을 허락하는지, 어째서 그리도 무방비했던 것인지, 일찌감치 알아챘어야 했다.

하지만 당시에는 '호기심'이 더욱 컸기에, 이 같은 부분을 외면해 버렸다.

의뢰를 해결하던 당시, 바로 옆에서 잠들어 있던 그의 기척을 느끼지 못했던 점, 거기에 더해 오랜 시간 단련해온 죽음의 손길이 허공만 매만졌던 점, 그리고 이 모든 이변의 주인공이 생각보다 어리다는 점까지.

호기심은 생각보다 빠르게 그녀를 옭아맸고, 생각 이상으로 자극적으로 그녀를 매혹했다.

그래서 그를 관찰했다.

'설마… 거기서 더 놀랄 게 남았을 줄은 몰랐는데.'

동급의 실력자라고 여겼던 상대가 겨우 '3급 용병'이었다는 사실을 알았을 때 얼마나 놀랐던가.

더더욱 충격적인 건 그의 상태를 알았을 때였다.

오러 홀의 파괴!

짜릿함을 너머 아찔할 정도의 전율이 전신을 휩쓸고 지나가는 것 같았다. 호기심이 좀 더 커지며, 헤어 나오기

힘든 늪 속에 발을 담그기 시작하던 게 이 무렵이었을 것이다.

그가 매일처럼 괴로워하며 술에 찌들어 사는 이유를 알았고, 여인을 찾는 이유도 작게나마 이해했다.

그렇게 지켜보다 보니 어느새 최초의 목적은 잊어버린듯, 순수하게 그 자체에 집중하게 되었던 것 같다.

'훗… 미쳤던 거지.'

그렇지 않고서야 레드문의 창부라는 가면을 쓰고서 그의 앞에 나설 생각을 어찌 했겠는가.

애초에 첫 만남 당시, 그녀의 방에서 깼던 그를 레드문의 일원으로써 마주한 경험이 있었기에 문제될 건 없었다. 하지만 그녀 스스로 레드문의 바닥에 내려앉았다는 게 문제였다.

역대, 수많은 밤의 여왕들이 존재했지만, 그들 중 누구도 레드문의 정점에 자리했지 스스로 바닥으로 떨어졌던 존재는 없던 까닭이었다.

그들은 언제나 고고하게 존재하는 절벽위의 꽃 같은 존재였기 때문이다.

'미쳐도 제대로 미쳤지.'

난감한 건, 여전히 제정신이 아니라는 것이다.

'스승님이 알았으면….'

가녀린 어깨를 가볍게 떨던 그녀가 나직하니 중얼거렸다.

"드라필만 검가라…"

부디, 이번에는 늦지 않기를 바랄 뿐이었다.

오래도록 그의 흔적을 추격해 왔다. 하지만 업계의 밑바닥에서 닳고 닳은 덕분인지, 그는 꼬리 자르기를 생각 이상으로 잘했다.

그러다 우연히 그의 '흔적'을 좇는 방법을 알아냈으나, 그건 말 그대로 '흔적'일 뿐이어서, 언제나 한 박자 늦게 움직이는 것인지라, 그와 대면하는 건 불가능했다.

흔적을 발견하고 움직일 땐, 이미 그는 새로운 존재가 되어 움직이는 까닭이었다.

'쯧! 생긴 것도 쓸데없이 평범해서.'

물론, 일반인 기준으로 본다면 상처투성이인 그 외모는 험악하다고 하는 게 맞겠으나, 업계 기준으로는 결국 평균일 뿐이었다.

"그딴 사내놈이 뭐라고…."

동시에 후회가 밀려들었다.

그가 다른 창부와 몸을 섞은 걸 봤을 때, 좀 더 침착하게 대응했더라면 어땠을까?

"발목의 힘줄을 먼저 끊는 거였는데…."

최우선 선택지를 잘 못 잡은 게 실수였다.

'거길 먼저 자른다고 난리만 안 쳤어도.'

아쉬움에 입맛만 다실뿐이었다.

◈ ⸭ ◈

부르르르르르…

차가운 바닥의 기운 때문일까? 불현 듯 밀려드는 오한에 몸서리를 치며 자리에서 일어났다.

전신 가득 찔러드는 통증들로 인해 바로 서기도 힘겨웠지만, 애써 자세를 잡고 호흡을 가다듬었다.

저 앞으로 뒷짐을 진 루드말의 모습이 보였다. 에던이 일어나자 기다렸다는 듯 뒤로한 손을 전면으로 세우는데, 그 주먹 가득 묻어있는 피딱지가 괜스레 소름을 돋게 만들었다.

저게 전부 그의 것이라는 걸 아는 까닭이었다.

'빌어먹을, 괴물 같은 영감탱이!'

생각은 채 이어질 수 없었다.

빠악!

어느새 다가온 루드말의 권격에 턱이 돌아가며 정신도 함께 날아가 버린 까닭이었다.

시원하게 허공을 가르며 연무장 구석에 내리꽂히는 에던의 모습에 루드말이 고개를 끄덕이며 손목을 돌렸다.

'역시… 그런 건가.'

일주일. 결코 길지 않은 시간이었으나, 그와 같은 실력자에게는 상대를 관찰하기에 충분한 기간이기도 했다.

앞서 내기를 하던 당시와는 달리, 너무도 쉽고 수월하게

293

에던을 제압하면서, 그는 자신의 예상이 전부 맞았다는 걸 알았다.

'뭐… 그것도 저 놈 도움 덕분이지만.'

에던을 통해 그의 인생이 어떻게 흘러왔는지 작게나마 들을 수 있었다. 거기에 에던과의 대련을 통해 이런저런 유추를 해 냈고, 오늘 그 결과를 확인했다.

'생사의 경계라….'

에던에게서 가문의 성장을 위한 힌트를 얻어내고자 했으나, 그 과정이 생각보다 어렵다는 걸 알았다.

'누구나 할 수 있지만, 아무나 할 수 있는 건 아니라는 건가.'

입맛이 썼다.

'저 놈 말을 통하자면 '각성' 상태에 빠져야 한단 말이지.'

그래야만이 한 호흡 혹은 반 호흡 앞을 보는 게 가능하다고 했다.

하지만 이는 오로지 죽음이라는 극한의 영역을 거쳐 왔기에 가능한 '예지' 였다.

말인 즉,

'죽음의 위기가 아니면 발동하지 않는다는 뜻이지.'

이번 대련을 통해 그것을 확인했다. 이전까지와 달리 죽이려는 생각이 아닌 말 그대로 '대련' 으로써 에던을 두드렸고, 그 결과 일방적이라고 할 정도로 에던의 전신은 피로 물들어 있었다.

루드말은 피범벅이 된 손을 닦아내며 에던을 바라봤다.

'뭐… 그래도 제법 공부가 되긴 하겠어.'

생사의 경계에서 피어나는 '예지' 능력을 가문에 계승하려면, 그만큼의 위협이 필요하다는 결론이 나왔다.

하지만 에던의 말을 빌어보자면,

'미친 짓이지.'

검가의 주인으로써 수많은 전장을 뛰어다니며, 그 역시 상당히 많은 생사의 경계를 넘어왔다. 하지만 에던에게 들은 이야기를 종합해보자면, 그의 것은 에던에 비할 바가 아니었다.

전투 중 심각한 부상을 입어 후미로 실려 갔다가도 정신만 차리면 다시 전장으로 투입된다.

그러다 다시 정신을 놓고 전장에서 깨어난다. 운이 좋아서 살아있는 것이지, 주변은 여전히 전투가 한창이었다. 그렇게 깨어나면 다시금 서슬퍼런 사신의 낫이 드리운다.

겨우겨우 이를 피해내도 기력이 다해 까무러치기 일쑤였고, 그렇게 다시 깨어나도 여전히 주변은 사신들의 축제가 한창이었다.

이런 상황을 수업이 반복하며, 하루에도 셀 수 없을 정도로 아찔한 죽음의 경계를 넘나들고는 했다고 들었다.

루드말도 이와 비슷한 경험을 몇 차례 정도는 한 적이 있었다. 하지만 그건 말 그대로 '몇 번'으로써, 충분히 헤아릴 수 있는 숫자였다.

'그런 생활을 10년이라…'

미치지 않고서는 할 수 없는 행위였다.

'죽으려고 작정하지 않고서야.'

가문의 기사들에게 그런 미친 짓거리를 시킬 생각은 없었다. 당연하게도 혈족 역시도 시키고 싶지 않은 수련법이었다.

'예지는 포기.'

그럼에도 에던은 충분히 훌륭한 '재료'였다. 가문에 도움이 될 '공부'는 따로 있었다.

'육체와 눈!'

파괴되어 버린 오러 홀을 대신한다고 할 수 있는 질긴 육신은 가문의 기사들의 생존에 많은 도움이 될 터였다.

어쩌면 생사의 경계를 넘어 '각성'에 이를 수 있었던 것도, 저 육신이 있었기에 가능했던 걸지도 몰랐다.

거기에 더해 '핵심'을 꿰뚫어보는 '눈' 역시도 부족한 능력을 보충해주고 있었다.

놀랍게도 에던은 가히 헤아리기 어려울 정도로 많은 검술과 체술 그리고 각종 병기술을 익히고 있었다. 그 양에 관해서는 루드말도 감탄이 절로 나올 정도였으니, 더 말해 무엇하랴.

비록 그 하나하나가 저급하다며 외면되는 삼류의 것이라고는 하나, 그래도 양이 어마어마하다는 건 분명했다.

물론, 그토록 많은 기예를 전부 익히고 있진 않았다.

하지만 겉핥기식으로라도 알고 있다는 게 놀랍고, 또 중요한 부분이었다.

'안다는 건 그만큼 볼 수 있다는 거지.'

저급하다고 외면당하나 그 안에도 나름의 깨달음들이 담겨있기 마련이었다. 작건 부족하건 혹은 잘못되었건, 각자 나름의 공부가 담겨있는 것이다.

에던은 그 많은 가르침들을 어설프게라도 제 몸에 담아냈고, 이를 통해서 '핵심'에 닿는 방법을 깨우친 것이다.

생사의 경계 속에서 단련된 눈은 그 핵심까지 이르는 '길'을 보여줬다.

'아쉬운 건… 능력인가.'

오러 홀의 부재를 육체가 대신한다고는 하나, 그럼에도 불구하고 '괴력'이라 여겨지는 오러의 빈자리를 메우기에는 부족함이 컸다.

애초에 에던이 익힌 연공법이 너무 하위의 것이라는 점 역시도 큰 작용을 했다.

'뜯어 고쳐야 할 게 한 두 개가 아니야.'

생각보다 장기적인 '공부'가 될 것 같았다.

"염…병…."

잠꼬대라도 하는 것일까? 저 한편에 기절해 잠들어 있는 에던이 나직한 욕지거리는 뱉어내고 있었다.

"…영…감…."

루드말이 입꼬리가 살짝 올라갔다.

'큭! 재밌는 놈이야.'

그토록 당하면서도 눈에 담긴 독기는 도통 줄어들질 않았다. 헤아릴 수 없는 생사의 경계 속에서 단련된 듯, 그 눈빛은 쉬이 죽질 않았다.

무려 드라필만의 주인을 향해 그 같은 근성을 보일 존재가 몇이나 있을까?

살짝 욕심이 났다.

'그러고 보니… 레일라 그 녀석도 슬슬 나이가 꽉 찼었지.'

문득 떠오르는 골칫거리를 생각하며 에던에게 다가갔다.

빠악!

그리고 이어지는 호쾌한 타격!

"커허어억!"

숨넘어가는 비명성과 함께 에던이 바닥을 구르며 깨어나는 게 보였다.

'재밌는 놈이라니까.'

이번에는 분명 '죽일' 생각으로 발을 뻗었다. 헌데 에던은 저 앞에서 두 눈 가득 흉흉한 독기를 일으키며 그를 바라보고 있었다.

기절한 와중에도 몸이 움직였다는 뜻이었다.

"크하하하!"

이렇게 즐거운 적이 얼마만인지, 자꾸만 괴롭히고 싶어졌다.

❖ ✜ ❖

그들의 개입을 들었을 때,

'이런 일이 일어날 거라고, 어느 정도는 짐작했지.'

라발던 백작은 지끈거리는 머리를 부여잡으며 손을 털었다. 방금 전까지 읽어 내렸던 보고서들이 어지럽게 흩어지며 방 안을 흔들었다.

"드라필만!"

사납게 그들의 이름을 외쳐 불렀다. 당장이라도 짓씹고 싶었다. 그도 그렇게 원치 않았던 진창 싸움을 벌여야 할 판인 까닭이었다.

까드드득…

거칠게 이를 갈아 마시는 그의 표정이 악귀처럼 일그러져 있었다.

그가 영지전에 개입한 것만으로도 이미 적잖은 시선을 끌어 모았을 터였다. 딸아이와 에몰란 남작의 관계를 조작하여 소문을 퍼트림으로써, 일말의 안전장치는 해 놓았으나, 아무래도 시간적 여유 없이 짜 맞춘 계획인 까닭에, 불완전한 건 어쩔 수 없었다.

거기에 드라필만 공작까지 끼어들었다. 당연하게도 더 많은 눈과 귀가 영지전의 진실을 파헤치려 할 터였다.

이미 많은 정보들이 유출되었을 확률이 높았다.

'결국, 힘을 빌려야만 하는 건가.'

대 귀족 라발던 백작! 그건 분명 권력의 상징이라 할 만한 위력을 품고 있었다. 하지만 이는 '절대'라고 하기에는 부족했다.

정점!

국가의 일인자라는 국왕 정도는 되어야 그 단어를 사용할 수 있을 것이다. 하지만 그마저도 '절대'라고 불리기는 어려운 게 현실이었다.

하물며 한 '집단'의 일원으로써, 그 안에서도 정점에 서지 못한 라발던 백작에게, 드라필만 공작은 너무도 버거운 상대였다.

왕실파! 귀족파! 중립파!

이곳, 에벨린 왕국을 대표한다고 할 수 있는 세 개의 파벌로써, 라발던 백작은 귀족파벌의 '일원'일 뿐이었다.

하지만 드라필만 공작은 달랐다.

중립파의 수장!

저 왕실파의 정점이라 불리는 국왕과 같은 위치에 존재한다고 봐도 과언이 아니었다.

명문 검가로써 기사들의 지지도까지 고려해 본다면, 중립파라는 위치에도 불구하고 그들 드라필만은 섣불리 건드리기 어려운 게 사실이었다.

사실, 중립파의 특성상 그들은 따로 힘을 모으려 하진 않았고, 별도로 수장을 세운 것도 아니었다. 하지만 드라필만이 움직이면 상당수의 중립파 귀족들이 그를 위해 칼을 빼들고는 했다.

때문에 그를 중립파의 수장으로 여기는 것이다.

'그것만이라면 어느 정도는 할 만 하지만….'

드라필만이 지닌 명문검가의 위치는 국내뿐만 아니라 국외에서도 적잖은 파워를 지니고 있었다. 이런 이유로 드라필만 검가를 건드리는 건 대귀족이라 불리는 라발던 백작뿐만 아니라, 그들 파벌의 정점도 선뜻 움직이기 어려운 게 사실이었다.

"후우우우…."

힘겹게 숨을 고르며 애써 가슴을 진정시켰다. 그럼에도 불구하고 속을 달군 불씨는 선뜻 사그라지려 하질 않았다.

이번 계획이 잘만 이뤄졌더라면, 그의 가문은 단기간에 성장하여 감히 파벌의 수장 직에 버금가는 막강한 파워를 얻어낼 수 있었을 터였다.

하지만 드라필만의 개입으로 계획이 비틀렸고, 결국 파벌의 힘을 빌려야만 하는 상황까지 이르렀다.

이제는 잘 해도 본전이고, 자칫하다가는 있는 기빈마저 깎아먹을 수도 있는 상황이었다.

'본전…은 아닌가.'

무려, 마정석 광산이었다. 에몰란 남작과 딸아이의 혼사가 치러지고 나면, 결국 그 권한은 라발던 백작이 품게 될 확률이 높았다.

혹시나, 어쩌면, 만약에, 라는 상황을 가정하며, 이번 계획을 실행하던 당시, 이미 여기까지 수를 세어보기는 했다.

작게나마 이득이 얻을 것이란 계산이 나왔기에 무리를 한 것이다. 그럼에도 불구하고 결국 그의 이득이 파벌 수장의 이득에 못 미칠 것임을 알기에, 가장 맞닥뜨리고 싶지 않았던 상황이었다.

까드드득…

재차 거칠게 이를 간 라발던 백작이 결심을 굳힌 듯, 얼굴 표정을 수습하며 자리에서 일어났다.

가슴 속 열기가 아직 뜨끈하니 남아있었지만, 이제부터는 시간 싸움인 만큼, 일찌감치 움직여야만 했다.

"발턴 공작가에 연락을 넣어라!"

귀족파의 수장!

그를 끌어들여야 할 시기였다.

❖ ❖ ❖

영지전이 끝나고, 패자는 자연스레 지니고 있던 권한을 승자에게 양도하게 된다.

하지만 그것이 즉각 이뤄지는 건 아니었다. 왕실에서 사람이 나오고, 이를 통해 합당한 절차가 이뤄진 뒤, 이후 또 한 번 왕실의 평가를 거치고 난 뒤에야 온전히 승패가 나뉘는 것이다.

말룬 자작이 노린 건, 바로 그 마무리를 위한 시간이었다. 딸아이를 통해 현 상황을 뒤집어버릴 대어를 낚고자 했다.

그것도 무려 드라필만이라는 대어였다.

미끼라면 충분했다.

말룬 자작 영애와 광산!

패자로써 가문을 지키기 위해 할 수 있는 최후의 선택이었다.

에몰란 남작가에서 보낸 기사들의 감시 아래, 피 말리는 매일을 버텨왔다. 부디 딸아이가 '계획'을 이뤄냈기를 바라며, 절망의 끝자락에서 허우적거렸다.

그리고 오늘, 왕실에서 그 결과가 날아왔다.

[보류!]

깔끔한 해결은 아니었으나, 잠시나마 더 시간을 벌었다. 그것만으로도 딸아이가 목적지에 무사히 도달했음을 알 수 있었다.

'됐다!'

간간히 찾아오던 에몰란 남작의 발길이 뚝 끊긴 섯노 계획의 성공과 관련이 있으리라.

원래대로라면 왕명이 내려지고, 영지에서 물러나야만 할 시기였건만, 왕실에서는 단답형으로 대답을 회피하는 모양새를 취하고 있었다.

이것이 뜻하는 건 하나였다.

'판이 커졌다는 의미겠지!'

드라필만 뿐만 아니라 왕실에서도 군침을 흘리기 시작했다는 의미였다.

말룬 자작이 감당할 수 없을 정도로 규모가 키워졌으나, 이미 절벽 끝자락에 선 상황이나 다름없기에, 과감히 모험을 할 생각이었다.

'그동안 수고했다!'

딸아이의 희생을 기리며, 새로운 '정통' 후계자를 가만히 쓰다듬었다. 부인의 뱃속에서 약동하는 발길질에 절로 흐뭇한 미소가 그려졌다.

※ ✛ ※

어느새 보름이라는 시간이 지났다.

그 기간은 결코 짧지 않았고, 덕분에 힘겹게나마 각오를 다질 수 있었다.

끼이이익…

그 결심을 품에 안은 채 방문을 열었다.

"으음… 끄으으응…"

고통에 신음하는 그의 음성이 들렸다. 조심스레 '그'의 침상으로 다가갔다. 전신 곳곳을 퍼렇고 까맣게 물들인 채 기절하듯 잠들어있는 게 보였다.

그를 확인한 순간 호흡이 멎었다.

절로 눈길이 갔다.

수많은 상처들!

얼룩덜룩 다양한 색체를 이룬 육신 너머로, 어지러이 새겨진 삶의 흔적들은 사로잡은 시선을 놓아주지 않았다.

마치 산길을 굽이치듯, 수많은 굵고 무거운 선의 고랑을 타고 넘으며 그의 전신을 훑어버렸다.

후계자로써 또는 기사로써 키워졌기 때문일까? 상처투성이로 얼룩진 그의 육신에서 평생의 투쟁을 느껴버렸다.

그건, 호흡마저 가빠질 정도로 매혹적이었다. 아니, 실제로 숨결이 흐트러져 있었다.

거짓말처럼 매료되었다.

아니, 어쩌면 이미 그에게 빠져들고 있었던 걸지도 모른다.

웃기지도 않는 거짓된 '설정'이 이러한 마음을 적절하게 숨기기 위한 방패막이가 되어준 것이리라.

사실, 오늘의 이 숨 막히는 여정은 그 거짓을 반쪽이나마 진실로 만들기 위한 걸음이었다.

하지만 지금 이 순간, 거짓에 섞인 진심을 깨달았다.

그 때문일까?

각오를 굳히고 왔긴만, 마지막 한 설음을 딛기가 힘겨웠다.

"끄응… 뭐야?"

그 순간 마치 거짓말처럼 그가 비몽사몽 실눈을 뜨며 물어왔다. 거칠어진 숨소리에 깨어난 듯 여겨졌다.

입술을 잘근 깨물었다.

후욱…

주저하던 한 걸음을 내딛었다.

"뭐, 무슨… 읍….."

두 눈을 질끈 감으며 입술을 던졌다.

빠악!

그건, 정말 순수하게 입술 박치기였다. 이미 이성은 날아가 버린 상황,

"…커헉!"

쌍코피를 터트리는 그에게 야수처럼 돌진했다.

❖ ✛ ❖

갑작스러웠다. 하지만 작게나마 예상을 못한 상황은 아니었다.

하루가 다르게 변화하는 '그녀' 의 모습을 본 까닭이다.

'뭐… 그것도 영감 덕분에 안 거지만.'

환청 마냥 귓가를 스쳐가는 농담이 떠올랐다.

[곧 잡아먹히겠다.]

입맛이 썼다.

'끄응….'

농담이 진담이 되어버린 현실 때문이었다. 나직한 한숨과 함께 옆으로 시선을 돌렸다.

기절하듯 잠들어 있는 미모의 여인이 보였다.

'라논.'

갑작스럽게 찾아와 그의 잠을 방해하더니, 생각지도 못한 행동으로 그의 가슴에 불을 지피기까지 했다.

살짝 흐트러진 이불 너머로 지난밤의 흔적이 눈에 들어왔다.

붉게 물든 한 송이 꽃!

새하얀 침대보로 인해 유난히 눈에 띄는 그 상흔을 보고 있자니, 왠지 모르게 혀끝이 까끌까끌해지는 느낌이 들었다.

"으음…."

일순, 뒤척이는 그녀의 움직임에 약동하는 육신이 눈에 들어왔다. 일반적인 여성들과 달리 후계자이자 기사로써 성장해 온 까닭인지, 부드럽게 흐르는 곡선 사이사이 도드라진 굴곡들은 미묘한 중성적 분위기를 자아내고 있었다.

수련의 강도를 깨닫게 만드는 상처들이 곳곳에 새겨져 있어, 더더욱 기묘한 공기를 풍기는 것 같았다.

조심스레 창을 넘어온 빛살들이 그녀의 나신을 두드리며 새 아침의 숨결을 불어넣는 게 보였다.

매력적이었다.

꿀꺽!

까끌해진 혓바닥이 촉촉이 물드는 게 느껴졌다. 지난밤의 격정적인 관계가 떠올랐다.

평소, 워낙 여자들에게 데인 경험이 많은 까닭에, 여성과 얽히는 걸 피해왔었다.

'그렇다고 차려진 밥상을 걷어차는 건 예의가 아니지.'

때문에 라논을 안았다.

조금 가벼운 마음이었을지도 모른다. 루드말에게 들은 이야기가 있었고, 이를 토대로 대략적인 상황을 추측해낸 결과가 행동으로 이어진 것이다.

약혼자!

그 거짓된 설정이 존재해야, 드라필만과 그녀의 인연이 완성되는 것이기에, 지난밤의 관계가 필요했을 터였다.

자작가의 사위라는 불편하고도 무거운 위치를 생각한다면, 그녀의 돌진을 피하는 게 좋았을지도 모른다. 하지만 신경 쓰지 않고 받아들였다.

'어차피….'

이것도 가짜이기 때문이다.

에던 운트!

한동안 사용하다 버려질 이름이었다. 그렇다면 적당히 즐기는 것도 나쁘지 않다고 여겼다.

하지만 어째서인지 가슴의 묵직하니 답답했다.

"으음…."

침대 한편에 피어난 붉은 잔재들에 괜히 신경이 쓰였다.

정신을 번쩍 들게 만들었던 입술 박치기에서 이미 눈치
는 채고 있었다.

첫 경험!

아니나 다를까. 이어지는 모든 행위에서 그녀는 어색함
넘치는 뻣뻣함을 보여줬다.

'귀족들은 예절교육처럼 성교육도 따로 배운다고 들었
는데.'

그저 떠도는 헛소문이었던 걸까?

'아니면….'

거짓된 '성'을 지닌 채 자라야 했기에, 모든 '성'적 행위
들로부터 멀어져야만 했던 것일까?

모를 일이었다.

하지만 분명한 건 상당히 '생경'한 경험이었다는 점이
다. 그도 그럴게 에던의 경험이라고는 결국 대개의 용병들
이 그러하듯, 레드문을 통한 것이 전부였기 때문이다.

'첫 경험이라….'

지난밤을 떠올리다 옛 생각으로 이어진 까닭일까? 아찔
한 기억까지 함께 떠올랐다.

도망치듯 레드문을 떠나 그곳과 거리를 두게 만들었던
사건으로써, 당시 한동안 자주 이용하던 업소의 여인과 얽
힌 문제였다.

'확실히 그녀도 좀 어색했었지.'

분명, 첫 경험의 상흔은 없었으나, 처음 그녀와 잠자리를

가졌을 때, 미묘하게 어색한 느낌을 주던 여인이 있었다.

레드문이라고 해서 처녀들이 없는 건 아니었다. 단지, 그들은 그 처음을 '조건'으로 특별한 '값'을 치러야하는 까닭에, 겨우 3급 용병이 감당하기에는 버거울 수밖에 없었다.

'격렬한 운동 같은 걸 하면, 막이 손상된다고 했었지.'

이내 자신의 생각에 실소하며 고개를 저었다. 그녀는 상당한 미인이었고, 그 정도 여인의 첫 경험의 '값'은 특급 용병이나 되어야 감당할 수 있을 것이다.

'…그럴 리가 없지.'

재차 고개를 젓던 그가 가볍게 몸을 떨었다. 그녀와의 마지막이 떠오른 까닭이었다.

그녀는 분명 미녀였다. 당연하게도 처녀가 아니더라도 그 값은 만만치가 않았다. 절망에 빠져있던 시기라 신경 쓰지 않고 흥청망청 그녀와의 만남에 돈을 썼었다.

'버는 건 어려워도 쓰는 건 쉽다더니.'

주머니는 금세 가벼워져버렸다. 때문에 얼마 안 남은 돈으로 더 유흥을 즐기고자 남은 돈으로 즐길 수 있는 곳으로 향했다.

그리고,

몸서리치는 경험을 할 수 있었다.

'설마, 쫓아 올 거라고는 상상도 못했지.'

어째서 레드문의 여인이 같은 레드문 소속의 업소를 뛰어들어 문제를 일으킨 것인지는 여전한 의문이었으나,

어쨌든 그의 중요한 '분신'이 위협을 받았던 만큼, 항시 두려움 가득한 기억이었다.

날카로운 손톱으로 사타구니 부근을 쥐어뜯으려던 그 모습은 지금도 떠올리면 악몽으로 남는 장면이었다.

그 아찔한 기억에 재차 몸서리를 치는 한편 '분신'을 달래야만 했다.

'지금도 그곳에 있으려나.'

비록 값을 매기고 만나는 사이였으나, 처음으로 오랜 시간 마주했던 여인이었다. 그런 만큼 조금은 특별할 수밖에 없었다.

그렇게 옛 기억에 잠시 휘둘리고 있을 때였다.

"으으으음…."

갑작스런 라논의 뒤척임이 그의 상념을 흔들었다.

깜짝 놀라 그녀에게로 시선을 보내는데, 조금 전 그 뒤척임과 함께 깬 듯, 흐릿한 눈동자로 시선을 맞춰오고 있었다.

그러기를 잠시, 점차 커져가는 눈과 붉어져가는 얼굴이 보였다. 몽롱한 정신이 깨어나고 지난밤 아찔했던 경험의 기억들이 새록새록 피어난 듯, 후다닥 이불을 머리까지 둘러쓰고 있었다.

'하….'

실소일까? 한숨일까? 확인하기 어려운 짧은 숨결이 입술을 비집고 툭 튀어나왔다.

'나도 미쳤군.'

일순, 그녀의 모습과 행동이 귀엽다고 느껴버렸다.

'끄응… 위험한데.'

여인에게 조금이라도 빠져드는 순간,

'피똥 쌀라.'

다년간의 경험을 토대로 내린 결론이었다.

하지만 이불 밖으로 흘러나온 적금발의 머릿결을 보고 있으려니, 자꾸 입안에 군침이 돌았다.

'안 되지, 안 돼!'

생각과는 달리 손은 이미 그녀의 이불을 향해 뻗어가고 있었다.

❖ ✛ ❖

드라필만의 내부를 조사한다는 건 어렵겠으나, 일개 3급 용병에 관해 정보를 구하는 건 그리 힘들지 않았다.

손 안의 보고서를 내려다봤다. 거기에는 어느 용병에 관련된 정보가 담겨있었는데, 그 중 '얼굴'을 그려놓은 부분에서 시선이 멈췄다.

그녀의 수하들 중에서도 가장 뛰어나다는 '여왕의 가시'들이 직접 그려낸 그림이었다. 정확도는 의심한 이유가 없었다.

'찾았다!'

나른하게 늘어져 있던 두 눈에 불이 들어왔다.

"후… 하하하핫!"

시원하게 터져 나오는 웃음소리가 방 안을 가득 메운다고 싶은 순간, 방 안으로 무섭도록 시린 정적이 내려앉았다.

초상화 밑으로 이어진 내용을 읽은 까닭이었다.

[말룬 자작 영애의 연인일지도 모른다는 이야기가…]

나머지 뒷내용은 더 이상 눈에 들어오지 않았다. 밝게 빛나던 눈가에 어둑한 그늘이 내려앉았다.

쫘아악… 쫙… 쫘악…

보고서가 갈기갈기 찢겨졌다.

"역시 발모가지 보단, 거기를 먼저…."

나직한 중얼거림과 함께 날카로운 손톱을 세우던 그녀의 시선이 창밖으로 향했다. 저 앞으로 우뚝 솟은 성벽이 눈에 들어왔다.

명문 검가 드라필만!

에벨린 왕국을 대표하는 '검' 의 지붕이 보였다.

"감히… 바람을 펴?"

서늘한 한기가 방 안을 가득 메워갔다.

❖ ❖ ❖

짜악!

호쾌한 타격음과 함께 알몸으로 쫓겨났다. 이유는 별 거 없었다.

'씨불! 이불 좀 들췄다고…

화끈한 볼따구의 통증과 마찬가지고, 아직 뜨거운 '분신'을 달래며 투덜거렸다. 본의 아니게 방 밖으로 나왔다고는 하나, 아직까지는 그의 거처였다.

과연, 대 귀족가라고 할까?

손님용으로 마련된 거처이건만, 그 안에는 잠자리를 위한 침실도 있고, 취사를 위한 주방도 있었으며, 간단한 대화를 나눌 응접실과 각종 시설들까지 마련되어 있었다.

말 그대로 자그마한 '집'이라고 보면 되는 것이다.

'…쩝!'

내심 위축된다고 해야 할까?

이 같은 거처가 이 건물 통째로 마련되어 있는 까닭이었다. 어림잡아도 그 수는 수십은 될 듯하니, 새삼스레 대 귀족의 '격'을 느껴버리는 것도 이상하지 않았다.

내 집 장만의 꿈을 노리는 일반 평민들을 떠올린다면, 이 거대한 개미집에는 그저 헛웃음만 나온다고나 할까?

문득, 저 문 너머에서 얼굴을 붉히고 있을 라논이 떠올랐다.

'대충 적당히 한 밑천 챙기고 빠지면 되려나.'

괜스레 복잡하게 얽힐 생각은 없었다. 에던 운트로 지내는 동안 적당히 거짓 관계를 연기하다, 이를 미끼로 돈 좀 뜯어내고 숨는 게 가장 그럴싸한 위치일 듯싶었다.

쓰게 웃으며 라논과의 차후 관계를 정리하고 있을 즈음, 기이한 느낌이 자꾸 볼따구를 찔러오고 있음을 알았다. 라논에게 맞은 따귀의 통증과는 달랐다.

슬그머니 옆으로 시선을 돌렸다. 방 옆의 개방형 응접실에서 낯선 그림자가 비쳤다.

'컥!'

헛바람을 삼키며 급히 한 손으로 하복부를 가리며 사타구니를 오므렸다.

그림자의 정체가 뜻밖에도 여인의 것임을 안 까닭이었다. 얼핏 30대로 보이는 여성이 그를 유심히 쳐다보고 있는 것이 아닌가.

한 눈에 봐도 대단한 미인이었는데, 무표정한 얼굴과 눈빛 그리고 조금은 피로해 보이는 분위기가 묘한 공기를 발산하고 있었다.

"누구…?"

조심스런 질문에 여성의 시선이 슬그머니 아래로 향하는 게 보였다.

급하게 뛰어나오느라 옷도 챙기지 못했다. 집히는 내로 아무거나 들고 나오기는 했는데, 하필 그게 손수건이었다.

'속옷인 줄 알았더니.'

작은 착각이 최악의 결말을 불러오고 있었다.

그럭저럭 중요한 부위는 가려질 것 같았다. 다소곳이 손수건을 앞세우며 분신을 숨겼다.

알몸 남성의 육신이 눈앞에 있건만, 여인에게서는 별 다른 반응이 비치질 않아, 왠지 모르게 목이 타는 기분을 느껴야만 했다.

"누구…신지?"

재차 질문을 던지며 손수건을 좀 더 올려 사타구니를 비롯한 상체 하복부까지 좀 더 섬세하게 가렸다.

조금은 우스꽝스런 그 모습에 여인의 입가에 옅은 미소가 떠올랐다. 하지만 눈빛만은 여전히 무심하여 묘한 위축감을 느끼게 만들었다.

"레일라 드라필만."

짧게 흘러나오는 여인의 한마디에 에던은 그것이 이름이자 소개라는 것을 알 수 있었다.

'드라필만?'

성을 통해서 검가의 식솔이라는 걸 짐작할 수 있었다. 그의 시선이 빠르게 여인, 레일라를 살폈다.

그녀의 짧은 대답만으로는 정확한 정체를 파악하기가 어렵기에, 옷가지나 지니고 있는 물품들을 통해 좀 더 자세한 정보를 유추하고자 함이었다.

이내 그럴싸한 물건을 하나 발견할 수 있었다.

'스탭?'

마법사들이 사용하는 마도구로써, 마나 집적을 통한 마력의 증가와 술식의 보조역할을 해 주는 특별한 물품이었다.

언뜻 장난감 같은 사이즈였으나, 오히려 그 때문에 더욱 특별한 느낌이 컸다.

머릿속으로 드라필만에 소속된 마법사나 그와 관련된 내용들이 두서없이 지나갔다. 그리고 이내 두 눈을 부릅떠야만 했다.

미모의 여인, 30대, 그리고 마법사!

이 조합을 통해 생각보다 빠르게 결론을 뽑아낸 까닭이었다.

'직계… 루드말 영감의 딸?'

등 뒤를 타고 오르는 소름과 함께 입안이 바싹 말랐다.

-명문 검가 드라필만에서 탄생한 천재 '여' 마법사!

현재가 아니라 과거, 10년여 전 즈음에 한창 떠들썩했던 내용으로써, 20대에 이미 네 번째 마력의 고리를 만들어서, 장래 대마법사가 될 거라 유명세를 탔던 여인이었다.

하지만 대외적인 활동 없이 실험실에서만 생활을 하다 보니, 차츰차츰 잊혀져버린 존재였다.

그가 업계에서 한창 바닥이 시궁창 생활을 히고 있을 때, 어렴풋이 소문으로 들었던 정보들이 하나 둘 떠올랐다.

'공작의 막내딸…이었던가? 아닌가?'

하지만 워낙 부족하던 시절의 정보인데다가, 10년이나 전의 옛 기억을 뒤적이는 것이다 보니 굵직한 내용들밖에 떠오르질 않았고, 그마저도 정확성이 낮았다.

때문에 어찌 대해야 할지 난감했으나, 어쨌든 '드라필만'의 성을 쓴다는 건, 루드말의 딸이 아니더라도 직계와 관련이 있다는 의미였기에 최대한 예의를 차례야만 했다.

그러다 문득 자신의 상황이 생각났다.

'이 꼴로?'

알몸에 손수건 하나. 다소곳한 사타구니.

새삼스레 자신의 몰골에 절망하는 순간이었다.

"보기 좋네."

레일라의 무심한 한마디가 가슴을 후벼 팠다.

❖ ✛ ❖

외모면 외며 몸매면 몸매 능력이면 능력 집안이면 집안.

어느 하나 빠질 것 없이 뛰어난 여인이었다. 그럼에도 불구하고 주변에서 남자 그림자를 찾아볼 수가 없었다.

'실험실에서 나오질 않으니. 남자가 붙을 틈이 있나.'

루드말은 딸아이 레일라를 떠올리며 작게 한숨을 흘려보냈다.

'서른여섯!'

헛기침이 절로 나오게 만드는 딸아이의 나이였다. 그럼에도 불구하고 여전히 '혼자'라는 부분이 더욱 골머리를 아프게 만들었다.

천재!

그 단어와 너무도 어울리는 딸아이의 마법적 재능과 실력으로 인해, 분명 '자랑'이라는 말이 부족하지 않은 딸아이였고, 그만큼 소중하게 여겨질 수밖에 없는 아이기도 했다.

특히, 사내들만 득시글거리는 드라필만의 혈계에서 몇 안 되는 딸아이다 보니, 더더욱 귀한 것도 사실이었다.

하지만 그럼에도 불구하고 딸아이는 '드라필만'의 '혈족'이었다.

정략결혼!

대개의 귀족가 여식들이 그러하듯, 레일라 역시 이러한 굴레를 벗어나기가 어려웠다.

하지만 앞서 언급되었듯, 레일라는 마법의 '천재'였고, 20대에 4서클에 오르며 스스로 독립할 수 있는 최소한의 자격을 갖췄다.

그 재능을 생각한다면, 혼인을 통해 밖으로 보내는 게 아니라 오히려 가문의 그늘 안에 품고 있어야 했다.

하지만 여기에서 약간의 문제가 있었다.

그녀, 레일라가 드라필만의 '정통' 혈족이 아니라는 문제였다.

양녀!

말인 즉, 외부에서 들여온 '혈족'이라는 것이다. 루드말이 아끼던 여동생이 생을 달리하며 남긴 단 하나의 혈육인 까닭에, 정통성 부분에서 빈틈이 있었다.

이 부분 때문일까?

레일라를 달갑잖게 여기는 형제들이 제법 많았다. 좀 더 정확히는 그 형제들의 모친, 즉 루드말의 부인들이 레일라를 반기지 않고 있었다.

'후우… 누굴 탓하랴.'

아끼던 여동생의 하나 남은 혈육인 데다, 여아가 귀한 드라필만 혈족의 괴상한 특성으로 인해 유난히 더 예뻤했다.

그 질투가 루드말의 부인들을 자극하고, 이러한 감정이 자식들에게로 전해진 것이다.

뒤늦게 눈치 챘을 땐,

'…이미 늦어버렸지.'

레일라가 검가의 혈족답지 않게, 마법사로써 성장한 이유도 여기에 있었다. 부인들의 꾸준한 방해공작으로 인한 결과로써, 그나마 다행이라면 레일라가 마법에 뛰어난 재능을 보이면서, 상황반전을 이뤄버렸다는 점이었다.

덕분에 억지로 정략결혼을 계획하던 그의 부인들도 한 발 물러날 수밖에 없었다.

드라필만의 주인이자 대륙의 초인으로써, 강대한 권력과 무서운 능력을 지닌 루드말이었으나, 부인들 역시 그 집안이 무시할 수 없는 위치에 있었던 탓에, 그녀들을 무작정 억누르기도 어려웠다.

그런 이유로 조금은 억지를 부려가며, 딸아이를 외부에 드러냈다.

그 결과, 20대에 4서클에 오른 천재! 드라필만의 마법사! 등등의 찬사와 별명들이 따라붙었고, 부인들의 목소리를 단번에 휘어잡을 수 있었다.

하지만 어느덧 10년여의 시간이 흐르며, 그 '천재'라는 이름값도 슬슬 희미해져가는 중이었다.

가시적인 마법적 성과를 발표한다면 모를까. 그럴 생각이 없어 보이는 만큼, 더더욱 레일라의 입지가 좁아질 수밖에 없었다.

게다가 어느새 마흔에 가까워져 가는 나이로 인해, 레일라에 대한 부인들의 목소리가 다시 높아지려 하고 있었다.

대륙 여성들의 평균적인 결혼 시기는 스물 즈음이었다. 좀 늦는다고 쳐도 스물 다섯이었다.

하지만 레일라의 나이는 거기서 10년을 더하고도 한 해를 더 보내야 했다.

냉정히 이야기 하자면, 정략결혼도 어려운 나이가 된 것이다.

물론, 루드말 드라필만의 사위라는 직위로 인해, 찾으려면 못 찾을 건 아니었으나, 여전히 딸아이를 아끼는 마음이 남아있었기에, 최대한 '억지'를 부리고 싶진 않았다.

게다가 이런 이유 외에도 결정적 문젯거리가 따로 있었다.

[별로, 관심 없어요.]

결혼에 관한 레일라의 의견이었다.

처음에는 그런가 보다 했지만, 어느새 서른여섯의 '노' 처녀가 되어버린 지금, 더 이상 웃음으로 넘기기에는 어려워져 버린 것이다.

그 때문인지 최근 들어 다시금 부인들의 '억지'가 시작되려 하고 있었다. 딸아이의 과한 연령으로 인해 루드말도 마땅한 반박을 하기 어려운 이 때, 상황 해결을 위한 돌파구가 등장했다.

에던 운트!

괜찮은 미끼였다.

별의 영역에 오른 초인이 보기에도 '독특한 체질'을 지닌 '사내'였다. 레일라의 '마법적 탐구심'을 자극하는 한편, 부인들의 '욕심'도 채워줄 만한 조건도 지닌 것이다.

딸아이와의 나이 차이가 좀 크기는 했지만, 그 정도는 충분히 감당할 수 있다고 여겼다.

'암! 누구 딸인데. 여전히 10대 같으니까.'

물론, 지극히 편파적인 시선이었다.

❈ ✛ ❈

불편한 침묵 속에 에던을 기다리는 건 싸늘한 아침 공기뿐이었다.

저 한편에 열린 창을 통해 넘어온 바람을 맨몸으로 맞이하자니 상당한 민망함을 느끼게 만들었다. 그도 그렇게 바람이

지날 때면 손수건이 살짝살짝 흔들리는 까닭이었다.

침착함을 유지한 채 방문을 열며 후퇴를 결심했으나, 애초에 그에게는 선택권이 없었다.

"꺄악!"

짤막한 비명성과 함께 시꺼먼 물체가 얼굴을 직격했다. 그 너머로 어렴풋이 옷을 입는 라논의 모습을 볼 수 있었다.

'젠장! 내 방인데….'

눈물을 삼키며 방문을 닫아야만 했다.

그나마 다행이라면 조금 전 날아든 그림자의 정체가 '베개'라는 것이었다. 손수건에 비한다면야 그 면적이 넓어 충분히 상체 일부까지 가릴 수 있었다.

약간 무리를 한다면 가슴의 '두 아이'도 가려줄 수 있을 것 같았다.

조용히 힘겨운 사투를 하는 그를 향해, 레일라가 물었다.

"손님 대접은?"

난감한 와중에 난처한 주문이 내려졌다.

'이 몰골로?'

당황하는 그의 모습에 희미하니 입 끝을 올린 레일라가 손을 뻗었다. 그 순간 거짓말처럼 그녀의 그림자가 일어나더니 에던을 향해 날아왔다.

'로브?'

그림자라 여겼던 건 레일라가 옆에 놓아두고 있던 마법 사용 외투였다.

후다닥 그걸 받아서 급한 대로 입어 보는데, 역시나라고
해야 할까?

'빌어먹을 여성용… 끄응!'

체격이 맞질 않았다. 그래도 얼추 상체와 하체 주요부위
까지는 가려졌으니, 최소한의 모양새는 잡을 수 있었다. 하
지만 여전히 우스꽝스런 몰골인 건 사실이었다.

이런 그의 모습을 지켜보던 레일라가 재차 손을 움직였
다. 그러자 저 한편 주방에서 몇 가지 물품들이 둥실 떠오
르더니 그녀가 앉은 자리로 날아가는 것이 아닌가.

살펴보니 찻잎을 담은 통과 찻잔 이었다.

"앉지."

그녀가 그리 말하며 찻잔에 손을 대자 거짓말처럼 물이
차오르더니 이내 뜨거운 열기를 피워냈다. 그 안에 찻잎을
담그니 이내 은은한 향이 응접실을 채우기 시작했다.

그 부드러운 공기에 이끌리듯 에던이 조심스레 레일라의
맞은편에 엉덩이를 걸쳤다. 베개와 손수건을 열심히 활용
하며 최대한 살색을 감추는 것도 잊지 않았다.

그리고 이어지는 침묵.

레일라가 찻잔을 기울이는 소리만이 정적속의 유일한 파
문이었다.

'혼자만 마실 게 아니라. 기왕이면 내 것도 차리면 좀 좋
아.'

잔을 하나만 준비한 레일라의 모습에 에던이 속으로 투덜

거리고 있을 때였다.

끼이이익…

방문이 열리는 소리와 함께 라논이 밖으로 나왔다. 자연스레 레일라와 에던의 시선이 그쪽으로 향하고, 라논 역시도 응접실의 두 사람과 눈에 마주쳤다.

기이한 침묵이 응접실을 휘감았다.

❖ ✛ ❖

마정석!

그 단어가 주는 무게감은 실로 어마어마한 것인지라, 숨기려 해도 자연히 그 단어를 입에 올리고 귀에 담을 수밖에 없었다.

그 때문일까?

평소라면 아침 일찍 연무장에서 하루의 시작을 맞이하는 게 일상이던 루드말이건만, 오늘은 연무장으로 향하던 발길을 돌려 집무실에서 아침 햇살을 받아야만 했다.

"이건… 좀 귀찮게 됐군."

조금 전, 새로이 날아든 정보가 그의 일과를 비튼 것이다. 그나마 다행이라면 보고서에 적힌 상황을 어느 정도는 예상하고 있었다는 점이었다.

"역시, 장소가 안 좋았나."

말룬 자작가와 에몰란 남작가는 에벨린 왕국의 외곽에

위치한 영지였다. 그게 뜻하는 건 간단했다. 주변 국가에서도 눈독을 들일만한 요소가 충분하다는 의미였다.

아니나 다를까. 보고서에는 주변국의 동태가 심상찮다는 내용과 함께, 각국 정보부와 그곳에 인연을 맺은 정보길드들이 본격적인 움직임을 시작했다고 알려왔다.

'쯧! 위험할 수도 있겠어.'

아마도 각국의 요원들은 은밀하게 마정석 광산의 매장량을 조사하고자 할 것이다. 주변국들이 지금은 우호적인 관계를 맺고 있다고는 하나, 그 양에 따라서 태도 역시 돌변할 수도 있었다.

에벨린 왕국 외곽이 아닌 깊숙한 곳에서 광산이 발견되었다면 모르겠으나, 하필 외곽 그것도 외진 곳에서 사건이 터져버렸다. 침을 흘리기에 충분한 조건이었다.

'마르센, 라카타루.'

당장 개입이 가능한 두 개 왕국의 정보를 머릿속에 떠올렸다. 하나도 아닌, 둘이나 신경을 써야 한다는 부분이 새삼 골머리가 아팠다.

'역시, 위치가 안 좋단 말이지.'

매장량에 따라서 직접 개입과 간접 개입으로 나뉠 터였다. 당연하다고 할 정도로 직접 개입의 확률은 낮았다.

파라라락…

돌연, 저 한쪽에 열린 창문을 타고 제법 강렬한 바람이 날아들었다. 거기에 휩쓸린 듯 책상 위 서류들이 요란하게 흩날렸다.

"…바람인가."

흐트러진 서류들을 바라보던 그의 시선이 창밖으로 향했다.

"바람이라…."

왕국의 외진곳에 위치한 자그마한 영지에서 시작된 바람이었다. 미풍이라고 여겼던 그 작은 바람이 어느새 왕국을 휘감는가 싶더니, 주변국들을 들쑤시고 있었다.

"한동안 피곤하겠군."

자리에서 일어난 그가 창가로 향했다. 어느새 가을빛으로 가득 물든 드라필만의 풍경이 보였다.

문득, 저 한편에 세워진 건물에 눈이 들어갔다. 손님용으로 만들어진 별채였다.

'잘 하고 있으려나.'

앞서, 마정석 광산 관련 정보를 받기 전, 딸아이가 드디어 움직였다는 보고를 들었다.

타국 소식으로 딱딱하니 굳어있던 그의 얼굴에 한 줄기 미소가 그려졌다.

❖ ✛ ❖

어색한 공기에 가슴이 답답해질 즈음, 레일라가 먼저 말문을 열며 분위기를 환기시켰다.

"한 잔 할래?"

그녀의 물음에 라논의 눈이 얇아졌다.

'…레일라 드라필만!'

상대의 정체를 눈치 챈 까닭이었다. 이곳 드라필만을 상대로 '거래'를 하기 위해 찾아온 만큼, 주요 인사들에 대해서는 상세히 파악하고 있었다.

비록 10년여 전, 딱 한번 세상에 모습을 드러냈다고는 하나, 천재 마법사라고 불렸던 여인이었고, 게다가 드라필만의 '혈족'이라는 부분에서 그녀 역시도 주요 체크 인물에 속했다.

'어째서?'

그녀가 이곳에 있는 것일까? 그것도 하필 지금 이 순간이란 말인가. 헐벗은 에던의 모습이 더욱 난감하게 다가왔다. 민망하고도 복잡한 이 감정의 소용돌이 속에서, 애써 표정을 수습하려니 절로 딱딱한 얼굴이 되어버렸다.

라논은 한껏 굳은 모습으로 레일라의 건너편, 에던의 옆자리에 착석했다.

그 모습을 보던 레일라가 주방을 향해 손짓했다. 그러자 찻잔 하나가 허공을 가르며 날아왔고, 앞서와 마찬가지 수순으로 찻물이 우러나오기 시작했다.

어느새 향을 품은 찻잔을 라논에게 보내던 레일라가 갑작스레 물어왔다.

"보여?"

묘기 같은 찻잔의 변화에 집중하던 라논은 그 뜬금없는 질문에 의문을 표하다, 이내 에던의 얼굴을 보고 그에게 한 물음이라는 걸 알아챌 수 있었다.

무슨 의도가 담긴 것일까? 찻잔을 받은 라논이 한 걸음 물러나는 기분으로, 등받이에 한껏 몸을 기댔다.

그녀의 모습을 슬쩍 쳐다본 레일라는 다시금 에던을 바라보며 입을 열었다.

"아빠 말처럼 재밌네."

부친이 노리는 게 무엇인지 알고 있었다. 하지만 그럼에도 넘어가 줄 정도로 호기심이 동했다.

'정령을 보는 '눈'이라니!'

찻잔을 나르고 그 안에 물을 채웠던 건, 마법이 아니었다. 정령이라 불리는 대자연에 속한 특별한 생명의 정화들을 부리는 술법으로써, 이종족들 중에서도 가장 자연과 가까운 삶을 지낸다는 '엘프'들 특유의 능력이었다.

인간들 중에서는 극히 소수의 선택받은 이들만이 익힐 수 있는 특별한 능력이기도 했다.

당연하게도 이를 확인할 수 있는 이들노 극히 제한적일 수밖에 없었다. 레일라의 눈이 얇아졌다.

'3급 용병이라고 들었는데….'

분명, 에던은 물음에 답을 하지는 않았다. 하지만 그 표정의 변화와 태도를 통해 충분히 짐작할 수 있었다.

특히, 찻잔이 날아올 때와 물이 차오를 때, 에던의 시선이

미묘하게 다른 방향을 가리키고 있음을 봤고, 조금 전 라논의 잔이 움직일 때에도 그 시선은 전혀 다른 곳에 고정되어 있었다.

정확히 그녀의 정령이 존재하는 위치였다.

'어떻게?'

마법사의 탐구심이 무럭무럭 샘솟았다.

'그러고 보니, 아빠는 '육체'가 독특하다고 했었지.'

레일라의 입 꼬리가 제대로 올라갔다. 그 선명한 미소를 입에 그린 채, 에던을 향해 물었다.

"같이 살래?"

다시금 무거운 정적이 내려앉았다.

〈2권에서 계속〉

외전 - 어느 '용병'의 이야기.

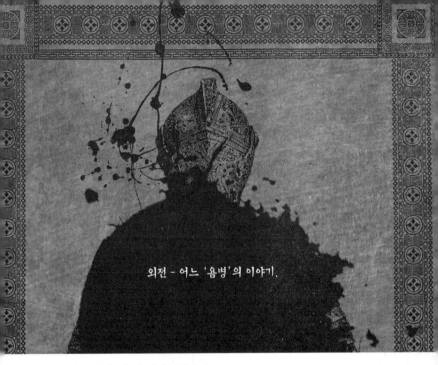

외전 - 어느 '욤병'의 이야기.

[오러 홀이 파괴되었네요.]

그 이야기를 들었을 때, 처음에는 웃었다. 웃고 또 웃었다.
약해지려는 자신을 다잡기라고 하려는 듯, 미친 듯 웃었다.

'내가… 욤병이라고?'

웃기지도 않는 소리였다. 때문에 웃고 또 웃었다.

필 또는 디리 때로는 내부 장기에, 신체적으로 이상이 있
는 용병들을 '욤병'이라 부른다. 하지만 그들 중에서도 3급
용병을 넘어 2급 또는 1급 때로는 특급 용병으로써 활동하
고 활약한 이들은 간혹 있다.

욤병이라 불릴지라도 2급 이상이 되는 순간, 더 이상
신체적 결함이 문제가 되질 않았다.

그렇지만 오러 홀이 없다는 건 이야기가 달랐다.

－영원한 3급!

실로 절망적인 결함이었다.

때문에 웃고 또 웃었다. 유쾌한 폭소로 그 절망의 씨앗이 뿌리내리지 못하도록 웃고 또 웃었다.

하지만 어느 순간부터 맨 정신으로 웃는 게 어려워졌다.

그 때문일까?

술에 빠져들었고 여자에 취하기 시작했다. 그러며 외치고 또 외쳤다.

용병으로 살 것이다.

이 길이 내 삶이다.

시작은 어찌 되었건, 그리 정했고, 그렇게 살아왔다.

'그랬는데….'

별안간 낭떠러지가 나왔다. 이제 와서 길이 아니라고 한다.

"하하하하하하!"

웃었다. 웃고 또 웃었다. 미쳐서 웃었다.

"이런, 염병! 우라질, 지랄병……!"

시원하게 욕지거리도 싸질렀다.

이미 다른 길을 걷기에는 늦었다. 아니, 어쩌면 아직 기회가 있을지도 모른다.

'까라 그래!'

새롭게 시작할 생각 따윈 없었다.